*José Díaz Fernández*

# LA VENUS MECÁNICA

*edición*
*César de Vicente Hernando*

- STOCKCERO -

1st. Stockcero edition: 2009

ISBN: 978-1-934768-23-5

Library of Congress Control Number: 2009930623



Set in Linotype Granjon font family typeface
Printed in the United States of America on acid-free paper.

Published by Stockcero, Inc.
3785 N.W. 82nd Avenue
Doral, FL 33166
USA
stockcero@stockcero.com

www.stockcero.com

*José Díaz Fernández*

# La Venus mecánica

# Índice

# Introducción

Para Esther Rodríguez Caballero y María Tobal Fernández, por el tiempo que abrió en nuestras vidas la experiencia de lo posible.

*La venus mecánica* se publicó a finales de 1929 en la prestigiosa Editorial Renacimiento que ya en 1928 formaba parte de una gran empresa editorial, la Compañía Ibero-Americana de Publicaciones (CIAP), cuyo proyecto de monopolio, en gran parte financiado por la Banca Bauer, le había llevado a comprar además Ediciones Hoy, Fe, Mundo Latino, Mercurio, Atlántida y Estrella, consiguiendo «el doble efecto de implantarse en el mercado y limpiar el panorama de potenciales competidores peligrosísimos» (Santonja: 15). La CIAP, además, había establecido una organización acorde a los modelos capitalistas europeos en cuanto a producción, distribución y venta; editado un catálogo que iba «más allá del mero listado de libros y precios, incluyendo fotografías de los autores, comentarios periodísticos sobre las obras, reproducciones de las portadas de las mismas, etc.» (Martínez: 246) e «incidió en la concepción del libro como mercancía que debía ser anunciada en telones de cine, teatro, ferrocarriles, periódicos y revistas» (Martínez: 272). ¿Por qué no publicó su obra en cualquiera de las editoriales de la izquierda, siendo *La venus mecánica* –como era– una novela de avanzada? ¿Por qué publicarla en una empresa radicalmente de derechas? Podía haberlo hecho en Historia Nueva (donde había salido su *El blocao*), o en Ediciones Oriente (que fundan, entre otros, varios integrantes de *Post-guerra,* revista en la que participó Díaz Fernández de forma activa); o en Zeus, donde aparecerá al año siguiente su ensayo *El nuevo romanticismo.* Díaz Fernández firmó un contrato de edición con una editorial *literaria*, en cuyo catálogo estaban las últimas obras más importantes de la literatura española, escritores consagrados como Galdós, Emilia Pardo Bazán o Armando Palacio Valdés, Azorín, los hermanos Machado, Baroja, etc. y nuevos autores. Renacimiento, fundada por José Ruiz Castillo y el librero Victoriano Suárez en 1910, «fue la primera editorial con director literario –Martínez Sierra– e inauguró un modelo de relación con los autores buscando contratos en exclusiva y fórmulas de remuneración que incluían a veces mensualidades fijas.» (Martínez: 197). Para críticos y escritores, Renacimiento era exactamente lo contrario de la CIAP: frente a la idea de editor comprometido intelectualmente, productor y difusor de cultura, la CIAP buscaba la rentabilidad económica y los éxitos de venta. ¿Buscaba Díaz Fernández *un lugar* en la literatura española, más allá (o también) de la vía que había señalado él junto a otros compañeros? Pero la CIAP quebró en 1931 por razones ajenas al mundo del libro (Martínez: 272) tras el hundimiento de la Banca Bauer, lo que pudo afectar a la distribución y venta de la novela.

Díaz Fernández[1] escribe al final de esta primera edición las fechas de composición de la novela: «Cárcel Modelo de Madrid, febrero-marzo-abril. Lisboa (en el exilio), junio-julio-agosto de 1929»[2], que desaparecen de la segunda. Sin embargo, algunos datos parecen matizar un poco esta anotación. En primer lugar que en *El Sol,* periódico para el que trabaja como periodista durante este tiempo y al que envía una columna regularmente titulada

---

1 José Díaz Fernández nació el 20 de mayo de 1898 en Aldea del Obispo (Salamanca), pero su familia se trasladó a los pocos años a Castropol (Asturias). Fundó muy joven un periódico manuscrito *La tinaja.* Mientras trabaja como escribiente de notaría colabora en el periódico *Castropol* con poemas y artículos políticos. En 1918 se traslada a Oviedo donde trabaja como contable en un hotel y sigue lecciones de Derecho al mismo tiempo que funda, con otros jóvenes, la revista *Alma Astur* donde aparecen cuentos y poesías suyas. En 1920 entra en la redacción de *El Noroeste.* En 1921 tiene que incorporarse a filas y su batallón es destinado a Marruecos en donde permanecerá hasta 1922. De esta experiencia saldrán sus crónicas y los relatos que forman *El Blocao.* Obtiene el segundo premio a las mejores crónicas sobre la guerra de Marruecos, concurso organizado por el diario *La Libertad.* En 1923 publica *El ídolo roto.* Colabora en *El Sol* como periodista literario. Opuesto a la dictadura de Primo de Rivera desde el primer momento, Díaz Fernández entra en la cárcel acusado de reunión clandestina. En 1925 se instala en Madrid como redactor de *El Sol* y colaborador como crítico literario en *La Voz.* Es detenido por formar parte de la conspiración de junio (la Sanjuanada). Gana en 1927 el primer premio de relatos organizado por *El Imparcial* con «El blocao», que después se publicará junto a otros relatos en la «novela de Marruecos» del mismo título. Crea con otros izquierdistas en 1927 la revista *Post-guerra* y al año siguiente Ediciones Oriente. Colabora en Acción Republicana. En 1929 publica *La venus mecánica* y al año siguiente su volumen de ensayos *El nuevo romanticismo.* Funda en 1930 junto con otros compañeros el periódico *Nueva España.* Durante este tiempo forma parte de la redacción de los diarios *Crisol* y *Luz.* En 1931 es elegido diputado a las recién inauguradas Cortes republicanas por el Partido Radical-Socialista. Publica ese año, junto a Joaquín Arderíus *Vida de Fermín Galán.* En 1933 colabora con *El Liberal* con ensayos políticos y literarios, pero no lo hace –significativamente- en *Octubre,* la revista de orientación comunista publicada por Alberti y María Teresa León. En elegido diputado en las elecciones de 1936 por el Frente Popular. Durante la guerra es Secretario de Instrucción Pública. Tampoco colabora en *Nuestra Cultura* ni en ninguna de las más importantes revistas del periodo como *Hora de España, El Mono Azul,* etc. ni participa en el Congreso de Intelectuales para la Defensa de la Cultura de 1937. El 26 de enero de 1939 sale de España con su mujer y su hija. Después de recorrer París, Tolouse, Le Mans y Nantes, decide permanecer en Tolouse esperando viajar a América, pero el 18 de febrero de 1941 fallece. El sepelio será sufragado por la comunidad de exiliados españoles en esta ciudad.

2 La presencia de una nutrida colonia de españoles exiliados en Lisboa desde el siglo XIX pudo influir en la radicalización de Díaz Fernández. Además, muchos intelectuales tuvieron estancias largas en Portugal (como Ramón Gómez de la Serna, Ortega y Gasset, Luis Araquistáin o Ramón Pérez de Ayala). Una de las pocas investigaciones en este tema, si bien posteriores a 1931 es el artículo de Douglas L. Wheeler «La invasión española: los españoles en Portugal (1931-1939)» en *Estelas, laberintos, nuevas sendas* de Ángel Loueiro (ed.), Barcelona, Anthropos, 1988, pp. 397-407.

«Cartas de Portugal», siguen publicándose hasta finales de octubre artículos sobre este país y sobre sucesos políticos que tienen lugar fundamentalmente en Lisboa. Uno de ellos, «El pueblo en la calle», que sale el 8 de octubre, describe una explosión social en Lisboa de orientación republicana contra la dictadura de Salazar. La similitud con la escena final de la novela es muy significativa, toda vez que en España la única respuesta política importante en 1929 a la dictadura fue la huelga de estudiantes (cf. «El tiempo de *La venus mecánica*»). También lo es que aunque terminada en agosto (según escribe el autor), la revista *Nuevo Mundo* publica aún el 29 de noviembre de 1929 una nota en la que se anuncia la inmediata publicación de la novela, a pesar de lo cual existen sorprendentes equívocos en algunas publicaciones institucionales: así, en el catálogo general de la CIAP editado ya en 1930 no aparece todavía la entrada de la obra, advirtiéndose que se encuentra entre «las obras impresas durante la confección de este catálogo» (*Catálogo*: s/p); o en el *Catálogo General de la Librería Española e Hispanoamericana* de 1944 aparece equivocadamente como «*La venus mecánica,* Madrid, Cía General de Artes Gráficas, CIAP, 1930», lo mismo que en la *Bibliografía General Española e Hispanoamericana* de las Cámaras Oficiales del Libro de Madrid y Barcelona. ¿Por qué estos equívocos? ¿Es posible que Díaz Fernández corrigiera la novela al hilo de los acontecimientos de los que era testigo en Portugal y consciente del deterioro progresivo en que entraba la dictadura de Primo de Rivera? Esta idea de una literatura de «intención civil y política» (como señalaron sus palabras en el banquete que se le dio en homenaje en 1928), tan pegada a la realidad sin por ello ser historicista, pudo hacer que reelaborara su novela hasta el último momento. Las memorias de José Venegas, quien fuera amigo de Díaz Fernández y uno de los editores más importantes de la época, lo confirman respecto a *El Blocao*: «costó mucho que lo hiciese y lo terminó materialmente sobre la platina de la imprenta, para completar el mínimo de doscientas páginas, que evitaba la censura.» (Venegas: 166).

En el número 73 de *La Gaceta Literaria,* de fecha 1 de enero de 1930, muy poco tiempo después de su aparición, salía una de las pocas reseñas que tuvo la novela, firmada por Gil Benumeya, que constituye un curioso ejemplo de inconsistencia crítica y desatino, al mismo tiempo que sirve como ejemplo de la impresión que produjo en la crítica literaria de entonces:

> Hacía tiempo que se aguardaba con verdadero interés la aparición de una producción literaria extensa de este joven, que en su colección de estampas africanas «El blocao» nos dio la única sensación briosa y verdadera –con sangre de emoción verdadera con rudeza de documento agarrado directamente de la realidad trágica– de nuestra guerra montañesa marroquí, vista desde sus pequeños núcleos, los blocaos, piedras de afilar de la paciencia, escuela de «duree» bergsoniana, donde el tiempo se reduce al fin a la más

> ridículas de las abstracciones. Ahora aparece en el mercado librero «La Venus Mecánica», el libro esperado. Libro desarticulado, compuesto con trozos de análisis puro, de visión mecánica, debe ser tratado mecánicamente. Descomponiendo elementos. La primera observación es comprobar que el libro, aunque aparentemente laxo, disgregado, corresponde en realidad al tipo de libro exigido por la época. Es un libro que presenta trozos de vida, que le tira pellizcos a la realidad, que compone un «jazz» de posibilidades. No es, desde luego, la novela que esperábamos. Todavía, no. Díaz Fernández sigue siendo: *el autor del Blocao.* Pero la utilidad de este libro no puede negarse, porque pone al lado del hombre fuerte de la guerra, que escribe con sangre, el hombre pensativo de la gran ciudad que escribe con hielo. Esto en definitiva es periodismo, adoptabilidad, fácil sugestión al medio. ¿Y no es el periodismo –con o sin Kevserling– la sal y el juego de la vida moderna? De (sic) toda la existencia de hoy tiende a articularse en triángulos. Desde la psicoanálisis (sic) al cinema, las cosas aparecen en grupos de tres. Así la novela. En ella sólo quedan tres categorías vivas. Primera: la novela al «valenti», el género pronstiano (sic) del sentimiento puro, la emoción disecada, el proceso psicológico puro. Segunda: arte puro de la palabra pura y el sonido puro, realizado por todas las literaturas «de vanguardia». Tercero: el reportaje que coge la vida y se la mete en un bolsillo, que caza elementos de naturaleza espiritual con un furor coleccionista. Incosistencia, Conciencia, Subconciencia. «La Venus Mecánica» es nuestro primer libro de reportismo –de super-reportismo– auténtico. Esfuerzo digno de señalar con atención. Esperando mucho de quien hace girar bruscamente su sensibilidad ante tan opuestos vientos (Benumeya: 15).

¿Así se entendió la novela en su momento?

Si el 22 de julio de 1928 Díaz Fernández recibía un extraordinario homenaje en el Hotel Nacional por el éxito de *El Blocao*[3], cuya Comisión Organizadora estaba compuesta por Jiménez de Asúa, Pérez de Ayala, Gómez de la Serna, Arderíus, Venegas, Álvaro de Albornoz, Fernando Vela y Alfonso Hernández Catá, y al que asistieron más de un centenar de comensales (muchos de los nombres aparecen citados en la reseña publicada el 24 de julio de 1928 en *La Libertad*), en los meses posteriores a la publicación de *La venus mecánica* el silencio de sus compañeros y amigos es notorio. La novela no es reseñada, ni comentada, ni siquiera en los periódicos y revistas más afines a las ideas de Díaz Fernández como *Nueva España* (del que es, además, co-fundador), en el que, sin embargo, sí se publica una crítica de *El nuevo romanticismo,* su libro teórico; o *Nosotros* en el que colabora, y donde hay sitio, sin em-

---

3 El lugar escogido es motivo de mofa por parte de Giménez Caballero, director de *La Gaceta Literaria*, cuyos enfrentamientos con Díaz Fernández eran públicos y notorios. Para el escritor fascista es incompatible las 17 pesetas del cubierto con los ideales comunistas de su autor. (Selva: 131).

bargo, para Garcitoral o Álvaro de Albornoz, autores cercanos a Díaz Fernández, para la *Teoría del Zumbel* de Jarnés o el *Lord Byron* de Maurois. Sí la citará, ya en 1931, Rafael Cansinos Assens, señalándola como una de las novelas en las que se refleja el ritmo nuevo de la vida, ritmo que «forma la música vital» de esta novela (Cansinos Assens *apud* Esteban, 1988: 60). Tampoco aparece citada en los artículos generales sobre la literatura del periodo escritos por Joaquín Maurín, «Panorama de la literatura española» (1930), Julián G. Gorkín, «Los escritores de la España Nueva: antiguos y modernos» (1931), César M. Arconada, «Quince años de literatura española» (1933), Rafael Alberti, «Discurso al Primer Congreso de Escritores Soviéticos» (1934) –donde ni se cita a su autor–. Tampoco Alberto Insúa en *Estampa,* a pesar de haber reseñado muy favorablemente *El blocao.* Estos son simplemente algunos ejemplos[4]. ¿Problema del hundimiento de la CIAP? ¿Realmente fue considerada tan negativamente?

Entre equívocos y confusiones[5], Venegas señala en sus memorias algo que puede explicar que Díaz Fernández dejara prácticamente de escribir literatura:

> [*El blocao*] fue un éxito extraordinario. La primera edición de dos mil ejemplares duró quince días. La crítica colmó de elogios a *El Blocao*, y Díaz Fernández fue objeto de diversos homenajes. Poco después me habló de reunir en un libro varios artículos –realmente buenos– que había publicado en los periódicos. Le expuse mi opinión adversa. *El blocao* ha constituido un verdadero triunfo, pero es la promesa de un novelista. Ahora estás obligado a publicar una novela que confirme esa promesa y supere a *El blocao*. Publicar un libro de artículos periodísticos me parece una torpeza. No se convenció. En vista de mi resistencia dio el original a Graco Marsá y publicó en Ediciones Zeus el libro titulado *El nuevo romanticismo*. Fue recibido fríamente. *Díaz Fernández era muy impresionable. Le faltaba tenacidad. Cualquier obstáculo le desmayaba la voluntad y le hacía abandonar lo emprendido.* Le desalentó la falta de éxito de *El nuevo romanticismo.* Esto le influyó en que se apasionara por la política. Fue mezclándose cada vez más a (sic) las luchas contra la dictadura. Pasó a sostener que era preciso abandonar los trabajos literarios para consagrarse exclusivamente al combate político. A fines de 1929, cuando emprendí mi primer viaje a América, Díaz Fernández había publicado su tercer libro: una novela titulada *La venus mecánica*. No me pareció que superase a *El blocao*. Ya había cumplido una temporada de cárcel por el intento de la noche de San Juan. Al salir de la prisión se fue a Portugal y estuvo un tiempo viviendo en Lisboa. (Venegas: 167, subrayado mío).

---

4 Una relación del tratamiento dado a la obra de Díaz Fernández por la crítica actual puede encontrarse en Fulgencio Castañar.- *El compromiso en la novela de la II República,* Madrid, Siglo XXI, 1992.

5 Venegas confunde las fechas y, por eso, la referencia al silencio sobre *El nuevo romanticismo*, que existió, debe referirse a *La venus mecánica.* Por otra parte, parece ser un caso similar al de Armando López Salinas, que ya en los sesenta también dejó de escribir novelas. También Venegas confunde las fechas de prisión.

En efecto, tras *La venus mecánica* Díaz Fernández sólo publicó dos relatos más, *Cruce de caminos* (en 1931) y *La largueza* (también de 1931[6]), y escribió con pseudónimo la narración de hechos de *Asturias*[7]. Pero lo cierto es que *La venus mecánica,* como veremos más adelante, es su *única novela.* Buena parte de la crítica vanguardista trató a *El Blocao* como una novela, pero toda esa crítica utilizaba nominaciones explícitamente contradictorias: «estampas», «cuadros». La desconfianza en su propia escritura es patente en Díaz Fernández: sólo en la segunda edición puede escribir que «muy pocas obras literarias, de autor oscuro, han alcanzado esta fortuna en nuestro país, donde la masa lectora es tan restringida. Esto me hace suponer que *El blocao* no es absolutamente una equivocación, aunque el propio autor le vea, ahora, defectos de bulto» (Díaz Fernández, 1976: 25). Lo que destaca en su discurso durante el citado banquete en el Hotel Nacional no es su posición estética sino su posición política, mientras que lo que destaca en la autocrítica que publica en *Nuevo Mundo* con motivo de la inmediata edición de *La venus mecánica* es su carácter de novela.

Debido al cierre de la CIAP, Díaz Fernández vuelve a editar *La venus mecánica* en 1933, en la prestigiosa serie de la *Revista Literaria Novelas y Cuentos,* entre los clásicos de la literatura universal. En la colección había muy pocos autores españoles y algunos títulos de novelas románticas y folletines[8]. Esta publicación semanal, fundada en 1928, que seguía la estela de otras publicaciones populares como *La Novela Corta* o *El Cuento Semanal,* imprimía miles de ejemplares de cada título que se distribuían en quioscos y librerías a precios muy bajos. Pero 1933 ya era otro tiempo y otro mundo. ¿Por qué fracasó en su tiempo, como parecen señalar todos los críticos, esta novela? ¿Cuál fue su tiempo?

6 La crítica última de Díaz Fernández no ha tenido demasiado cuidado en la preparación de las ediciones de sus textos: el editor de *El ídolo roto y otros relatos* fecha en 1933 el relato *Cruce de caminos*, mientras que el responsable de la compilación *Prosas* incluye en la bibliografía la referencia de una supuesta antología de sus poemas, *Mi poesía eres tú,* que lo es, desde luego, de otro Díaz Fernández. El prologuista de estos dos «volúmenes» en octava de unas muy poquitas páginas, y publicado en 1998, dice haber sido testigo «de lo que ha supuesto la primera parte de la edición de esta obra para el autor».

7 Aunque tampoco hay seguridad en esto: cf. la introducción de López de Abiada a su edición de *Octubre rojo en Asturias,* así como la tesis doctoral inédita de Kim Woo Jung.- *Vida y obra de José Díaz Fernández,* Universidad Complutense de Madrid, 2001.

8 Con posterioridad han salido cuatro ediciones más de *La venus mecánica*: la de Laia de 1982, al cuidado de José Manuel López de Abiada; la de Libertarias-Prodhufi, de 1989 (según isbn, aunque no la he podido consultar); la de Moreno Ávila, de 1992, con prólogo de Rafael Conte; y la de Fundación Santander Central Hispano, de 2006, con introducción de Nigel Dinnes. Es a partir de aquí que la novela es señalada como una gran novela hasta el extremo de decir Conte que «*La venus mecánica* no solamente no es inferior a *El blocao,* sino que aparece como una apasionante y plurisignificativa obra de arte mucho más rica y profunda» (Conte: 14).

## El tiempo de *La venus mecánica*: la España de la dictadura (1923-1930)[9]

En 1923 la población española se cifraba en 21.800.000 habitantes. En 1930 eran ya 23.563.867. De los cuales alrededor de 5.000.000 viven en capitales de provincia. La población se divide en 4.000.000 dedicados a la agricultura, 2.250.000 a la industria, 3.400.000 son escolares y casi 1.000.000 trabajan en el sector servicios, profesiones liberales, administración pública y comercio (Vila-San Juan: 72).

En 1926, un año después de la llegada a Madrid de Díaz Fernández para incorporarse como periodista al diario *El Sol* (gracias a las gestiones hechas por su amigo Fernando Vela), la dictadura del General Primo de Rivera se había consolidado a través de un proceso de institucionalización, es decir, de consolidación de organismos políticos y relaciones de poder, y de socialización, esto es, de la asunción de un modelo determinado de constitución de la estructura social e ideológica, que se había iniciado con un golpe militar en 1923. El proceso empezó con la disolución de los más de 9.000 ayuntamientos que había en España (30 de septiembre de 1923) y su sustitución por las Juntas de Vocales Asociados, «elegidos por sorteo entre las diversas categorías de contribuyentes» y la elaboración (en 1924) del Estatuto Municipal[10], la transformación de las Diputaciones mediante el Estatuto Provincial[11] (de 1925), así

9 Agradezco a Lola Ramos y Juan Avilés la ayuda prestada en la elaboración de esta parte, y especialmente a Eduardo González Calleja la generosa atención con la que respondió a mis dudas y problemas. Agradezco también la ayuda prestada por Eduardo Hernández Caro en la parte sobre la obra de Díaz Fernández, y por Isabel Hernando y por Juan Carlos Poyán en relación con diversos problemas. El permanente entusiasmo de Julia ha acompañado la preparación de esta edición.

10 Según el historiador Eduardo González Calleja: «El Estatuto giraba en torno a dos ideas básicas: la autonomía y la necesidad de regenerar la vida pública, acabando con las corruptelas administrativas en pro de un municipio más libre y eficaz. El carácter autónomo de los municipios se estableció desde el preámbulo del texto, al suponer que éstos eran entes naturales y superiores en derecho a la Administración Central del Estado, por lo que se aspiraba a preservar sin cortapisas su personalidad y su capacidad jurídica integral. Los municipios podían dotarse de regímenes especiales de gobierno, y mantener una gestión económica y financiera no dependiente de la Administración Central. Se defendió una concepción democrática en la designación y el funcionamiento de los Ayuntamientos, ya que se preveía la elección por sufragio universal (a tal fin, la edad de voto se redujo de 25 a 23 años) de dos tercios de los concejales por sistema proporcional (el tercio restante sería elegido entre corporaciones o asociaciones reconocidas en el municipio), extendiendo el voto a los varones y a las mujeres no sujetas a la patria potestad marital ni tutela, y que fueran vecinas con casa abierta (artículo 50). Se instituyó el Concejo abierto para las localidades de menos de 500 habitantes (artículo 42) y la elección del alcalde por el Ayuntamiento en pleno entre todos los electores del municipio. Tanto los alcaldes como los concejales sólo podían ser depuestos por sentencia judicial firme o, en el caso del alcalde, por referéndum entre los vecinos. Se suprimieron los suplentes de nombramiento gubernativo y los "vocales asociados" por sorteo. También se preveía la creación de un cuerpo de secretarios municipales y la implementación de otras medidas para dar estabilidad a los empleados de la Administración local» (González Calleja: 130-131).

11 Para González Calleja «El nuevo Estatuto Provincial de 21 de marzo de 1925 estaba dividido en tres libros que trataban, respectivamente, de la organización provincial (provincia, gobernadores civiles, diputaciones provinciales, administración provincial, régimen jurídico provincial y régimen administrativo de las Islas Canarias), de la hacienda provincial (presupuestos, ingresos de carácter provincial, recaudación y contabilidad pro-

como del establecimiento de un parlamento corporativo: la Asamblea Nacional Consultiva[12] y la elaboración de un anteproyecto de Constitución (González Calleja: 129-139). El Directorio Militar que se hizo cargo del poder en 1923 impulsó, además de estas reformas administrativas, otras que intentaron incidir en la legitimación del régimen, como el plebiscito realizado entre el 11 y el 13 de septiembre de 1926 y que, sin embargo, sólo respaldó un tercio de la población española.

El *corporativismo,* el sistema político basado en la unificación mediante organismos estatales de la mayoría de los sectores económicos y sociales (sindicatos, partidos, empresarios, etc.) y esbozado en la encíclica *Rerum Novarum* (1891) del Papa León XIII, conformó estructuralmente el Estado fundado por el régimen de Primo de Rivera, y se apoyó en el reformismo colaboracionista del PSOE y la UGT (que ya en 1923 se había opuesto a la convocatoria de huelga general contra el golpe militar[13]) y de los sindicatos católicos, así como en la aceptación de la patronal de resolver los conflictos laborales por la mediación del Estado, para la creación de organismos mixtos (Comisiones, Comités, etc.) que tuvieron su reflejo en diferentes leyes y reales decretos, como el Código del Trabajo (1926), que señalaba la naturaleza de las relaciones laborales; y de la Organización Nacional Corporativa (González Calleja: 156 y ss.) con la que se pretendía crear grandes asociaciones patronales y obreras. Estas medidas redujeron notablemente la conflictividad laboral: «de 429 paros en 1922 se pasó a 87 en 1928. Entre 1924 y 1928 hubo 636 huelgas, con un total de 251.355 huelguistas y 3.774.773 jornadas perdidas, mientras que en los dos años anteriores a la Dictadura se habían producido 952 paros, con un total de 240.039 huelguistas, y 5.699.593 jornadas perdidas. La penetración y la eficacia de los comités fue aumentando progresivamente, de manera que en 1929 el 26% de las huelgas a nivel nacional se resolvió a través de la intervención de los organismos corporativos. Pero, más que evitarlos, el efecto fue reducir la duración de los conflictos, que pasaron de una media de 25 jornadas de trabajo perdidas por huelguista en 1923 a sólo seis en 1929. Al menos en la primera mitad de vida del régimen dictatorial, las relaciones laborales mejoraron. Con todo, la situación económica fue degradándose a partir de 1927. En Barcelona las tasas de paro se duplicaron entre 1927 y 1929, alcanzando a

---

vinciales) y de la región, este último significativamente con un solo título. Desde el mismo preámbulo quedaba clara la voluntad de hacer depender la organización provincial de los municipios, que serían la fuerza impulsora de su entidad político-administrativa superior. Por primera vez la provincia aparecía considerada no solamente como una circunscripción administrativa, sino que se definía como Administración local, propiciando un tímido proceso de provincialización corporativa tutelada (frente al rígido centralismo anterior) como criterio prioritario de funcionamiento administrativo» (González Calleja: 136-137).

12 Una Asamblea que «destruía la imagen de la Dictadura como régimen provisional» (González Calleja: 141) y se formaba con una proporcionalidad que reproducía las relaciones de dominación existentes.

13 Para las posiciones del PSOE y de UGT durante la dictadura, véase Paul Heywood.- *El marxismo y el fracaso del socialismo organizado en España, 1879-1936,* Santander, Universidad de Cantabria, 1993 y Manuel Tuñón de Lara.- *La España del siglo XX*, Barcelona, Laia, 1981, tomo 1.

más del 3,5% de la población laboral, mientras que en Andalucía el desempleo afectaba al 12% de la masa de trabajadores. Los conflictos se multiplicaron: los casi 22.000 huelguistas de 1926 ya eran 70.000 en 1927 con 107 paros contabilizados» (González Calleja: 161). La operatividad y eficacia de los comités paritarios es señalada en 1929 por el ministro de trabajo Eduardo Aunós (Ben-Ami: 216). En todo caso, el número de huelga fue significativamente más bajo en 1928 y 1929 que en todos los demás años de la dictadura y en los inmediatamente anteriores (Álvarez Rey: 21), lo que desautoriza a pensar que la huelga final que aparece en la novela sea, como han dicho algunos críticos de Díaz Fernández, el reflejo directo de un conflicto social y laboral. Como veremos, se trata de una transposición de lo social a lo político.

La estructura de poder del nuevo régimen, aunque nada estable ni compacta, se sustentaba en el Ejército, claro está (legitimado por la monarquía[14]); en el Somatén (creado ya en 1923), una especie de milicia o institución paramilitar organizada tanto en el campo como en la ciudades en toda España y adscrita al Directorio Militar, y que, según el propio Primo de Rivera funcionaba «no sólo como poderoso auxiliar de las fuerzas del orden en caso de revuelta, sino también como un "acicate de los espíritus", que estimularía el interés ciudadano por la colaboración con el poder constituido» (*Apud* González Calleja: 164); en instituciones y organizaciones interclasistas, como garantía del compromiso de todos los participantes; y en la creación de secciones de la Unión Patriótica, el partido único que funcionó como agrupaciones ciudadanas «apolíticas» creadas en todo el territorio nacional en apoyo del régimen. Intelectuales como José María Pemán (con *El hecho y la idea de la Unión Patriótica*, de 1929), José Pemartín, Ramiro de Maeztu o Manuel Bueno configuraron la representación ideológica del régimen, apoyándose, en buena medida, en las ideas católicas radicales de Balmes y en una lectura sesgada de los regeneracionistas Mella, Ganivet y Costa.

Eduardo González Calleja ha definido con claridad la evolución económica de España:

> la situación económica de entreguerras estuvo caracterizada por el creciente apoyo del Estado a la inversión básica nacional –especialmente en el capítulo de las obras públicas–, la expansión nacional de la banca privada y su apoyo a la industria, la defensa de la producción nacional, la entrada de capital extranjero en algunos sectores estratégicos, la nacionalización de otros, el buen comportamiento del comercio exterior a pesar de la apreciación de la peseta y el alto proteccionismo, todo lo cual favoreció el rápido crecimiento industrial. Aunque el nacionalismo económico había recibido un importante estímulo desde el conflicto europeo, la política económica primorriverista mantuvo y amplió esta tendencia, avanzando hacia el proteccionismo, la autarquía y la supresión de prin-

14 Alfonso XIII no solamente apoyó el golpe de Primo de Rivera sino que, contra buena parte de las fuerzas monárquicas, lo sostuvo hasta finales de 1929. En noviembre de 1923 viajó con el dictador a la Italia fascista de Mussolini.

> cipios como el libre comercio y la libre competencia mediante el incremento del corporativismo y el intervencionismo estatal. Se trataba de preservar la unidad orgánica de la economía española definida frente a otras economías nacionales. En consecuencia, el sistema productivo fue sometido a un amplio grado de dirigismo y tutela, con la creación o potenciación de monopolios, empresas de economía mixta y comisiones reguladoras que supervisaban las actividades económicas hasta en sus mínimos detalles. Pero en buena parte de los casos, la proliferación de organismos intervencionistas (juntas, comités, consorcios, consejos...) no sirvió sino para ocultar bajo la rúbrica de «nacional» la defensa de intereses económicos concretos. (González Calleja: 214).

La dictadura creó diferentes organismos que permitieron restringir la competencia y limitar el mercado capitalista: el Consejo de Economía Nacional (1924) dedicó su actividad a la «formación de aranceles de aduanas, defensa de la producción y negociación de los convenios comerciales» (González Calleja: 215). Este organismo fue sustituido en 1928 por el Ministerio de Economía Nacional. Para González Calleja «la reorganización del capitalismo español se benefició de una verdadera cartelización de la producción y de un proteccionismo heredado de Arancel Cambó de 1922, potenciado con nuevas disposiciones en 1924 y 1926» (González Calleja: 215). Manuel Tuñón de Lara, por su parte, resume la situación económica de la dictadura. «La industria se desarrollaba, sobre todo la siderurgia y la de energía eléctrica, pero el país era todavía esencialmente de economía agraria y de producción de bienes de consumo, Las inversiones importantes se realizaban por los grupos del capital financiero (banca, más gran industria) que dominaban las producciones esenciales citadas, pero mucho menos en los sectores de industria ligera. El poder económico se concentraba cada vez más en unos grupos limitados, casi se puede decir que en unas cuantas familias, pero la expansión momentánea permitía vivir a las pequeñas industrias. La situación economicopolítica del mundo y de España dio confianza a los empresarios, que no se preocupaban demasiado por el mañana. El primer intento de capitalismo de Estado, que favoreció al capital financiero, se manifestó en las inversiones públicas ferrocarriles (...) en la política de monopolios oficiales, de obras públicas

---

15 Las viejas estructuras de este país de los zapatos brillantes y el corazón sombrío, según la célebre frase de Trotski que en *La venus mecánica* Víctor cita, son descritas por los historiadores Pierre Broué y E. Témime: «la Iglesia española era un anacronismo, pues parecía haber salido derechamente de la Edad Media con sus 80 000 sacerdotes, monjas y religiosos. Su poderío espiritual y temporal, era considerable. Sin embargo, es difícil estimar sus riquezas con exactitud. Sin duda no era, a pesar de lo que se ha solido afirmar, el más grande propietario de bienes raíces del país; pero no distaba mucha de serlo. La encuesta del Ministerio de Justicia, efectuada al día siguiente de la proclamación de la República, le atribuyó 11.000 propiedades, estimadas en cerca de 130 millones de pesetas. Sus propiedades urbanas no eran menos considerables, era una potencia en el mundo de los negocios, así de la banca como de la industria, y controlaba directamente, o por intermedio de sus hombres de paja, empresas tan importantes como el Banco Urquijo, las minas de cobre del Rif, los ferrocarriles del Norte, los tranvías de Madrid y la Compañía Transmediterránea. Durante la monarquía, y lo siguió siendo en gran medida en

etc., así como en la política proteccionista, todo ello a base de emisiones fabulosas de la Deuda pública» (Tuñón de Lara, 1981:169-170). Pero «la política económica de la Dictadura, que disfrutó casi hasta el final de las ventajas de una buena coyuntura, no sólo había dejado incólumes las viejas estructuras[15], sino que favoreció y estimuló a las grandes empresas y grupos financieros con tendencia al monopolio, y el desequilibrio económico debido al desarrollo irregular de la producción: España, por su producción y por su población era un país «agrario, un país atrasado industrialmente, un país a la merced de las compañías extranjeras. Hay más: al no elevarse la producción ni el nivel de vida en el campo, el mercado nacional continuó adoleciendo de bajo poder de compra, imposibilitando así cualquier desarrollo estable y a largo plazo de la industria nacional. (...) Al final de la Dictadura, nada había cambiado para la oligarquía de la tierra. En cuanto a la de la industria y la banca, que poseía sólidos vínculos en ella, había mejorado sus posiciones.» (Tuñón de Lara, 1981: 180).

En *La venus mecánica* se describe en el primer capítulo y en forma sintética esta realidad social a través del diálogo entre Víctor, el protagonista junto a Obdulia de la novela, y su amigo Sureda: «—¿Qué hay, doctor? —Estoy indignado. Acabo de leer la reorganización del Gobierno. Otros dos cretinos en los ministerios nuevos. Pero ¿adónde vamos a parar? —A mí ya no me asombra nada. Es un Gobierno de compadres que resume la idiotez nacional. Créalo usted, Sureda: pertenecemos a un país viejo, agotado e inculto que duerme a la sombra de sus tópicos. Aparte de unos cuantos que compran libros, que hacen viajes de vez en cuando, a los demás no les importa nada eso que llaman vida pública.» (Díaz Fernández: 3). O más adelante, cuando reflexiona sobre la figura de Lenin concluye: «También él sentía a su país palpitar de angustia y de esperanza bajo la enorme armazón de su his-

---

la República, era dueña de la enseñanza: en este país que contaba, es verdad, con doce millones de analfabetos (la mitad de la población), fueron sus escuelas las que instruyeron y educaron más de cinco millones de adultos.» (Broué y Témime: 33). Otra era el Ejército: «Original, así por sus estructuras como por el lugar que ocupaba en la sociedad, el ejército español no tenía equivalente en Europa. Regularmente derrotado a lo largo de todo un siglo en la defensa de las últimas posesiones coloniales, se afirmó al mismo tiempo como un cuerpo político autónomo. En pocas palabras, era un ejército de pronunciamientos; la palabra es bien española, y no por azar. Vencidos, humillados por sus derrotas repetidas, los oficiales descargaron la culpa en los gobiernos sucesivos. La guerra del Rif, contra el jefe marroquí Abd-el-Krim, se prolongó desde 1921 hasta 1926: le costó a España la vida de 15 000 soldados solamente en el año de 1924, y no pudo terminar victoriosamente más que con la intervención de las tropas francesas de Lyautey. (...) Por lo demás, lo que menos le faltaba a este ejército eran oficiales. Durante la monarquía había 15 000, de los cuales 800 eran generales, o sea, un oficial por cada seis hombres y un general para un poco más de cien soldados.» (Broué y Témime: 35). La otra estructura era la agraria: «en 1931, dos millones de trabajadores agrícolas no tenía tierra, mientras que 50.000 hidalgos campesinos poseían la mitad de las tierras de España. Mientras que un millón y medio de pequeños propietarios, cuyas tierras no ascendían a más de una hectárea de superficie, se veían obligados a trabajar las tierras de los grandes para vivir, 10.000 propietarios tenían más de cien hectáreas» (Broué y Témime: 27.-28). Para ver la especificidad del conflicto cf. Gerald Brenan.- *El laberinto español,* Barcelona, Ruedo Ibérico, 1977, y J. Díez del Corral.- *Historia de las agitaciones campesinas andaluzas,* Madrid, 1979.

toria. Él soñaba un pueblo alegre, culto, sin supersticiones, construyéndose todos los días la historia sin dormir a la sombra de un pasado en ruinas. Le conmovía el trozo de humanidad que era su patria, entregado todavía al fraile, al militar, al mercachifle. Tenía razón Sureda: era preciso crear una conciencia, despertar un ideal nacional. Pero no; eso era poco. Había que hacer más. Los hombres mesiánicos de su país, los que predicaban a pecho descubierto tal doctrina, habían caído solos, en el desierto, con los brazos en cruz. Acción, acción. Armar a los obreros, sublevar a los soldados, inyectar rebeldía a los proscritos.» (Díaz Fernández: 79).

Pero si en 1926 se había consolidado la dictadura de Primo de Rivera, en ese mismo año se había articulado una fuerte oposición al régimen en forma de levantamiento militar, con apoyo de organizaciones civiles, que coincidían con la lucha que desde el mismo golpe militar en 1923 habían puesto en marcha las organizaciones anarquistas y comunistas (el PCE, ya escindido del PSOE desde 1921 y el BOC), en forma de acciones violentas y huelgas, e intelectuales como Blasco Ibáñez, Unamuno, Pérez de Ayala, etc.. El pronunciamiento de varios generales y capitanes (entre los que se encuentra Fermín Galán, figura clave para comprender las posiciones de Díaz Fernández) monárquicos (como Melquiádes Álvarez) y republicanos (como Machado, Blásco Ibáñez o Marañón) que se iba a realizar el 24 de junio, conocido como la Sanjuanada, quedó reducido a nada. Los oficiales y soldados no salieron de los cuarteles y, por contra, se detuvo a numerosos implicados en la trama. Díaz Fernández fue uno de ellos[16]. Según los críticos, estuvo en prisión unos meses. Para Tuñón de Lara, se trata del típico pronunciamiento y cita algunos fragmentos del manifiesto, redactado por Melquíades Alvarez y firmado por Weyler y Aguilera: «El Ejército no puede tolerar que se utilice su bandera y su nombre para mantener a un régimen que despoja al Pueblo de sus derechos y que al acumular arbitrariamente en el Gobierno la facultad de hacer las leyes y a la vez de ejecutarlas, encarna con daño de todos, mediante esta confusión de poderes, el más peligroso de los despotismos». Y concluía así:

> Nuestro programa puede resumirse en estos términos: Restablecimiento de la legalidad constitucional. Reintegración del Ejército, para la mejor defensa de sus prestigios, a sus peculiares fines. Mantenimiento del orden y adopción de medidas que garanticen la constitución de unas Cortes libremente elegidas y que, por ser soberanas, necesitan expresar la verdadera voluntad nacional. (Tuñón de Lara: 187).

La oposición a la dictadura procedía de aquellos monárquicos que, despojados de sus derechos y de sus beneficios políticos que habían obtenido durante la Restauración, rompieron con el rey por el apoyo que éste dio a Primo

16 No he podido encontrar documentación, más allá de testimonios y artículos de prensa, sobre los procesos y sentencias que hubo contra Díaz Fernández (a excepción de multas) ni en el Archivo Histórico Nacional, ni en el Archivo General de la Administración, ni en el Archivo General del Ejército, aunque por distintas razones, esa investigación no ha podido ser exhaustiva.

de Rivera. Los partidos conservador y liberal, que se habían repartido los escaños del parlamento monárquico y habían dominado la sociedad española, junto con la Iglesia, y servido a las oligarquías agrarias y financieras, se fracturaron entre quienes quisieron mantener sus posiciones de poder y, consiguientemente, colaboraron con el nuevo régimen (bien incorporándose a la Unión Patriótica o bien integrándose en algunas de las instituciones y organismos creados por la dictadura); y quienes consideraron que sus intereses pasaban por la liquidación de la dictadura, la restitución del sistema monárquico y la reforma de las estructuras arcaicas de la nación. Estos grupos se vincularon, en buena medida, al bloque constitucional que impulsaba el republicanismo radical, agrupado en torno al manifiesto «Apelación a la República» (mayo de 1924), redactado por Manuel Azaña. En el mismo se reclama cinco puntos:

> *Primero.* Paz inmediata, equilibrio del presupuesto, saneamiento de la moneda, política de precios bajos. Síguese de este enunciado: Repatriar el Ejército de Marruecos y licenciarlo; disminuir la Oficialidad al número que baste para la instrucción militar del contingente anual, en servicio de tiempo reducido; extinción subsiguiente del déficit, que sólo está causado por los gastos de Marruecos y del presupuesto de Guerra; cierre de las emisiones del Tesoro y del Banco. Acción directa del Estado en el problema de la habitación y en los abastos. *Segundo.* Política de defensa democrática; libertad absoluta de conciencia y religiosa; libertad de imprenta; restablecimiento del jurado; supresión de todo fuera y jurisdicción especial en el orden de la justicia; abolición de los consejos de guerra; clausura de las academias militares; promoción de las clases de tropa a los grados de Oficial; supresión de las Capitanías generales; reforma de la ley de orden público; organización de una milicia cívica dependiente del Parlamento; clausura de los colegios de jesuitas y frailes. *Tercero.* Reforma de la Hacienda y de los servicios capitales: instrucción, obras públicas, sanidad, etc., con criterio liberal y de justicia social. No es admisible el principio simplista de las economías. El Estado debe gastar cuanto sea menester, pero con provecho y orden. Economías, en los gastos militares y navales que, sobre arruinarnos, para nada sirven; supresión del presupuesto del clero; dotación suficiente para la enseñanza del pueblo y la cultura superior; el Estado tendrá en sus escuelas un puesto para cada alumno en edad escolar, y un maestro para cada cuarenta alumnos; fomento de la riqueza y del trabajo, etc. Habrá de llevarse al presupuesto recursos nuevos, impuestos sobre el lujo, sobre el capital inactivo, sobre la riqueza no ganada, y quitar otros que, encareciendo la vida, gravan a los pobres. Extinción de los monopolios concedidos a empresas privadas. *Cuarto.* Política social y de saneamiento moral; abolición de la pena de muerte, prohibición

> del juego, represión de los abusos policíacos, supresión del fuero, de guerra de la Guardia civil y del Cuerpo de Orden Público. Libertad sindical, retiros obreros, protección de mujeres y niños; consulta a los Congresos extraordinarios del partido socialista y de la Unión General de Trabajadores para la adopción de un programa mínimo de reformas sociales. *Quinto.* Organización de los Ayuntamientos en repúblicas municipales, sobre la base del sufragio universal directo y de la elegibilidad de todos los cargos; libertad de federación entre los Ayuntamientos de una misma región para los asuntos comunes; cambio de táctica en la política catalana; respeto para las creaciones del espíritu de Cataluña; acuerdo con las fuerzas populares catalanas de orientación liberal. (Azaña *apud* García Queipo de Llano: 494).

Este republicanismo radical se concretó en un grupo de intelectuales, Acción Política (1925), convertido posteriormente en Acción Republicana, donde participa políticamente Díaz Fernández. En el mismo están, entre otros, Jiménez de Asúa, José Giral, Ramón Pérez de Ayala, Graco Marsá, co-fundador de Cenit. Todos ellos activos participantes en editoriales, revistas y periódicos. Su proyecto es la instauración de una república, un diseño federalista de España, y un desarrollo de la educación y las reformas sociales. La Alianza Republicana, cuyo manifiesto se hizo público en febrero de 1926 y que consiguió el apoyo de 450 centros republicanos reclamaba: «unas Cortes constituyentes elegidas mediante sufragio universal, en la cual lucharemos por la proclamación del régimen republicano». Según González Calleja:

> La Alianza Republicana se implicó de forma secundaria en la «Sanjuanada», pero su colaboración fue más intensa en la intentona protagonizada por Sánchez Guerra en Valencia a inicios de 1929. Ese verano, en plena polémica sobre el anteproyecto constitucional, los republicanos comenzaron a hacerse notar, diversificando notablemente su oferta política. El liderazgo de Lerroux fue crecientemente contestado por tendencias con mayor calado social. Marcelino Domingo y Álvaro de Albornoz, disidentes del radicalismo desde 1919, rompieron definitivamente con el partido y comenzaron a organizar el Partido Republicano Radical-Socialista (PRRS) de carácter obrerista, anticlerical y laicista. Los federales también abandonaron entonces la Alianza por su falta de compromiso descentralizador y obrerista, otro grupo, bajo la dirección de Gregorio Marañón, Pérez de Ayala y Jiménez de Asúa creó la Agrupación al Servicio de la República en febrero de 1931. Sin embargo, esta crisis no rompió la Alianza, que en su Asamblea Nacional de 14 de julio de 1929 decía contar con 200.000 afiliados, más de 500 comités y centenares de círculos, casinos y ateneos. (González Calleja: 324-325).

Como se ve, la oposición republicana también se dividió en una perspectiva transformadora y otra, la de Lerroux, institucionista. La oposición a la dictadura intentó un nuevo pronunciamiento en enero de 1929 al frente del cual estaba un comité revolucionario formado por «todos los grupos de Alianza Republicana, Sánchez Guerra, Alba, Villanueva y sus amigos políticos, numerosísimos jefes militares y la CNT.» (Tuñón de Lara: 210), así como buena parte de los grupos disidentes (catalanistas, comunistas y anarcosindicalistas) que habían fracasado en sus intentos insurrecionalistas y subversivos desde el golpe militar. Su programa inmediato era restablecer la legalidad constitucional y someter a referéndum el régimen político. Aunque el levantamiento fracasó, mostró que existía ya una unidad no radical no ya sólo contra Primo de Rivera, sino contra la misma monarquía de Alfonso XIII que la había sustentado. En paralelo, Fermín Galán y otros oficiales preparaban otro levantamiento de carácter republicano radical y federalista que tuvo lugar ya en diciembre de 1930 (Tuñón de Lara, 251 y ss.). En todo caso, todos estos intentos son satirizados en la *La venus mecánica* en tanto que no tienen un horizonte revolucionario y no cuentan con la lucha obrera (Cf. capítulo XXVII, pp. 95-96).

El régimen de Primo se endureció más, y como respuesta al pronunciamiento de enero se dictó una circular en la que se advertía que se preveía quince días de detención y fuertes multas a «toda persona que en lugar público augurase males al país o censurase con propósitos de difamación o quebrantamiento de autoridad y prestigio a los miembros de la Corona o altas autoridades» (Tuñón de Lara: 213). En 1929, una masiva huelga de estudiantes, que comenzó en marzo y terminó en septiembre de 1929 con la retirada del artículo 53 de la llamada «Ley Callejo» (que igualaba a la titulación universitaria los títulos de universidades confesionales como la de los jesuitas y la de los agustinos), origen, en principio, del conflicto; sumó a intelectuales, profesores y fuerzas republicanas en un objetivo común. Unamuno, por ejemplo, escribió la célebre carta abierta a los estudiantes en la que se decía, entre otras cosas «¿Que hacemos política? Es nuestro deber, juventud estudiosa. Nuestra política es hacer justicia, moralidad, verdad. La injusticia, la inmoralidad, la mentira, son políticas tiránicas» y a la que respondió otro texto firmado por María Zambrano, López Rey y Díaz Fernández en parecidos términos «Hacemos política, maestro, sentimos llegada nuestra jugosidad moza, por el baboseante cretinismo de este ganso, atávicamente coceador, que grazna sobre la frente de esta España, que de ti aprendimos ser más nuestra hija que nuestra madre» (Tuñón de Lara: 216). La conflictividad política se mantuvo hasta la caída de la dictadura (28 de enero de 1930), la de su sucesor, Dámaso Berenguer (el 14 de febrero de 1931) y la de Juan Bautista Aznar y el mismo Alfonso XIII (14 de abril de 1931).

El tiempo de la novela, que se inicia con la remodelación del directorio el

2 de diciembre de 1928, recorre los grandes acontecimientos políticos (nacionales: pronunciamiento de enero de 1929, huelgas; e internacionales, como la sesión en Madrid de la Sociedad de Naciones, la Italia de Mussolini, etc.), sociales y culturales, pero no mediante transposición directa sino por procedimientos expresionistas (cf. último epígrafe). La novela de un tiempo.

## La generación de Díaz Fernández

La aparición en 1927 de la revista *Post-guerra*, dirigida por José Antonio Balbontín y Rafael Giménez Siles, supuso la declaración de principios de una nueva fuerza emergente que no poseía los rasgos políticos, sociales y culturales que habían caracterizado la división de clases en la sociedad española anterior a la Primera Guerra Mundial. La mayoría de ellos no podían adscribirse al proletariado agrario o al proletariado industrial (no eran, por tanto, ni socialistas radicales, ni comunistas, ni anarquistas); tampoco pertenecían a la oligarquía financiera, ni eran empresarios, ni profesiones liberales clásicas (no eran, por ello, miembros de la burguesía); y mucho menos procedían de la aristocracia y los terratenientes. La sociedad española de los años veinte no era estructuralmente capitalista y, por ello, las posiciones de clase *media*, aquellas que se constituyen como posiciones *mediadoras*, eran en ese momento solamente incipientes[17]. Tampoco como intelectuales funcionaban dentro de algunas de estas composiciones de clase (no eran ni proletariados militantes ni revolucionarios profesionales, como tampoco eran intelectuales orgánicos de la burguesía). La declaración con la que se abre el primer número de la revista *Post-guerra* es bien significativa:

> Vemos la vida, a la manera begsoniana, como una Evolución Creadora y, dentro de este magnífico espectáculo del devenir universal, nos interesa y nos inquieta, con agudeza especialísima, la evolución social de nuestro tiempo. Nos hallamos en un momento crítico de la historia humana. La vorágine horrenda de la reciente guerra imperialista, todavía en rescoldos, ha removido los cimientos del mundo, y todo crepita en convulsión, como sobre el borde de un cráter. Por un lado la lucha sangrienta de los diferentes nacionalismos en pugna, que tiene actualmente su teatro más vivo en el estadio inmenso de la China, y por otro, la sublevación victoriosa en Rusia, y en los demás sitios latente, del proletariado oprimido contra

17 Habitualmente se suele decir que se trata de «pequeño-burgueses», pero este concepto suele hacer desaparecer algo fundamental como es que las clases son producto de una lucha en el espacio político, económico y social, es decir, una *posición*, en beneficio de una caracterización. En todo caso, la complejidad y dificultad teórica que supone desarrollar una teoría de las clases sociales impide que se pueda siquiera plantear adecuadamente en tan poco espacio. Remito para ello a los libros de Erik Olin Wright y a los trabajos de Alfonso Ortí sobre el tema (cf. Bibliografía). En mi tesis doctoral inédita *Juan Goytisolo en su historia. La literatura como forma ideológica* (2004) intenté un esbozo crítico. El capítulo 3 de este trabajo entronca con una investigación posterior sobre *El concepto de clase media: un análisis multidisciplinar* que empezó en 2005.

> la burguesía dominante; la decadencia, en fin, del régimen capitalista que ha sido por alguien confundida con la agonía de la cultura occidental; todo el cúmulo de conflictos vitales, que implican siempre los periodos de transición histórica, comunica al ritmo de este instante tales acentos de tragedia trascendental y decisiva, que la crisis social es hoy, sin duda, para todas las conciencias normales, el más apasionante de los problemas del espíritu. Aclarar el sentido de esta hora dramática, que podría ser determinada con el amplio nombre de POST-GUERRA; poner algún orden racional en el torbellino caótico de los fenómenos del día; rezumar la esencia ideal, es decir, el valor eterno del instante que pasa; reflexionar, en una palabra, sobre el alcance de los acontecimientos actuales, y estimular con nuestra reflexión la de todos los que sean capaces de pensar: he aquí toda la humildad y la grandeza de nuestro propósito. Ningún interés promueve nuestra tarea cultural, fuera de la suprema ambición de la Verdad, pero será inevitable que nuestro pensamiento palpite, a veces, con vibraciones de pasión, porque no somos simples «cañas pensantes», en el peor sentido de la frase de Pascal, sino que tenemos el orgullo de ser, antes que pensadores, hombres de carne y hueso que sienten y padecen, como dolores propios, todas las amarguras de la Especie (*Post-guerra*: 1).

Ya pueden verse los rasgos básicos de este *grupo social* después convertido por sus propios miembros en «Generación de 1930»: un grupo que tiene a la cultura como su capital; que quiere abandonar la actitud de espectador ante un mundo en transformación para pasar a convertirse en sujeto político activo. Un grupo que arrebata a la ideología burguesa el monopolio de ser la ideología de la humanidad, mientras hace del vitalismo (Bergson) y de la percepción emocional (Romanticismo) la manera de relacionarse con un mundo en el que urge intervenir. Algunos de los acontecimientos ocurridos eran suficientemente expresivos: 1914, Primera Guerra Mundial, millones de muertos, millones de mutilados, anuncio de los monstruos de la razón capitalista; 1917, Revolución Rusa, el feudalismo zarista y la burguesía incipiente son aniquiladas por un proletariado que levanta el comunismo en la vieja Europa; 1918, nuevos Estados y convulsiones políticas en Alemania, Hungría, Polonia, Austria; 1922, se instaura en Italia la primera dictadura fascista a través de un golpe de estado cuyo responsable último es Benito Mussolini; 1924, Guerra Civil en China, que se prolongará durante años como lucha entre nacionalismo autoritario y comunismo; 1925, Tensiones políticas y económicas en los países de América Latina por los intentos de democratización; 1927, Gandhi publica su autobiografía que recorre sus casi diez años de lucha contra el imperialismo. Era, desde luego, un nuevo tiempo histórico, y también una nueva concepción de la vida, lo que estaba en juego. La perspectiva abierta

18 Es evidente que las revistas y editoriales de esta generación son más, sin embargo la referencia a *Nueva España* está en función de explicar la posición de Díaz Fernández.

por *Post-guerra* se cierra, para este grupo, para esta generación, para esta clase media radicalizada, con *Nueva España,* dirigida por Antonio Espina y José Díaz Fernández[18]. Sus miembros tienen claro que es necesario una «nueva creación» en todos los órdenes, puesto que, como señala Fermín Galán: «la civilización sufre una honda crisis en todos los órdenes». Y, así, continúa: «El magnífico andamiaje levantado cruje por todas partes, sin que nada haya preparado para sostenerlo, vigorizarlo y mejorarlo. El salvamento de la civilización depende sólo, exclusivamente, de una nueva creación que se haga cargo de la herencia de los siglos y modele racionalmente la vida civilizada hacia un estado superior, antes de que regrese a formas inferiores y a un final desquiciamiento» (Galán: 23). Como se puede ver, no hay intención por parte de este grupo de acabar con la cultura occidental. Tampoco de fundar una nueva sociedad sobre sus bases, sino de *revolucionarla,* de reorientarla. En *El nuevo romanticismo* escribe Díaz Fernández sobre él y sobre la juventud del momento: «No soy de los que añoran un pasado que sólo conozco de oídas, ni de los que se muestran descontentos del tiempo en que viven». Y continúa «Pero estimo saludable encontrarle sus contradicciones y propagar una conducta opuesta a la corriente. El hombre actual, que marcha con los pies bien pegados a la tierra, no sé por qué ha de abandonarse a la voluptuosidad de la despreocupación, si esa es también una forma de sueño vacuo y de suicida renunciamiento. Nada más incongruente que una juventud exenta de sentimentalismo y de interés, forjada en la máquina, la velocidad y el deporte, que se desentiende de los resortes de la vida social: es decir, que no defiende sus bienes de civilización. Los que se indignan con los jóvenes porque aparecen alejados de los problemas sociales, servirían mejor a sus convicciones si les incitaran a ser consecuentes con sus gustos y a defenderlos en el área de la vida pública, dándole a ésta lo que le falta ahora: músculo, valentía y sinceridad. «La época anterior a la nuestra –escribe Ortega y Gasset en «El tema de nuestro tiempo»– se entregaba de una manera exclusiva y unilateral a la estimación de la cultura, olvidando la vida. Es verdad. Al hombre actual le interesa preferentemente la vida, el ejercicio de la vida, que es una cualidad nueva y embriagadora de la presente humanidad.» (Díaz Fernández, 1985: 62-63). A este rasgo esencial a su generación, que tiene a la *vida* como centro ideológico, y que se muestra en una vía nietzscheana en Arderíus, en una vía bergsoniana en Galán, en una vía directamente bohemia en el primer Gorkín, por poner solamente algunos ejemplos, se unen otras ideas que componen la *articulación ideológica* de esta incipiente clase media radical. Entre los más sobresalientes: la concepción de la Historia como una lucha *moral,* pues las diferencias que separan a los hombres son de naturaleza moral: «el hombre debe ser, desde luego, una fuerza activa; pero tiene que ser preferentemente una conducta» (Díaz Fernández, 1985: 60). Y la caracterización del lugar que ocupa el ser humano en el mundo como equilibrio «entre las dos fuerzas, la del cerebro y

19 En *Nueva creación* de Fermín Galán (1930), dedicado «a mis hermanos, los hombres», siguiendo el modelo de socialistas utópicos como Owen, Fourier o Saint-Simon, se elabora todo un plan de la nueva sociedad en todos los órdenes (económico, político, social), y se incluye una nueva ética natural.

la del corazón» (Díaz Fernández, 1985: 71). Pero también un horizonte político que tiene que ver con la justicia, la libertad y la democracia: «un democracia es el pueblo activo y productor, compuesto por los ciudadanos que trabajan y que por ese hecho de carácter vital y social gozan de la facultad de gobernarse a sí mismos» (Díaz Fernández, 1985: 100). [19]

El propio Díaz Fernández señala con precisión la posición de esta generación:

> Los hombres de 1930 han presenciado la guerra europea, la caída de los imperialismos, el desarrollo próspero del socialismo, el triunfo de la máquina y del razonamiento lógico, la democratización de la vida en torno. ¿Podrán resignarse a que nada de esto rija en su país porque las viejas oligarquías, como esqueletos de elefantes, continúen en pie por la inercia y la indiferencia de una gran parte de la sociedad española? Yo creo que no. Y creo, además, que la presente generación no encomendará esta obra al sufragio. El sufragio es instrumento de una política radicalmente distinta, la que hay que derrocar precisamente. Sólo podrá salvarnos una revolución, no sólo contra el régimen y el Estado, sino contra la actual sociedad española. (Díaz Fernández, 1985: 97–98).

Es posible entender entonces que proletarios de esta generación, como Gorkín, hablen de muchos de estos escritores e intelectuales como de «compañeros de ruta del pueblo en esta marcha hacia su emancipación revolucionaria», que tuvieron un primer momento en el que «la rebeldía rugía en su interior, sobre todo a causa de la guerra de Marruecos» pero que «esta rebeldía se consumía en ellos» (Gorkín *apud* Esteban: 58). También los minuciosos análisis que el propio Díaz Fernández, ya en 1932, hacía de una novela de Alberto Insúa, *Ha llegado el día,* en la que se retrata a un joven de esta generación: «el drama del intelectual moderno, sensual por temperamento, indivuidualista por educación y sentimientos, que se siente, sin embargo, atraído por los postulados de la justicia social y sugestionado por el atractivo de una vida nueva» (Díaz Fernández, 1932: 4), como el personaje de Víctor en *La venus mecánica.*

Su corte con las generaciones anteriores, por más que Unamuno, Ortega y Gasset o Valle-Inclán sean nombres importantes e influyentes en sus ideas y obras (más allá de su lugar generacional) también les lleva a terminar con el asunto que había sido central en el primer cuarto de siglo, el problema de España: «nuestra generación tiene un deber imperioso y explícito que cumplir. Pocas fechas en la historia habrán aparecido tan estimulantes para el hombre español como esta de 1930. Es el momento de liquidar un pasado que angustiosamente pesa sobre nuestro país, aunque éste siga sin enterarse de la abrumadora carga. Porque nuestro problema no es de ayer, ni ha nacido en la dictadura o inmediatamente antes de la dictadura» (Díaz Fernández, 1985: 95). Es un problema, escribirá, que no está en el 98. Y lo enuncia claramente: «no entró en España la Reforma. Pero no entró tampoco la revolución francesa» (Díaz Fernández, 1985: 96).

Así pues, la generación de Díaz Fernández, si se quiere decir como él apunta, la clase media radical, muestra unos rasgos típicos de una tendencia de vida colectiva, como escribe en *El nuevo romanticismo,* «que se anuncia irremisiblemente para lo futuro». (Díaz Fernández, 1985: 36).

## La novela de José Díaz Fernández: un proyecto de *narrativa crítica*

*La venus mecánica* es la única novela de José Díaz Fernández, si se entiende por tal, entre otras muchas cosas, un texto narrativo articulado[20]. En 1923 había publicado un relato de una treintena de páginas en una colección llamada «La novela asturiana», «El ídolo roto», en la que se narra el amor entre Carlos (que ha renunciado a su apacible vida con su novia Marta) y Charito, una tanguista. Algunas escenas e ideas de *El ídolo roto* pasarán a *La venus mecánica*: Carlos asiste a un cabaret en Rivamar donde se apuntan elementos como el jazz-band, las relaciones clientes-tanguistas, que serán desarrolladas en la novela; el café como el lugar de encuentro entre Carlos y Gabriel Pomar (un médico amigo suyo), guarda similitud con la amistad de Víctor y Sureda en la novela; la coincidencia de ambos en el cuartucho miserable en el que vive la tanguista y donde ésta acabará muriendo tras una larga enfermedad, recuerda el capítulo dedicado a María Mussolini en *La venus mecánica*. En 1928 la compilación de textos narrativos *El blocao*, como señala Ve-

20 Por texto narrativo articulado se entiende aquí aquel texto que construye un sentido a través de la ficción (no transcribe la realidad de unos hechos), que cuenta la historia de una transformación (es decir, que no acumula hechos sino que los muestra en su cambio), que conecta dos o más historias produciendo una trama compleja, y cuyas partes observan una interrelación y dependencia en cualquiera de los niveles en los que funciona la narrativa: formal, argumental, etc.

21 Respecto a la naturaleza novelística de este texto, la crítica de su tiempo no se puso de acuerdo. De hecho, la mayor parte de las numerosas y elogiosas críticas que salieron la designan de otra manera: Alberto Insúa, en *Estampa*, lo considera siete narraciones, al igual que lo hace Luis Astrana Marín en *La Noticias* de Barcelona, Artigas Arpón en *La Voz,* Juan Chabás en *La Libertad,* o Fernando Blanco en *La Decmocracia* de León; E. Gómez de Baquero, en *El Sol*, escribe que «el novelista menor aparece ya maduro en los *relatos de esta colección*». El propio Díaz Fernández se hace eco de este desacuerdo de los críticos y señala que «yo quise hacer una novela sin otra unidad que la atmósfera que sostiene a los episodios. El argumento clásico está sustituido por la dramática trayectoria de la guerra, así como el personaje, por su misma impersonalidad, quiere ser el soldado español, llámese Villanbona o Carlos Arnedo» (Díaz Fernández, 1976: 27; las críticas entre las páginas 117 y 129).

22 Las características de este relato: puerilidad, inconsistencia, linealidad en el tratamiento del asunto amoroso y falta de orientación social parecen remitir su escritura más a mediados de los años veinte que a la fecha en que se publica, sobre todo teniendo en cuenta que ha pasado un año desde que su autor publicara *El nuevo romanticismo,* y una novela, *La venus mecánica,* ejemplos de su propuesta de literatura de avanzada tan radicalmente diferente al asunto y la forma de abordar lo narrado en «Cruce de caminos».

negas, debe su extensión a la orientación de éste que le sugiere añadir al relato con el que había ganado un año antes un concurso organizado por el diario *El Imparcial*[21] otros de la misma temática «para completar el mínimo de doscientas páginas, que evitaba la censura.» (Venegas: 166). En 1931 se editaban otros dos relatos: «La largueza», en el volumen colectivo *Las 7 virtudes,* es la historia de Otilia, la hija de un empresario, entregada a la causa de la revolución, que cede su parte en la fábrica que le ha quedado como herencia a los obreros; y «Cruce de caminos», una historia de amor, de una veintena de páginas, en otra colección titulada «La Novela de Hoy[22]. Los otros dos libros de Díaz Fernández, el relato biográfico *Vida de Fermín Galán* (1931) con Joaquín Arderíus, y el relato testimonial *Octubre rojo en Asturias*, (1935), escrito según todos los críticos con el pseudónimo de José Canel, son relatos «documentales».

En la «Autocrítica» que publica en *Nuevo Mundo* escribe a petición de la revista una respuesta a la pregunta ¿qué es *La Venus mecánica*?:

> Un autor podrá decir lo que ha querido hacer; jamás lo que ha hecho. Entre el imaginar y el crear existe un mundo de concesiones y rectificaciones que al final, nos desorientan respecto a nuestra propia obra. Yo he querido escribir una novela moderna, una novela de nuestro tiempo: quise organizar en ella los *elementos actuales que diesen una imagen aproximada de la contemporánea vida*. Mi concepto de arte me impedía buscar esa modernidad por el camino único de su forma. Porque la mayoría de los escritores jóvenes piensan que la expresión lo es todo por sí misma. El que esto escribe, en cambio, sostiene que la novedad alcanza a todo; primero a la idea; después, al estilo, y, por fin, a la estructura....

Díaz Fernández habla también de los personajes. En primer lugar de Víctor Murias:

> El personaje de *La Venus mecánica* se siente centro y resumen del mundo de hoy, *con sus mismas vacilaciones y sus mismas violencias*. Le preocupa, en primer término, su destino «social»; después, un problema vital. Socialista y enfermo del hígado a los treinta años, va a la política o al amor con encono y energía; pero siente también gravitar sobre su espíritu el peso de las cosas eternas: los instintos, la Naturaleza, la muerte.

En segundo lugar de los personajes femeninos:

> En las mujeres que desfilan por la novela es donde quise acentuar *el gesto de mi generación. Todas, más o menos, son* «Venus mecánicas», mujeres que abrazan las cosas más graves y profundas con gesto alegre y superficial. Una de ellas inventa una religión, no para jus-

> tificar la muerte, sino la vida; otra, esculpe al hombre integral, para despreciarlos. La misma protagonista, que es una neo-romántica, una apasionada, resulta una mujer mecanizada cuando se mueve por impulsos ajenos, por exigencias del medio. En realidad, mi novela es una suma de mujeres, cuyo total es *la mujer de hoy*.

Y concluye que

> con esta intención construí una obra sintética, veloz, super-realista como nuestro tiempo, cuyo escenario es el Madrid de los *cabarets* y los hoteles. He procurado eliminar las descripciones pesadas o laboriosas y sustituirlas por interludios líricos y metáforas eficaces. (Díaz Fernández, 1930: s/p)

Además de Obdulia, muchos otros personajes femeninos aparecen en esta novela: desde María Mussolini, que representa el destino trágico de las tanguistas y su condición social miserable, hasta la escultora Aurora Nitt, representante del vanguardismo supuestamente más radical, que se declara comunista, contraria a la institución del matrimonio, y que –sin embargo– congrega a toda la «aristocracia carpetovetónica» a su exposición y se emociona ante el anuncio de que el rey va a inaugurarla. Entre una y otra, retratos de mujeres muy diferentes (condesas, feministas, actrices, etc.) que, sin embargo, no convierten a *La venus mecánica* en una novela feminista, como han escrito algunos críticos, puesto que no plantea una crítica de la razón patriarcal, pero sí en una novela de orientación feminista. Difiere notablemente en ello de las novelas vanguardista de la época que caracterizan a los personajes femeninos como materialización del deseo masculino (como en *Sentimental dancing* de Valentín Andrés Álvarez, *Cazador en el alba* de Francisco Ayala, o *Víspera del gozo* de Pedro Salinas), o como personaje subalterno para la narración de la historia de los personajes masculinos. La irónica visión de las mujeres del Club Femenino (capítulo XXIII), que señala Roberta Quance[23], o las críticas que dedica a las feministas en los primeros capítulos de *El nuevo romanticismo,* están en relación con la posición política que desde diferentes tendencias defendían militantes comunistas, como Clara Zetkin, o anarquistas, como Emma Goldman respecto a los límites del feminismo burgués. Uno de esos límites es la batalla por el sufragio femenino: ambas coinciden en que es necesario superar el sistema político burgués para conseguir la emancipación. Así Emma Goldman dirá: «Innecesario sería decir que no me opongo al sufragio femenino. (...) Mas esto no me ciega hasta llegar a la absurda noción que la mujer ha de llevar a cabo cosas en las que fracasaron los hombres» (Goldman: 32). Y Clara Zetkin señala que «las mujeres socialistas consideran que el derecho de voto de las mujeres no es el problema más importante, ni que su solución elimine todas las contradicciones sociales que todavía se interponen al libre y armonioso desarrollo de los exponentes del sexo femenino

23 En su «Hago versos, señores...» publicado en Zavala (coord.).- *Breve historia de la literatura feminista española,* Barcelona, Anthropos, 1998, p. 192

en la vida y el trabajo. De hecho, la solución a este problema no afecta en absoluto a la causa mucho más profunda de la actual situación de la mujer: la propiedad privada, sobre lo que se basa la explotación y opresión del hombre por el hombre. Esto queda demostrado con un simple vistazo a la situación del proletariado masculino, políticamente emancipado, pero socialmente explotado y sometido» (Zetkin: 112–113). Es decir, la posición de Díaz Fernández ataca la reproducción de la política burguesa para orientarse a una política radical. Así escribe en *El nuevo romanticismo* que «el feminismo político no ha significado nada en las reivindicaciones sociales de la mujer y en cambio ha podido producir –y ha producido, desde luego– una gran confusión, en torno a sus fines de colaboración humana». Y más adelante: «nuestras damas del movimiento feminista están todavía tan retrasadas que siguen pidiendo para la mujer el voto político y el escaño parlamentario» (Díaz Fernández, 1985: 37, 38). Así, lo que observamos en el diseño del personaje de Obdulia es su completa emancipación que hará de ella, como dice Goldman de las mujeres emancipadas «un ser humano en el verdadero sentido de la palabra. Todas sus fibras más intimas ansían llegar a la máxima expresión del juego interno de todo su ser, y, barrido todo artificial convencionalismo, tendiendo a la más completa libertad, ella irá luego borrando los rezagos de centenares de años de sumisión y de esclavitud» (Goldman: 18). O, como dice el propio Díaz Fernández, respecto a la participación femenina en las actividades contemporáneas: «que incorpora al mundo de hoy una sensibilidad y un apetito que desconocía el mundo anterior a la guerra» (Díaz Fernández: 39). Así, no resulta asombroso el diseño de la portada que realiza el dibujante Puyol para la primera edición de la novela: un juego cubista de integración de los cuerpos del hombre y de la mujer. Su emancipación empezará «cuando la mujer no necesite el matrimonio para resolver su vida y cuando el hogar deje de ser la sepultura del espíritu» (Díaz Fernández, 1985: 58).

*La venus mecánica*, más allá de las respuestas sobre su carácter de obra moderna que da Díaz Fernández, es una novela política (entendiendo por político incluso los aspecto relacionados con el ámbito de lo privado, puesto que se muestra a través de lo privado el marco general de las relaciones de poder y dominación[24]) que presenta el proceso de desalienación[25] de dos personajes, Víctor Murias, periodista, conspirador en las tertulias de los cafés, crítico ácido

24 En todo caso, conviene tener presente las palabras con las que prácticamente se inicia el tomo 9 de *La vida privada en el siglo XX* (volumen dirigido por Antoine Prost y Gérard Vincent): «La vida privada no es una realidad natural que nos venga dada desde el origen de los tiempos, sino más bien una realidad histórica construida de manera diferente por determinadas sociedades. No hay una vida privada cuyos límites se encuentren definidos de una vez por todas, sino una distribución cambiante de la actividad humana entre la esfera privada y la pública. La vida privada sólo tiene sentido en relación a la vida pública, y su historia es ante todo la de su definición.» (Prost: 15).

25 El proceso alienador que se describe al comienzo de la novela puede ser pensado en los términos del Marx de los *Manuscritos*: «la enajenación aparece tanto en el hecho de que mi medio de vida es de otro, que mi deseo es la posesión inaccesible de *otro, como* en el hecho de que cada cosa es *otra* que ella misma, que mi actividad es *otra cosa,* que, por último (y esto es válido también para el capitalista), domina en general el *poder inhumano.* (Marx: 166).

y sarcástico en las conversaciones, y Obdulia Sánchez, tanguista. Una novela cuya estructura de la acción narrativa está sostenida en el personaje femenino, que desde el capítulo VI se convierte en el centro de la historia (y determina las acciones de Víctor). Contra los otros personajes femeninos Díaz Fernández construye el de Obdulia.

Pero *La venus mecánica* también es una novela de amor, si se tiene en cuenta que para Díaz Fernández «el amor es sin duda alguna donde se encuentran las raíces más hondas de lo humano» (Díaz Fernández, 1985: 42). Su relación amorosa consigue eliminar la separación que existe entre sus vidas y la realidad a través de la revolución. Esto hace que puedan superponerse una trama «melodramática», contra la elaborada en la narrativa popular de la época: los celos, el aborto, el matrimonio entre un burgués y una modelo, etc.; con una trama «civil» que describe la presión angustiosa de la Historia sobre los protagonistas. Como apunta Rüdiger Safranski sobre el romanticismo: «el sentimiento es un fenómeno que acompaña a la acción» (Safranski: 71). Se trata, entonces, de la representación de una experiencia crítica de la modernidad.

Pero es en la experiencia de Obdulia donde Díaz Fernández pone el *principio de cambio* de la novela. Si bien Víctor acaba comprometiéndose realmente con la lucha social (por acciones que derivan, en buena medida, de las acciones de Obdulia) y es encarcelado, es ella quien sufre, en múltiples formas, las distintas opresiones sociales y quien se rebela contra ellas: objeto del deseo de los hombres en el cabaret, prostituta, parada, modelo de una gran casa de moda, esposa de un burgués al que odia, ella no puede *reconocerse* en lo que los demás hacen de ella. Como escribe Clara Zetkin en su «Directrices para el movimiento comunista femenino. 1920»: «Los capitalistas y la administración estatal y local capitalista tienen mucho menos miedo a la mujer en paro que al hombre en paro, ya que la primera es como mínimo políticamente ignorante y está desorganizada. También tienen en cuenta el hecho de que la mujer en paro puede llevar al mercado y vender, como última mercancía, su propia feminidad.» (Zetkin: 140). Obdulia empuja su vida, y después la de Víctor, hasta la *venganza* política. Estos «sentimientos», estas *pasiones* (odio, venganza, etc.), están insertas en una conciencia de clase ya desde *El Blocao*. Allí, en el relato «Magdalena Roja», que pasa, en cierto sentido a *La venus mecánica,* Angustias declara: «¿Usted sabe por qué yo no he querido entrar antes en uno de esos cafés del centro? Porque ahí está todo mi pasado. Sí, mi pasado, mi vileza. Yo he vestido pieles y he tenido automóvil a mi puerta. Esto parece un folletín, pero es una historia. Y un día, ¡me daba aquello tanto asco!, la ciudad, el hotel, el hombre de las joyas, todo, que lo tiré como quien tira un cesto de basura a un vertedero. De repente, aquí, en la entrañas, sentí que me nacía la conciencia; una cosa muy rara, un odio, un rencor...» (Díaz Fer-

26 Toda la novela está llena de juegos críticos hacia los postulados vanguardistas. En este caso, contra el manifiesto futurista que señala la radicalidad de la belleza del presente (un coche de carreras en más bonito que la Victoria de Samotracia) Díaz Fernández señala la belleza «humana», clásica (Venus) en su condición social («mecánica»).

nández, 1976: 64). Es por ello que el subtítulo «novela psicológica» que se puso al frente de la segunda edición de *La venus mecánica* confunde al lector más que orientarle, aunque se trate de una decisión de la propia editorial que clasifica por géneros sus títulos.

El título de la novela, que remite al capítulo XVII, la imprecación de Obdulia como mujer alienada («Yo, venus mecánica[26], maniquí humano, transformista de hotel»), no hace sino confirmar su historia como centro de la misma. Para ello, Díaz Fernández escoge a una tanguista, motivo habitual de la narrativa y la poesía bohemia y popular (de Emilio Carrére o Agustín Bonnat, por ejemplo), profesión de un vitalismo corrompido por el maquillaje, la febrilidad de los ritmos musicales y la infravaloración moral a la que es sometida. Pero la novela no describe con profusión la vida nocturna, lo que sucede en los cabarets, porque su relato es el relato de la alienación (una abstracción, un concepto). Por eso resulta sorprendente el empeño de la crítica en encontrar en esta novela personajes y situaciones que representan individuos reales y sucesos históricos, por más que pudieran ser sobradamente reconocibles en su época. El médico amigo de Víctor *no es* Gregorio Marañón, *ni* el general Villagomil *es* Primo de Rivera, *ni* Víctor Murias *es* el propio Díaz Fernández. Personajes y situaciones están sometidos unas veces a un proceso de *estilización* (como el capítulo 8, «Historia de una tanguista») y otras de *síntesis* (como el ya citado capítulo 17, «Imprecación de un maniquí») que de hecho supone representar la realidad a través de cierto número de rasgos e imágenes definitorias, esenciales a la condición del sujeto social, y donde no es posible ninguna explicación mediante ninguna homología. En la novela está el tiempo histórico, y se esboza sintomáticamente la situación del teatro español (dominado por Benavente), del cine español (con las «españoladas»), la literatura y el arte (con el debate sobre la vanguardia), pero no funciona desgajando cada aspecto de su construcción formal, todo está sometido a transposición expresionista.

Importante es también la manera de *constituir* el material novelesco. Díaz Fernández escoge cierto número de rasgos significativos y expresivos de personajes y situaciones y los va componiendo en una *partitura* en la que, como la música contemporánea, se impone la atonalidad, es decir, la libre disposición en el pentagrama de los tonos sin relación con un tono fundamental, sin ajuste a una norma expresiva. Esta partitura favorece la variación de los capítulos y la interpolación de textos (que no son, de ninguna manera, «añadidos líricos», y cuya vinculación con la secuencia narrativa no está en función de lo que cuentan (de la información que obtenemos) sino de lo que sentimos (de lo que produce en nosotros), además de funcionar como *compresores* y *descompresores* de la conflictividad de la misma. Cada capítulo (muchos de ellos

27 Uno de los elementos estéticos que señala Díaz Fernández para *El blocao,* con función estilística, es la creación de atmósferas, una manera de influir en el lector a través de la fantasía y del estímulo perceptivo, unas veces insertos en la narración (como el capítulo XXXIV, «Sueño del cloroformo») y otros no (como el capítulo XVIII, «La leyenda del hotel»).

radicalmente diferentes en su forma) da sentido al conjunto o posee una función dramática[27]. La partitura suena según el registro estético de este nuevo romanticismo que había señalado Díaz Fernández. En ella no hay digresiones, excursos, ni intermedios líricos, como ha dicho la crítica desde un realismo plano y lineal. En la partitura rige el conflicto humano, la expresión de ese conflicto.

## La vuelta a lo humano

Probablemente *La venus mecánica* sea el texto más significativo de esa tendencia que Díaz Fernández denominó «nuevo romanticismo», y cuya materialización novelística definiera como «literatura de avanzada» y que comprendía como «aquella que dé una obra construida con todos los elementos modernos –síntesis, metáfora, antirretoricismo– y organice en producción artística el drama contemporáneo de la conciencia universal», teniendo siempre en cuenta que «no es la forma lo de menos (...) El estilo literario debe ir de acuerdo con las formas vitales que constituyen la órbita social donde no movemos» (Díaz Fernández, 1985: 73–74). Más claramente aún: se trata de hacer «una arte para la vida, no una vida para el arte» (Díaz Fernández, 1985: 58). La problemática que trata de unificar Díaz Fernández está expuesta en su tiempo como dividida: por una parte la dicotomía vanguardia/naturalismo; por la otra la oposición historia individual/historia colectiva. Lo que unifica y supera estas dos dicotomías es, precisamente, lo que Díaz Fernández encuentra en el romanticismo: la exaltación de *lo humano* (en el que se incluye el corazón como metáfora de lo humano: en ese sentido la historia de amor entre Obdulia y Víctor es una exaltación de lo humano y no una historia *sentimental* al uso de la época[28]). Lo «humano» es un concepto más complejo que el que derivaría de trasponer a las ideas de Díaz Fernández las del «humanismo» entonces en voga. De hecho, *lo humano*, se distinguiría claramente del humanismo, es decir, del conjunto de prácticas, discursos e instituciones que intentan establecer un cierto orden (desde el punto de vista físico, psicológico, moral, etc.) cuya centralidad es el ser humano, en que es una dimensión conflictiva, una dimensión de antagonismo inherente a todo ser humano, por la que se instituye al mismo[29]. Así puede entenderse en toda su complejidad el

28 Es en este sentido como interpreta el sentido romántico del amor, que ve también en el suicidio de Maiakovski: «la tragedia del mundo se alojaba en su propio pecho (en los de aquella generación) y con ese huracán interior atravesaban la vida y hacían frente a la muerte» (Díaz Fernández, 1985: 42). Ya en un artículo en *EL Liberal,* del 23 de junio de 1935, escribía: «Hace diez o quince años, en el momento más lamentable de lo humano, se llega a prescindir del amor. En realidad, la literatura necesitaba un poco de dieta de idilios y pasiones eróticas. Pero no hasta el punto de sustituir lo que es tema universal y eterno por una sucesión de metáforas o una descripción de paisajes más o menos ...El amor es hoy, sin embargo, algo más que un problema sentimental» (Díaz Fernández, 1935: 5)

29 Elaboro esta distinción a partir de la que hace Chantal Mouffe entre lo político y la política en *En torno a lo político*; Buenos Aires, FCE, 2007.

que Díaz Fernández haga que el conflicto humano rija la obra artística, tal y como hemos visto se plantea en su ensayo *El nuevo romanticismo*. Pero esta idea de «nuevo romanticismo» (incluyendo la calificación de Obdulia como neo–romántica) está directamente radicada en la convicción de que «esta literatura de avanzada es, sencillamente, el signo de todo un siglo que aspira a fundamentar las relaciones humanas sobre bases distintas, que afectan lo mismo a la economía que a la moral» (Díaz Fernández *apud* Santonja: 109). Díaz Fernández nunca, sin embargo, puso nombre a esa idea: no lo llamó ni comunismo, ni anarquismo, ni socialismo. Y no lo puso no por cuestiones de indeterminación política, sino porque la clase media se sostiene en el capital cultural y en concepciones ideológicas aglutinantes. La fundamentación la hacía Fermín Galán, capitán del ejército español sublevado en varias ocasiones contra la monarquía de Alfonso XIII, y uno de los intelectuales que más influyeron en Díaz Fernández, en su libro *Nueva creación*. Esto mismo explica que Díaz Fernández no señale como hitos en esta literatura de avanzada ninguna obra de la narrativa social que se escriba apegada al modelo decimonónico, como la narrativa anarquista de Federica Montseny o Ángel Samblancat, y que no sea posible, entonces, afirmar que se trate de la misma novela social ésta y la que propone Díaz Fernández, como hace, por ejemplo, Arturo Ángel Madrigal en *Arte y compromiso*. Si se repasa un poco algunas de las obras que cita el novelista, la cifra es más bien escasa y dispersa en cuanto a libros españoles: *Martes de carnaval* de Valle-Inclán, Arderíus y muchas novelas alemanas, francesas y rusas.

El corto recorrido de este «nuevo romanticismo», al menos en su formulación fuerte, queda más claro si se tiene presente el prólogo que Díaz Fernández y Arderíus ponen al frente de su *Vida de Fermín Galán* en 1931, y el artículo que publica en *Crisol* para señalar la salida de la novela *Campesinos*. En el primero puede leerse que «Fermín Galán no soñaba con una república como la del 14 de abril, llena de timideces y reservas, filtrada de monarquismo clandestino que será su ruina si las fuerzas políticas más avanzadas no consagran desde el Poder la revolución. Para Galán; como para nosotros; la República no es más que el punto de partida» (Díaz Fernández, 1931: 9). En el segundo, la obra de Arderíus es promesa y no realización aún. Su idea de «nuevo romanticismo» ha desaparecido aquí, en 1931, convertida en novela social. En este artículo insiste en encontrar lo político y no la política (el partidismo)[30]. Díaz Fernández, como escribe en el prólogo a la segunda edición de *El blocao*, se considera «hombre de mi tiempo, partidario fervoroso de la época que vivo. El pasado no me preocupa gran cosa y, desde luego, si en mi mano estuviera, no lo indultaría de la muerte» (Díaz Fernández, 1976: 26). Un hombre de su

30 Sigo en la distinción entre lo político: la estructura de antagonismos sociales, y la política, la organización de las instituciones de poder, los ensayos de Chantal Mouffe *En torno a lo político*; Buenos Aires, FCE, 2007, y *El retorno de lo político,* Barcelona, Paidós, 1999.

31 Así, por ejemplo, escribe: «Nadie pide que la obra de arte sea política ni contenga esencialmente una finalidad proselitista. Lo que se solicita es un atención para aquellos temas susceptibles de interpretación artística que posean, por propia naturaleza, un contenido moral» (Díaz Fernández, 1985: 60).

tiempo, sí, y un hombre de su clase. El «nuevo romanticismo» es también una huella de clase, de la clase media, que no posee el control de los medios de producción, ni es sometido a la explotación del proletariado, al que le queda la política, la cultura y la ética para constituir su poder.

Frente a las otras literaturas, el proyecto último del nuevo romanticismo en la narrativa, la literatura de avanzada, sólo puede descubrir la realidad a través de la subjetividad sobre lo que descansa su clase. Sólo mediante la imaginación narrativa, transformación estética (y no política, véanse todas las advertencias en *El nuevo romanticismo*[31]) tiene el sujeto manera de percibir el triunfo de su potencia subjetiva que, en una segunda instancia (por eso habla de «indirectamente») incide en la realidad. Esta labor literaria sólo se encuentra en muy pocos textos del momento. En este sentido se habla quí de «novela política».

Pero, ¿por qué un nuevo romanticismo? ¿Por qué no inventar un nuevo nombre, tan en voga entonces, un nuevo ismo? ¿Por qué recurrir a un movimiento tan complejo y cuya implantación en España (salvo excepciones posteriores, como el estudio de Luis Cernuda) había resultado tan improductiva y de tendencia tan reaccionaria? En primer lugar, habría que situarse el proyecto de Díaz Fernández en el momento histórico de España para entender qué se está jugando: una idea de política, una idea de revolución, cuya raíz está, precisamente, en el romanticismo europeo. Lo que pretende Díaz Fernández es abandonar la idea de que la historia es el acontecer de un destino para convertirlo en el acontecer de un proceso humano, un proceso radicalmente político. En su *Romanticismo,* escribe Safranski que «con la revolución surge una nueva comprensión de la política, primero en Francia y luego por doquier en Europa. La política, que antes era una especialidad de la corte, puede entenderse ahora como una empresa capaz de convertirse en asunto del corazón. Es necesario ver con claridad la cesura colosal que esta explosión de lo político conlleva. Las preguntas relativas al sentido, que antes competían a la religión, se dirigen ahora a la política, lo cual trae consigo un empuje secularizador, que transforma las llamadas «preguntas últimas» en cuestiones sociales y políticas: libertad, igualdad y fraternidad son soluciones políticas que apenas pueden negar su origen religioso» (Safranski: 36). En segundo lugar, resulta necesario redefinir lo que supone el romanticismo europeo para entender en qué piensa Díaz Fernández. El «romanticismo» era un asunto común en la producción intelectual europea del primer cuarto del siglo XX. Como señalan Michael Löwy y Robert Sayre en el fundamental *Rebelión y melancolía,* el romanticismo era un «enigma en apariencia indescifrable». Estos autores llaman la atención sobre que «el hecho romántico parece desafiar el análisis, no sólo porque su profusa diversidad resiste los intentos de reducción a un denominador común, sino también y sobre todo por su carácter legendariamente contradictorio, su naturaleza de *coincidentia opposi-*

*torum*: a la vez (o en tanto) revolucionario y contrarrevolucionario, individualista y comunitario, cosmopolita y nacionalista, realista y fantástico, retrógrado y utopista, rebelde y melancólico, democrático y aristocrático, activista y contemplativo, republicano y monárquico, rojo y blanco, místico y sensual» (Löwy: 9). Con esa complejidad contradictoria pasó a la obra de escritores como Charles Péguy, que trato de fusionar las creencias religiosas y el socialismo (como Simone Weil), o de Ernst Bloch, que se planteó lo paradójico de este movimiento en tanto que pensamiento orientado al porvenir utópico extraído esencialmente del pasado; y fue estudiado por Walter Benjamin o Carl Schmitt. El propio Díaz Fernández dedicó al asunto un buen número de artículos antes de su ensayo de 1930. Así, por ejemplo, el 15 de enero de 1924 publicaba en el diario *El Noroeste* un artículo titulado «La crisis del romanticismo»; al año siguiente, el 23 de agosto, en *Ondas* otro dedicado a «El romanticismo y la telefonía». Ya en 1930, y en *Nueva España*, periódico en el que Díaz Fernández ejercía labores de dirección, se publicaron varios artículos sobre el tema: dos trabajos de A. Habaru y de Salazar Chapela con motivo de las celebraciones del «centésimo aniversario del romanticismo» (nº 4); y otro de Julián Gorkín donde se presentan las diferencias entre «Romanticismo y naturalismo» (nº 6). Había sido tratado por Ramón Pérez de Ayala en *Pan y toros*, y Ortega y Gasset le había dedicado a través de la figura de Goethe un ensayo. El nuevo romanticismo en el que pensaba Díaz Fernández «asoma por Oriente» (Díaz Fernández, 1982: 39) y no es el de la «hinchazón retórica, de borrachera pasional, de gesticulación excesiva y ociosa» (Díaz Fernández, 1982: 42), sino el que aúna emoción y síntesis. En definitiva, el que resuelve las dos dicotomías básicas de la clase media (pequeña burguesía): por una parte, la oposición vanguardia/realismo; por la otra, la oposición individual/colectivo.

La primera de estas dicotomías es superada por Díaz Fernández reorientando el signo social del arte. Podríamos trasladar el problema a los términos como Voloshinov lo plantea para la palabra: «Las distintas clases sociales usan una misma lengua. Como consecuencia, en cada signo ideológico se cruzan los acentos de orientaciones diversas. El signo llega a ser la arena de la lucha de clases» (Voloshinov: 49). En las *formas* de la escritura vanguardista sucede algo parecido, según se establezca, como hace en *El nuevo romanticismo* el mismo Díaz Fernández, un uso común de las mismas por parte del futurismo, pero la lucha aparece cuando esos signos son orientados hacia una vida (futurismo italiano) u otra (futurismo ruso). Lo fundamental no es entonces la ruptura que había hecho la vanguardia con el lenguaje y las formas académicas, sino la *orientación social* de esa ruptura. Pero tampoco Díaz Fernández podía optar por una novela realista a lo Galdós (a pesar de que su obra es valorada en varias ocasiones) dado que en términos de Voloshinov: «en cada etapa evolutiva de la sociedad existe un específico y limitado círculo de temas expuestos a la atención de la sociedad y en los que está atención suele depositar un acento valorativo. Sólo este grupo de temas puede manifestarse en signo, llegando a ser tema de la comunicación semiótica» (Voloshinov: 47) y que «el mundo interior y el pensamiento de todo hombre posee un *auditorio social* estable, en cuya atmósfera se estructuran sus argumentos internos, las motivaciones y valoraciones internas, etc. Cuanto más culta es la persona dada, tanto más auditorio en cuestión se aproxima a un auditorio normal de la creación ideológica, pero en cualquier caso el interlocutor ideal no puede salvar las fronteras de una determinada clase social y de una determinada época. El aspecto de la orientación de la palabra hacia el interlocutor es de suma importancia. En realidad, *la palabra representa un acto bilateral*. Se determina en la misma medida por aquel a *quien pertenece y* por aquel a quien está destinada» (Voloshinov: 121), Así pues, «para que un tema, cualquiera que sea el nivel de la realidad a que pertenezca, forme parte del horizonte social de un grupo y suscite una reacción semiótico–ideológica, es necesario que dicho tema esté relacionado con los presupuestos socioeconómicos más importantes del grupo mencionado; es preciso que involucre siquiera parcialmente las bases de la existencia material del grupo señalado» (Voloshinov: 47).

Desde la perspectiva de Díaz Fernández, la literatura no se compone sólo de palabras, de expresiones o atributos externos. «Una página de Proust o de Giradoux, cuajada de metáforas, míresela por donde se la mire, está trabajada sobre materia humana y afluye a ella una corriente de alma universal» (Díaz Fernández, 1982: 74–75). De modo que la superación de la dicotomía vanguardia/realismo supone deshacer la aparente contradicción y establecer lo que podría entenderse como un *realismo vanguardista* o literatura de avanzada. Si atendemos a los esfuerzos hechos por otros intelectuales y artistas europeos, vemos que el proyecto ya estaba en marcha por la vía de una hegemonización crítica del signo, con Heartfield (en fotografía), Piscator (en la puesta en escena, que cita Díaz Fernández al final de su *El nuevo romanticismo*), Eisler (en música), Brecht (en literatura dramática), Eisenstein (en cine), etc. Por otra parte, como acertadamente señala José Carlos Mariátegui en «Arte, revolución y decadencia»: «conviene apresurar la liquidación de un equívoco que desorienta a algunos artistas jóvenes. Hace falta establecer, rectificando ciertas definiciones presurosas, que no todo el arte nuevo es revolucionario, ni es tampoco verdaderamente nuevo. En el mundo contemporáneo coexisten dos almas: las de la revolución y la decadencia. Sólo la presencia de la primera confiere a un poema o un cuadro valor de arte nuevo» (Mariátegui *apud* Brihuega: 420).

El problema de la vanguardia[32] para Díaz Fernández –que señala en el *El nuevo romanticismo* es, por tanto, que la literatura ha dejado fuera el con-

---

32 No es posible abordar aquí el problema de las vanguardias. Han sido muchas las simplificaciones que han señalado la correlación vanguardia=capitalismo; o vanguardia=modernidad. Para una adecuada caracterización puede verse los libros de Bürger, Sanguinetti, y, para España, Pérez Bazo. Cf. Bibliografía.

33 «El movimiento vanguardista se delinea claramente en dos etapas de aproximadamente cinco años. En su fase inicial, el grupo parte del espíritu y técnica heredados del ultraísmo. El espíritu dominante en esta primera época es la fe en el arte nuevo -arte de creación y

flicto contemporáneo, lo esencialmente conflictivo de lo actual. La disolución de la dicotomía vanguardia/realismo por medio del nuevo romanticismo es coherente con lo que encuentra Löwy en sus investigaciones para *Rebelión y melancolía*: «si bien en el siglo XX los movimientos artísticos cesan de llamarse así, no es menos cierto que corrientes tan importantes como el expresionismo y el surrealismo y autores capitales como Mann, Yeats, Péguy y Bernanos, llevan la profunda huella de la visión romántica» (Löwy: 27). La vanguardia queda relegada, en su presentación deshumanizada, a un mera visión mecánica del mundo, y así Díaz Fernandez puede decir en 1930, como resumen de los años que Buckley llama vanguardistas,[33] que «podemos dar por extinguida en nuestro país la literatura que quiso un día galvanizar el viejo aforismo estético de "el arte por el arte" reduciendo las zonas de creación a las típicamente formales» (Díaz Fernandez *apud* Esteban: 109). *Lo humano*, pues, liquida la primera dicotomía.

La segunda, la que opone lo individual y lo colectivo es superada por Díaz Fernández a través de un concepto ligado directamente con lo humano: *lo vital*. Pero también este concepto está sometido a lo que Voloshinov entendía como el problema de la *orientación social del signo*. Según Díaz Fernández hay igualmente un «equívoco de lo vital pues "lo vital" para estas gentes, es utilizar un léxico deportivo o manipular en el tópico de manera que las frases hechas, los giros tradicionales, las expresiones manidas, se conviertan en prosa moderna. Lañadores de la vieja retórica estos literatos son capaces de recomponer a Góngora sin Góngora e imitar a Proust en todo menos en lo de escribir una verdadera novela. Todos tienen, a la hora de escribir, unas décimas de fiebre clásica, y, sin embargo, buscan los vocablos del boxeo o del fútbol para darle al lector la sensación de que hay una "prosa del tiempo" como hay "limón del tiempo" o mariscos de la temporada en las cervecerías» (Díaz Fernández, 1985: 68). Cuando en realidad «hablar de vitalidad será aludir a lo humano y a cuanto concierne al hombre» (Díaz Fernández, 1985: 69).

Para Díaz Fernández el romanticismo no fue tanto la exaltación de lo individual como de lo humano. Lo individual, frente a lo humano, se presenta como una pura afirmación de identidad que no puede fijarse en ninguna

no de «mímesis»-. El movimiento ultraísta había limitado estas reformas a la poesía; los jóvenes -siguiendo el ejemplo de Ramón- quieren ahora «abrir agujeros a la prosa» y reformar la novela en su construcción y estilo. Quieren desprenderse del falso sentimentalismo patético (tan evidente en las novelas «eróticas» y «rosas» en boga), librarse de las exigencias de la anécdota y apartarse de un realismo demasiado prosaico. El estilo da preferencia a la metáfora -de tipo lírico o conceptista- que mezcla lo concreto con lo abstracto, llegando a crear así una enigmática no-realidad destinada a revelar al lector perspectivas nuevas del viejo mundo. Predomina en está primera fase un espíritu jovial y burlón, un optimismo vital, una exaltación del presente con conciencia de su fugacidad y de lo sensual. Se exalta la civilización moderna y el progreso técnico, los deportes y la velocidad, que transforman la sensación (...) De todos modos, a partir del año 30 (fecha aproximada) se acentúa la nota pesimista, acabando casi todos estos escritores en abierto desengaño nihilista. Se pierde gradualmente la fe en el arte y en el progreso técnico como solución. El mundo moderno, antes fuente de belleza, es, cada vez más, causa de angustia por su carácter «deshumanizante». Aparecen personajes del «hombre masa» y «la Venus mecánica». Obras como *Locura y muerte de nadie* o *Lo rojo y lo azul*, de Jarnés, se acercan ya a la novela social.» (Buckley y Crispin: 12-13).

orientación precisa. Por una parte, porque en la ideología de la clase media «al ser yo la única fuente de orden y valor, el romanticismo resulta fundamentalmente antimetafísico» (Löwy: 13). Por otra, porque esa individualidad se desarrolla con el capitalismo: «el desarrollo del sujeto individual está directamente ligado a la historia y a la "prehistoria" del capitalismo: el individuo "aislado" se desarrolla con esta y a causa de esta. Pero esto es fuente de una importante contradicción en la sociedad moderna, ya que ese mismo individuo creado por ella no puede sino vivir frustrado en su seno, y termina por rebelarse contra ella. La exaltación romántica de la subjetividad –considerada equivocadamente como la característica esencial del romanticismo– es una de las formas que toma la resistencia a la cosificación. El capitalismo suscita individuos independientes para cumplir funciones socioeconómicas; pero cuando esos individuos se convierten en individualidades subjetivas, que exploran y desarrollan su mundo interior, sus sentimientos particulares, entran en contradicción con un universo fundado en la estandarización y la cosificación. Y cuando estos individuos reclaman el libre juego de su facultad de imaginación, chocan con la chatura extrema del mundo engendrado por los vínculos capitalistas. El romanticismo representa, al respecto, la rebelión de la subjetividad y de la afectividad reprimida, canalizada y deformada. En consecuencia el "individualismo" de los románticos es esencialmente diferente del individualismo del liberalismo moderno» (Löwy: 36) Y finalmente porque «el individualismo romántico pone el acento en el carácter único e incomparable de cada personalidad, lo que conduce lógicamente, según Simmel, a la complementariedad de los individuos en un todo orgánico» (Löwy: 36). Una vez más la idea de complementariedad de la portada de Puyol y la famosa cita de Díaz Fernández: la sociedad actual es manca, porque le falta el brazo activo de la mujer. Por ello puede afirmar el sociólogo Michel Löwy que

> el deseo de recrear la comunidad humana –vista bajo múltiples formas: en la comunicación auténtica con el prójimo, en la participación en el conjunto orgánico de un pueblo (*Volk*) y en su imaginario colectivo expresado en las mitologías y los folclores, en la armonía social o una sociedad sin clases– es la contrapartida del rechazo de la fragmentación de la colectividad en la modernidad. La crítica de esta y los valores románticos positivos no son pues sino los dos lados de una única y misma medalla (Löwy: 37).

Lo que advertimos en *La venus mecánica* es el hecho fundamental, propio de la clase media (pequeña burguesía), de que el romanticismo necesita el estímulo de la realidad, pero no como naturaleza, dotada de legalidad propia, sino sólo como ocasión. La realidad no es para él [para Schmidt] una institución, sino una oportunidad (Villacañas: 63). Y así puede escribir Díaz Fernández que «otro amor más dilatado y complejo, fruto del progreso humano y de la depuración de las relaciones sociales moverá a los hombres del futuro, será el eje de la gran comunidad universal.» (Díaz Fernández, 1985: 58). Esa comunidad universal es una anticipación. Los personajes en *La venus mecánica* son su principio vital. Pero como señala Sender:

> El principio vital está en nosotros, pero sólo puede manifestarse en relación con las necesidades y las aspiraciones colectivas. Al hombre solo y aislado no le sirve para nada. Vivir es convivir, ya que, en el mejor de los casos, para percibir la propia vida es indispensable el panorama, la perspectiva, el punto de referencia. El ser más aislado, el que más se basta a sí mismo, es Dios, y Dios carece de principio vital: es una entelequia. Así y todo, esa existencia mínima de Dios necesita la fe colectiva, la superstición de los hombres. La naturaleza nos presta el principio vital, no como hombres aislados, como creaciones perfectas que tienen su fin en sí mismos, sino como cadenas de un eslabón, como elementos de la especie humana. El mejor producto humano no es nunca un mito individualista, como es Dios, sino un hombre con su razón y sus instintos en armonía, capaz de muchas altas empresas, pero ninguna superior a la creación en común. (Sender *apud* Esteban: 161).

## *La venus mecánica* como novela expresionista y realidad utópica

El expresionista alemán Johannes Becher escribía, en las primeras décadas del siglo XX, tres palabras que definían su proyecto estético: «vivencia, formulación y acción». En esta línea puede encontrarse buena parte de la literatura expresionista desde August Strindberg hasta Ernst Toller. La «acción» del enunciado no tenía ningún sentido retórico: muchos de los expresionistas conformaron el bloque revolucionario que se opuso a la llamada «Gran Guerra» de 1914 y que, por ejemplo en Alemania, estableció una República Socialista Soviética en Munich (Toller, entre otros) que fue aniquilada salvajemente por el gobierno socialdemócrata de la recién inaugurada República de Weimar. Exactamente lo contrario que escribe Becher había establecido el naturalismo/realismo burgués desde finales del XIX y que podría sintetizarse

---

34 Elise Richter define el expresionismo como «la reproducción de representaciones o de sensaciones provocadas en nosotros por impresiones externas o internas, sin que entre en consideración las propiedades reales de los objetos que suscitan tales impresiones» (Richter *apud* Rodolfo Modern.- *El expresionismo literario*, Buenos Aires, Eudeba, 1972, p. 14. Sin embargo, el expresionismo crítico toma en consideración las propiedades *sociales y políticas* de los objetos.

35 La objetividad (que no tiene como opuesto la subjetividad) es una posición crítica en un momento histórico, que reevalúa el realismo. De ahí que en los años veinte y treinta pueda existir un movimiento artístico, la «*nueva* objetividad», en medio de un debate sobre el realismo.

36 Por expresividad no debe entenderse aquí más que una objetividad subsumida, tramada, atravesada, por procedimientos de indagación *no objetivas* (pero tampoco *subjetivas*).

en «observación, análisis y conclusión». No se ha insistido suficientemente en la radical diferencia que supone *acceder a la realidad* a través de la construcción social (sociológica, estructural, antropológica, etc.) de la misma (y, consiguientemente, a través de su *representación «directa»*), o *acceder a la realidad* a través de la experiencia de un sujeto (humanismo, expresionismo[34], surrealismo, etc.) en la coexisten numerosos índices *además de* la construcción social (a través de su *representación «indirecta»*). Si en un caso las mediaciones son premeditadamente reducidas al máximo (el punto mayor de esa reducción es el discurso científico), es decir, tendentes a la *objetividad*[35], en el segundo las mediaciones se expanden al máximo (lo que multiplica las posibilidades de *expresividad*[36]). Lo más importante es entender que ambos caminos pretenden *acceder a la realidad*, y que, por tanto, no se tratan aquí todas las teorías artísticas que tienen en el individuo, en la subjetividad, en la «expresión interior» que llaman, su objeto. Díaz Fernández entendió los síntomas y la «atmósfera» de su tiempo. Atento a las polémicas sobre el realismo, a los debates entre las diferentes vanguardias, interesado –en definitiva– por lo que ocurría en una Europa en transformación, hizo con su novela uno de los pocos intentos por poner a la literatura española a la altura de su tiempo. Es por ello que se advierte en *La venus mecánica* la tensión entre distintos modelos representacionales[37]. Hay un intento de integrar en su novela los tres modelos (superación de la dicotomía vanguardia/realismo) adoptando una posición intermedia pues Díaz Fernández deja funcionar autónomamente elementos textuales, que potencian, intensifican, fracturan la línea narrativa transparente que parece guiar la novela, y que van desde descripciones («Sueño del cloroformo») y fragmentos textuales hasta monólogos («Imprecación del maniquí») e historias («Amante de negros»), al mismo tiempo que articula cada uno de esos elementos como proceso analítico de la transformación de Obdulia y de Víctor. Lo que está intentando resolver es la transferencia de *lo individual* a *lo social*, de la construcción de la consciencia *a través de una experiencia social concreta*. Es por ello que, convencido Díaz Fernández de que «el hombre contemporáneo «más que un depositario de la tradición, es un arquitecto de su propio impulso» (Díaz Fernández, 1985: 78), de que «el artista es el explorador de vanguardia, el violador del tiempo virgen» (Díaz Fernández, 1985: 82), y de que el deber de todo ser humano es hacer una ética y un mundo, *La venus mecánica* se presenta como una «realidad utópica», «una forma de realidad superior a la de la vulgar facticidad empírica» (Löwy: 218), según la entiende el Bloch de *Espíritu de utopía*. La novela, así, mostraría el

37 Vicente Sánchez Biosca ha tratado de establecer tres grandes modelos discursivos susceptibles de historizar la producción cinematográfica durante la primera mitad del siglo XX. La aplicación de estos modelos a la producción artística y literaria es fundamental. Los tres modelos pueden ser descritos a grandes rasgos en a) el modelo hermético-metafórico: búsqueda de la plasticidad, opacidad figurativa, estructura narrativa inconexa, intensidad expresiva; b) el modelo narrativo-transparente: transparencia figurativa, linealidad estructural, homogeneidad icónica, encadenamiento de acciones; y c) el modelo analítico-constructivo: descomposición analítica, transparencia figurativa, conflicto entre fragmentos, dominio del discurso. Cf. *Sombras de Weimar,* Madrid, Verdoux, 1990, pp,. 50-57.

paso de una situación de hecho, a una situación de porvenir, en paralelo a lo que Galán estudiaba con un concepto esencial: narrar *una experiencia del porvenir* (Galán: 30) que cierra una inicial *evolución* revolucionaria (Galán: 25 y ss), mediante una huelga revolucionaria (al final de la novela) que deja ver que la *gran ciudad* «no existía sin el esfuerzo de aquellos hombres de los arrabales, a quienes la urbe arroja con desdén al infierno de las zahurdas». Y que *el mundo* «gira sobre las espaldas de los miserables y cuando ellos se ponen en pie y rompen la bárbara curva del trabajo, todo queda confuso e inmóvil, como en la víspera del Génesis» (Díaz Fernández: 136). Una experiencia desalienante. Así puede entenderse que, por ejemplo, el espacio urbano que delimita la narración, los barrios construidos a comienzos de siglo: la Gran Vía; o los que significaron la modernización de la ciudad: la calle de Alcalá, Castellana, etc., esté descrito con un dinamismo y una iconografía cosmopolita[38] que difiere notablemente de la descripción que, por ejemplo, hace Azaña en su artículo «Madrid» de *Plumas y palabras* (1930), o de la que son testigo las cámaras de algunas películas de la época (como el Madrid que aparece en *El misterio de la Puerta del Sol* de 1929). Por lo mismo que resulta innecesario buscar en la novela los referentes históricos de personajes, lo es también hallar los de lugares o de hechos, que no están sino construidos como *sintéticos* y, por tanto, integrado por múltiples elementos de muy diferente procedencia y sentido.

Es por eso que la *historicidad* de la novela presenta a los críticos la misma problemática que los esperpentos de Valle-Inclán, y ésta no puede resolverse ni por su asunción al subjetivismo expresionista ni tampoco por su adscripción a un moderno esteticismo, puesto que *La venus mecánica* indaga en la realidad, en la única realidad (que siempre es histórica) hacia una *radical objetividad*, pero por otras vías que encuentra en el expresionismo y en la novela crítica. Por eso, tal vez, no fue comprendida en su tiempo y es ahora cuando encuentra sus lectores y su horizonte.

César de Vicente Hernando

38 La influencia de *Metropolis* de Fritz Lang es notoria en esta narrativa. Cf. mi «Representaciones sociales de las vanguardias: *La venus mecánica* y *Metropolis*» en *Letras Peninsulares*, Vol. 6.1, Spring, 1993, pp. 109-125.

## Esta edición

Se reproduce en este libro la primera edición de *La venus mecánica* aparecida en la editorial Renacimiento en 1929. Se han corregido todos los cambios que se habían realizado en las sucesivas ediciones (incluyendo la segunda, en vida del autor): tanto de puntuación, como de encabezamientos de capítulos y numeración de los mismos, palabras que habían desaparecido y formas de citar. Se ha corregido solamente la acentuación para ajustarlo a los criterios actuales pero se ha respetado, sin embargo, la forma de palabras como chauffeur o tennis, en lugar de chofer y tenis, ya aceptadas por la RAE. Se han dejado los entrecomillados, para señalar su época, de otras palabras como «botones», «snob», «taxi» o «Renault», que resultaban nuevas entonces, evitando además confundir las cursivas (que denotan intencionalidad del autor sobre el significado de la palabra) con las formas de nominación de su tiempo. Se han mantenido igualmente errores de la novela, como el imposible número 180 de la calle del Pez (probablemente el 18, p. 41); o lo que parece no «el quinto piso de la Gran Vía» sino «del Gran Vía» (p. 5).

# Bibliografía citada

Álvarez Rey, Leandro. *Bajo el Fuero Militar. La Dictadura de Primo de Rivera en sus documentos (1923–1930).* Sevilla: Universidad de Sevilla, 2006

Azaña, Manuel. *Plumas y palabras.* Barcelona: Crítica, 1976

Ben–Ami, Shlomo. *La dictadura de Primo de Rivera.* Barcelona: Planeta, 1984

Benumeya, Gil. «José Díaz Fernández: *La Venus Mecánica*, Renacimiento» en *La gaceta Literaria*, nº 73, 1 de enero de 1930, p. 15

*Bibliografía general española e hispanoamericana.* Cámaras Oficiales del Libro, Madrid–Barcelona. Nendeln: Kraus Rieprint Ltd., 1967

Brenan, Gerald. *El laberinto español.* Barcelona: Ruedo Ibérico, 1977

Brihuega, Jaime. *Manifiestos, proclamas, panfletos y textos doctrinales.* Madrid: Cátedra: 1982

Broué, Pierre y Témime, Emile. *La revolución y la guerra de España.* México D.F.: FCE, 1979, tomo 1.

Bukley, Ramón y Crispin, John. *Los vanguardistas españoles.* Madrid: Alianza Editorial, 1973

Bürger, Peter. *Teoría de la vanguardia.* Barcelona: Península, 1987

*Catálogo CIAP.* Madrid: CIAP, 1930

*Catálogo General de la Librería Española e Hispanoamericana. Años 1901–1930.* Madrid: Instituto Nacional del Libro Español, 1944, Tomo 2

Cobb, Christopher. *La cultura y el pueblo.* Barcelona: Laia, 1981

Conte, Rafael. «Prólogo» a José Díaz Fernández. *La venus mecánica.* Madrid: Moreno–Ávila, 1992.

Del Pino, José María. *Montajes y fragmentos: una aproximación a la narrativa española de vanguardia.* Amsterdam: Rodopi, 1995

Díaz Fernández, José. «Autocrítica de *La Venus mecánica*» en *Nuevo Mundo*, 31 de enero de 1930

______________. «*Ha llegado el día*, de Alberto Insúa» en *Luz,* 28 de junio de 1932, p. 4

______________. en *El Liberal.* Madrid, 23 de junio de 1935

______________. *El blocao*. Madrid: Turner, 1976

____________. *La venus mecánica*. Barcelona: Laia, 1982

____________. *Octubre rojo en Asturias.* Gijón: Silverio Cañada, editor, 1984

____________. *El nuevo romanticismo.* Madrid: José Esteban, editor, 1985

____________. *Prosas.* Madrid: Fundación Santander Central Hispano, 2006

____________. y Arderíus, Joaquín. *Vida de Fermín Galán*. Madrid: Zeus, 1931

Duby, Georges y Perrot, Michelle. *Historia de las mujeres.* Madrid: Taurus, 2006

Esteban, José y Santonja, Gonzalo. *Los novelistas sociales españoles (1928–1936).* Barcelona: Anthropos, 1988

Fuentes, Víctor. *La marcha al pueblo en las letras españolas (1917–1936).* Madrid: Ediciones de la Torre, 2006

Galán, Fermín. *Nuevas ideas.* Barcelona: Producciones Editoriales, 1979

Goldman, Emma. *La mujer libre.* Barcelona: Maucci, s/f

González Calleja, Eduardo. *La España de Primo de Rivera.* Madrid: Alianza Editorial, 2005

Guerra de la Vega, Ramón. *Madrid, años 20.* Madrid, 2008

Hormigón, Juan Antonio. *Valle–Inclán. Biografía cronológica.* Madrid:ADE, 2007, 2 vv.

Löwy, Michel y Sayre, Robert. *Rebelión y melancolía.* Buenos Aires : Nueva Visión, 2008

Luengo, Jordi. «Tanguistas de una *bohemia* olvidada» en *Dossiers feministes.* n° 7, 2003, pp. 119–140.

Madrigal Pascual, Arturo Ángel. *Arte y compromiso. España 1917–1936.* Madrid: Fundación Anselmo Lorenzo, 2002

Martínez, Jesús A.(dir.) *Historia de la edición en España 1836–1936.* Madrid: Marcial Pons, 2001

Martínez Gómez, Pedro. *La dictadura de Primo de Rivera en Almería (1923–1930).* Almería. Universidad de Almería, 2007

Marx, Karl. *Manuscritos economía y filosofía.* Madrid: Alianza Editorial, 1984

Mouffe, Chantal. *El retorno de lo político.* Barcelona: Paidós, 1999

Muiña, Ana. *Rebeldes periféricas.* Madrid: la Linterna Sorda, 2008

Ortí, Alfonso. «En torno a una visión de Marx: clases medias y reconstrucción de la hegemonía burguesa» en *Cien años después de Marx*. Madrid: Akal, 1986

Pérez bazo, Javier. *La vanguardia en España.* Tolouse: CRIC&OPHRYS, 1998

*Post-guerra,* Madrid, n° 1, 25 de junio de 1927

Prost, Antoine y Vincent, Gérard. *La vida privada en el siglo XX.* Madrid: Taurus, 1992

García Queipo de Llano, Genoveva. *Los intelectuales y la dictadura de Primo de Rivera*. Madrid: Alianza Editorial, 1987

Safranski, Rüdiger. *Romanticismo*. Barcelona: Tusquets, 2009

Sánchez Biosca, Vicente. *Sombras de Weimar*. Madrid: Verdoux, 1990

Sanguineti, Edoardo. *Por una vanguardia revolucionaria*. Buenos Aires, Tiempo Contemporáneo, 1972

Santonja, Gonzalo. *La República de los libros*. Barcelona: Anthropos, 1989

Scalon, Geraldine. *La polémica feminista en la España contemporánea (1868–1974)*. Madrid: Akal, 1986

Selva, Enrique. *Ernesto Giménez caballero: entre la vanguardia y el fascismo*. Valencia: Pre–Textos, 1999.

Tuñón de Lara, Manuel. *La España del siglo XX*. Barcelona: Laia, 1981, Tomo 1

Venegas, José. *Andanzas y recuerdos de España*. Buenos Aires, 1942

Vila–San Juan, José Luis. *La vida cotidiana en España durante la dictadura de Primo de Rivera*. Barcelona: Argos Vergara, 1984

Villacañas, José Luis. *Poder y conflicto*. Madrid: Biblioteca Nueva, 2008

Voloshinov, Valentin. *El marxismo y la filosofía del lenguaje*. Madrid: Alianza Editorial, 1992

Wright, Eric Olin. *Clases*. Madrid. Siglo XXI, 1994

Zavala, Iris M. *Breve historia feminista de la literatura española*. Barcelona: Anthropos, 1998, tomo 5

Zetkin, Clara. *La cuestión femenina y la lucha contra el reformismo*. Barcelona: Anagrama, 1976

# La Venus mecánica

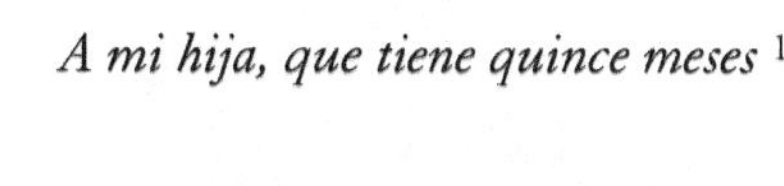

*A mi hija, que tiene quince meses* [1]

1 Dedicatoria que desaparece en la segunda edición y en todas las sucesivas reediciones de la novela.

José Díaz Fernández

# I

—Déjeme. Déjeme. No podemos hablar[2].

—¿Nunca?

—Pues claro.

—Me tiraré delante del «taxi»[3], a que me mate.

Se echó a reír, y después de cerrada la portezuela aún sintió Víctor su carcajada chafarse en los cristales. Pero el «chauffeur» fue más insolente:

—Se ríe de usted –le dijo, al tiempo que arrancaba.

—¡Imbécil!

Midió bastante bien la voz, porque el mecánico no debió de oír el insulto. En cambio, la dignidad de Víctor se irguió satisfecha y petulante, mientras un guardia, con gesto de prestímano[4], le escamoteaba aquel automóvil en plena calle de Alcalá.

Se encontró de nuevo a solas con su cólera de muchacho tímido y soberbio; su cólera pueril, donde poco a poco se iba sumiendo, como en un pantano, la risa de antes. «Debí haberla seguido.» «Debí tomar otro "taxi", a ver dónde

---

2 El inicio de la novela sigue el modelo del cine clásico de Hollywood: la narración comienza antes de la acción, va de lo particular a lo general y establece desde el primer momento los rasgos psicológicos de los personajes, que nos iluminan en lo que será el «ambiente» de lo que se va a contar. Pero, como se verá, numerosas escenas de la novela recurrirán al conflicto de planos (cf. capítulo 17) como en el cine dialéctico soviético.

3 El «taxi», entrecomillado, es una de las pocas referencias directas (no reelaboradas poéticamente) a la modernidad de la ciudad. A finales de los años veinte el Ayuntamiento de Madrid aprobó toda una reglamentación de este servicio, incluyendo tarifas, licencias, normas de circulación, etc. El «taxi» es una muestra del crecimiento demográfico de las ciudades, de la idea de movimiento y ajetreo urbano y del creciente sector servicios que se instala en las capitales. Cf. Javier Leralta.- *Historia del «taxi» en Madrid*, Madrid, Sílex, 1996.

4 *Prestímano*: De prestidigitador, como haciendo juego de manos. Primera de un sin fin de greguerías, aforismos retóricos, que aparecen a lo largo de la novela y que definía su creador, Ramón Gómez de la Serna, así: «Desde 1910 (...) me dedico a la greguería, que nació aquel día de escepticismo y cansancio en que cogí todos los ingredientes de mi laboratorio, frasco por frasco, y los mezclé, surgiendo de su precipitado, depuración y disolución radical, la greguería. Desde entonces, la greguería es para mí la flor de todo lo que queda, lo que vive, lo que resiste más al descreimiento.» (Gómez de la Serna.– *Obras selectas,* Barcelona, AHR, 1973, p. 861).

vive.» «Soy un idiota.» Quiso componer su rostro con fracciones de recuerdo, con rasgos cazados apresuradamente en la brevísima escena. «Tiene la nariz así.» «No, no es así.» «Y la boca...» «Los ojos, negros; desde luego, negros.» «Pero la nariz...» Se paró frente a un escaparate, sin mirarlo, distraído con aquel rompecabezas interior. Nada, no recordaba bien. Sin embargo, aquella cara tenía para él un aire conocido. «Parece que la he visto en algún sitio.» «A lo mejor es la mujer de algún amigo.» Porque en estas efímeras aventuras de la calle, lo que le daba más terror era pensar que la mujer acosada fuese la que días antes le había sido presentada precipitadamente por alguna persona de su intimidad. ¿Qué género de memoria era la suya, que en su fondo turbio sentía estremecerse, en desconcertante confusión, partículas de recuerdos y larvas de presentimientos, residuos de pasado y átomos de futuro? A veces no sabría decir si una videncia cualquiera, un temor o un gozo, habían sido ya suyos o es que iban a su encuentro por primera vez. Debe de haber un túnel secreto en nuestra conciencia por donde se comuniquen la memoria y el corazón. Por eso su madre, cuando le enseñaba inglés, le decía: «Saber de memoria se dice *To know by heart.* O sea "saber de corazón"». Acaso esa mezcla de memoria y corazón le había despistado con la imponderable transeúnte. Porque habían sido cinco minutos nada más los transcurridos en la persecución. La vio bajar del «taxi» para entrar en una perfumería, y entonces se miraron. Víctor fue de nuevo, un instante, ese hombre de guardia a las puertas de una tienda, ese mendigo de palabras y sonrisas fugaces, ese misógino devorador de citas falsas y respuestas equívocas que desgasta su alma en todos los quicios y todas las esquinas. Por eso, para desquitarse, cuando la desconocida salió con sus paquetes, la afrontó decidido, hasta incurrir en la burla del «chauffeur».

Pero, en fin, aquella mujer ya no existía. Se había diluido como una gota azul en el torrente urbano de las ocho de la noche. Cruzó la calle de Peligros y salió a la Gran Vía[5], casi contento de encontrarse otra vez con su libre albedrío, lejos de la complicación amorosa que desbarataba sus horas y le tenía semanas enteras alejado del trabajo. Desde la ventana de un café[6] le llamaron a gritos:

---

5 Desde las primeras páginas de la novela se va delineando el Madrid que constituye el lugar de la narración: por una parte, Gran Vía, Alcalá, Peligros, Castellana, que constituye el centro financiero, mercantil y empresarial así como el espacio donde se ubican los hoteles más importantes, los teatros y cine, y los lugares de ocio (cafés, salas de baile, etc.). Para realizar la Gran Vía «fue necesario el derribo de un tejido urbano degradado, el desahucio de la población de escaso poder adquisitivo» (Sambricio: 254). Distrito en el que se ubicaban también buena parte de las redacciones de periódicos, editoriales y librerías. Por otra, Princesa, Argüelles, el barrio de Pozas y Rosales, donde se ubica una población de empleados, profesionales y burguesía media; y –finalmente- Pez, zona de casas de mediados del siglo XIX donde se concentra población obrera y marginal. Barrios proletarios, como Cuatro Caminos o el ensanche hacia Vallecas no aparecen en la novela (cf. mapa).

6 Los cafés, como es bien sabido, fueron el centro de reunión preferido de intelectuales y artistas. Díaz Fernández mantuvo tertulias en algunos de los más conocidos: en la Granja El Henar de la calle Alcalá, casi esquina con Sevilla, que tenía un patio en donde en 1925 coincidían dos grupos: el de Azaña, Rivas Cherif, León Felipe y otros; y el de Díaz Fernández, Antonio Espina, Alberti, García Lorca, Concha Méndez, Arniches y otros (lo que le debió permitir conocer todas las caras de la literatura pura, neotradicionalista

—¡Víctor! ¡Víctor!

Era Augusto Sureda, el psiquiatra de moda, al que llamaban en el Ateneo el «médico de las locas». Por su consulta desfilaban, efectivamente, aristócratas y burguesas de nervios descompuestos, muchachas de sexualidad pervertida, matronas menopáusicas; en una palabra: las «histéricas de primera clase». Muchas no mostraban otro síntoma de histerismo que el de acercarse al mundano doctor, famoso en plena juventud, que, siendo el favorito de las gentes distinguidas, sufría arrebatos políticos y vehemencias democráticas. Las viejas condesas se escandalizaban de que sus hijas confiasen los pensamientos más vergonzosos, las inquietudes o los deseos que en otra época sólo se descubrían ante la rejilla del confesionario, a un hombre joven e impío que aseguraba muy serio que un vómito provenía de cierta frase obscena escuchada por la paciente en un almuerzo elegante celebrado años atrás. El doctor Sureda, además, no tenía inconveniente en sentarse en las tertulias de los cafés entre estudiantes, artistas y profesionales anónimos, gentes deslenguadas que hacían chistes a costa de los reyes desterrados y nombraban Rusia con emoción.

Víctor entró en el café y se sentó con el médico, que acababa de arrojar sobre una silla un periódico recién comprado.

—¿Qué hay, doctor?

—Estoy indignado. Acabo de leer la reorganización del Gobierno. Otros dos cretinos en los ministerios nuevos. Pero ¿adónde vamos a parar?

—A mí ya no me asombra nada. Es un Gobierno de compadres que resume la idiotez nacional. Créalo usted, Sureda: pertenecemos a un país viejo, agotado e inculto que duerme a la sombra de sus tópicos. Aparte de unos cuantos que compran libros, que hacen viajes de vez en cuando, a los demás no les importa nada eso que llaman vida pública.

—No, no. No estoy de acuerdo, Víctor. Usted es extremoso en el entusiasmo y en el pesimismo. Muy español, demasiado español. Algo le ha cotrariado a usted hoy.

—Quizá.

—Claro. Ese juicio es otro lugar común en labios de un muchacho inte-

---

e híbrida). También asistía a la tertulia del Pombo donde le conoció José Venegas, futuro editor de libros de avanzada y colaborador en *Post-guerra*, en 1926, presentados por Ramón Gómez de la Serna. Pero el Savoia, «un pasillo sustraído al vestíbulo del Teatro Apolo» (según Venegas) fue el café en el que se organizaban tertulias políticas y conspiraciones: «El dueño estaba afiliado a la Unión Patriótica, invento de Primo de Rivera, y creo que era concejal de real orden del Ayuntamiento de Madrid. Al café concurrían amigos políticos suyos, con los que era forzado codearse, por la pequeñez del local. Si se agrega a esto la incomodidad del café, se comprenderá lo absurdo de que celebrasen allí sus sesiones unos conspiradores contra la dictadura, pues eso era ya aquella reunión. Cuando me incorporé a ella aún concurrían de vez en cuando algunos literatos más o menos puros que terminaron por desertar». (Venegas: 128-129). Venegas señala que todos eran orteguistas en mayor o menor medida. Y que de la tertulia salió *Post-guerra*. «El grupo se mezclaba a todas las conspiraciones contra la dictadura» (Venegas: 129) Uno de estos era Álvaro de Albornoz al que veían en el café Kutz de la Gran Vía. «Algunos militares conspiradores concurrían a la tertulia, entre ellos Fermín Galán. Pero yo no le conocí porque no coincidimos nunca. Tenía noticias de él por las referencias de Pepín y otros amigos» (Venegas: 134).

ligente. Yo confío en el pueblo. Hay que guiarlo. Hay que enardecerlo... ¿Qué toma usted?

—No sé... Una copa de jerez.

Mientras el camarero iba por ella, Víctor continuó:

—Por supuesto que lo que pasa por ahí fuera es idéntico. Una Sociedad de Naciones que celebra Conferencias de Desarme para armarse; histriones que se hacen reyes y dictadores; rastacueros[7] republicanos que se desmayan de gozo en las antesalas palaciegas. ¡Un asco!

Víctor se bebió de un trago el aperitivo, mientras la fina sonrisa del médico neutralizaba aquella extemporánea irritación.

—Entonces, querido, no nos queda más que la utopía, el feliz país de mis locos.

—No creo en Occidente, doctor. No creo en la cultura occidental, ni en la política occidental, ni en la diplomacia occidental. No creo en otra cosa que en la violencia.

Sureda se echó a reír:

—El camarero piensa que usted está enfadado de veras.

Y luego, cambiando de tono:

—Yo tampoco creo demasiado en todo eso. Pero el camino de la revolución es diferente en cada pueblo. Aquí, todavía los librepensadores bautizan a sus hijos y anuncian en los periódicos que han tomado la primera comunión. Usted sabe bien el heroísmo que supone por esas provincias ser liberal, estar frente al cura y al terrateniente, leer un periódico avanzado; por ahora, ése es el único drama del hombre español.

—Cierto. Pero ¿qué se puede hacer? Por uno que sienta eso, hay un centenar de indiferentes. Y, luego, esa mugre del casticismo, abajo y arriba. Mire, mire usted –agregó Víctor, señalando una de las mesas–: esa pareja es el símbolo de la vida nacional.

—¡Ah! El general Villagomil. Y ¿quién es ella?

—Una ex camarera: la Milagritos. Lleva un convoy de alhajas encima. Es de esas andaluzas que disimulan su estupidez con un papirotazo[8] y un ¡Gracioso! insoportables. Se trata de la mujer de mayor influencia en el país.

—Una especie de Madame Du Barry[9] analfabeta.

—Y con moño. Hasta las cocotas[10] son aquí reaccionarias. En fin, voy a limpiarme los zapatos. ¡Limpiabotas!

—También eso es bien español, Víctor. Ya sabe usted lo que decía Trotski.

—Sí. Que España es el país de los zapatos brillantes y el corazón sombrío. Tiene razón.

---

7 *Rastacueros*: Del francés: Individuo ostentoso cuyos recursos no se conocen o se desconoce su procedencia.

8 *Papirotazo*: Gesto hecho con un golpe de cabeza y una posición de las manos.

9 Jeanne Becú (1743-1793): Cortesana francesa, convertida en condesa tras su boda con Jean du Barry, amante del rey Luis XV y dama influyente en la corte francesa.

10 *Cocotas*: Del francés: mujer de moral ligera, prostituta.

# II

La conversación con el médico le había eliminado las últimas toxinas del mal humor. Víctor, enfermo del hígado a los treinta años, necesitaba con frecuencia descargar aquel órgano desmoralizado de su fluido de acritud. Una contrariedad cualquiera le oprimía el resorte hepático, y entonces se producían en él terremotos de rabia, conmociones furiosas que hacían trepidar su conciencia. Era la hora de escribir. Sus artículos resultaban después iracundos y ardientes, como si conservasen aún el plomo derretido de la linotipia. No era raro que las manos de acero del fiscal acudiesen a detener el fuego sedicioso. El doctor Sureda solía decir:

—¡Y que todo dependa de una simple insuficiencia biliar! El día que Víctor esté bien, se acabó el revolucionario. No hay más remedio que cuidar ese hígado para que no se cure nunca.

Con su zumbido de avión prisionero, el ascensor dejó a Víctor en el quinto piso de la Gran Vía, donde estaba instalado su hotel, pequeño hotel hermafrodita, pues era mixto de hotel y pensión. La célula primaria de aquel alojamiento había sido una modesta casa de huéspedes de la calle de Jacometrezo, en la que predominaban estudiantes y burócratas. Al desaparecer el viejo reducto de la galantería económica, en cuyos portales celebraban asamblea nocturna las musas de don Emilio Carrere[11], la hospedería se hizo pensión y ascendió a un alto piso de la avenida de Pi y Margall. Los estudiantes se transformaron en opositores y los burócratas en viajantes catalanes. Había camareras con cofia y cocinero. Más tarde, la pensión descendió dos pisos, y quedó convertida en hotel. La servidumbre fue aumentada con un mínimo elemento de la hostelería europea, un «botones» uniformado, y los clientes eran ya turistas, cocotas caras, bailarinas y empleados de la industria extranjera de la posguerra[12]. Víctor vivía allí porque en el mismo piso estaba la agencia periodística que él dirigía.

---

11 Emilio Carrere: (1881-1947): Novelista, *El sacrificio* (1922), sobre la guerra de Marruecos, *La torre de los siete jorobados* (1927); poeta popular y de gran reconocimiento, *Dietario sentimental* (1916), *Nocturnos de otoño* (1920); periodista y dramaturgo español. Fue bohemio en los primeros años del siglo XX, rico monárquico y antirrepublicano en los años treinta, y fascista en los años cuarenta.

12 Sintética descripción de la evolución de la ciudad tras la Primera Guerra Mundial, a través de rasgos sociales: las profesiones, los recursos, las categorías y la metafórica as-

Entró en el comedor para cenar, y desde su mesa, mientras le servían la sopa, inició el ejercicio eterno de mirar a las mujeres, delicioso ejercicio que se practica en todos los comedores de la tierra. Casi todas eran conocidas. Una alemanita de pelo color cerveza, cuyos ojos huían como pájaros asustados de la imponente recriminación de su marido. Dos inglesitas infatigables en el manejo del Baedeker[13] y el diccionario inglés-español. Una eminente actriz española, que ocupaba dos mesas, con su amante, el empresario, su otro amante, el primer actor y tres hijos de su marido legítimo, estoico representante de la compañía. Una abundante matrona de provincias. Una cocotilla insignificante... Pero la mirada de Víctor se detuvo en la pareja desconocida: dos damas que comían lejos, cerca del balcón. A una la veía difícilmente, porque estaba casi de espaldas. A la otra, en cambio, pudo observarla Víctor a su antojo. Desde luego, extranjera. El rostro aniñado, un poco andrógino, el sombrero de muchacho y la blusa cerrada sugerían una de esas bellezas preparadas por la química cosmopolita. Más que mujeres, esquemas de mujeres, como las pinturas de Picasso. Pura geometría, donde ha quedado la línea sucinta e imprescindible. Víctor pensó en lo lejos que se encontraba aquella mujer de la mujer académica, mórbida y maternal, capaz de promover el entusiasmo erótico del bosquimano[14]. Ésta sería el tope de la especie, la etapa última del sexo. En realidad, aquella figura no era ya un producto natural, sino artificial. Pero un producto encantador. Aquel ser no podría cuajar por sí solo en el misterioso laboratorio del útero. Era una sutil colaboración de la máquina y la industria, de la técnica y el arte. Alimentos concentrados, brisas artificiales del automóvil y el ventilador eléctrico, iodos de tocador, sombras de cinema y claridades de gas.

Esa mujer, más que la hija de su madre –seguía meditando Víctor–, es hija de los ingenieros, de los modistos, de los perfumistas, de los operadores, de los mecánicos[15]. Cuando la civilización penetre totalmente en la vida, sin que ninguna de sus capas quede virgen, entonces aparecerá la mujer «standard», la mujer «Ford» o la mujer «Citroen».

«Estoy bebiendo demasiada agua mineral –pensó Víctor–. Me parece que pierdo la cabeza.» ¿Y esa alma? ¿Cómo será esa alma? Un latino no podrá nunca contemplar a la mujer sino como una deidad caprichosa y terrible. Un gesto, una palabra, una sonrisa, son la llave del paraíso o del infierno, del amor o de la indiferencia. Víctor se reconocía ante la inédita extranjera mucho peor

---

censión en las plantas de los edificios. La presencia de numerosos extranjeros señalan el interés que para los europeos tenía Madrid como lugar de inversión, y la proyección turística que la ciudad trató de dar paralelamente. Es otro mundo al que se describe en *El comedor de la pensión Venecia* de Joaquín Arderíus, más orientada al vitalismo amoroso y la pasión sexual, a pesar de ser dos autores que habitualmente se les incluye en el mismo grupo.

13 *Baedeker*: Guía turística publicada por la famoso editorial alemana Baedeker.

14 *Bosquimanos*: Grupo de pueblos primitivos de África.

15 Primera referencia al título de la novela. Venus mecánicas como mujeres hijas de la publicidad, el maquillaje, los modistas, y –por tanto- primera alusión a la *alienación* que sufre la *verdadera* mujer.

que un latino: se veía cargado con las cadenas del español celoso, brutal, caballeresco. Estaba ya deseándola, rodeándola de complicaciones y peligros, amándola con el incomparable amor que precede a todas las intimidades. «En esto soy todavía un poco salvaje.» Porque el secreto puede que esté en la trivialidad de un diálogo sostenido en el vestíbulo de un cine, en el fondo de un «taxi» o en el rincón de un restaurante, ante la embozada botella y la verde pirámide de las frutas. Víctor, de cada mujer que había pasado por su vida, con paso apresurado o lento, recordaba esos instantes únicos que eran a modo de señales para fijar la historia de una pasión, y que al fin valían más que la pasión misma. Que esas mujeres, delgadas y esbeltas como vegetales, no tengan abrazo de yedra, sino tacto de magnolia. Ningún instrumento tan primoroso como ellas para comer bombones, sumergirse en la electricidad de las pieles o surcar el lomo de las alfombras. Si Augusto Sureda pudiese ahora sorprender sus pensamientos, le diría lo de siempre: «Dos hombres viven en usted en constante disputa: el español secular y el europeo civilizado. Lo que repugna a uno le agrada al otro, y viceversa. ¡Una tragedia!».

Las dos mujeres habían terminado de comer, y pedían café. Víctor, distraídamente, daba fin también a un filete de ternera, única carne que no entraba en colisión con su hígado. «Será preciso informarse –se dijo–. Parecen interesantes.» Llamó a la camarera:

—¿Quiénes son esas señoras?

—¡Anda! Pues llevan ya dos días en casa.

—No las vi en el comedor hasta hoy.

—Una dicen que es condesa... Pero vaya usted a saber... A lo mejor, una prójima[16]. Son extranjeras. Vienen de Bilbao.

En tal momento, la que estaba de espaldas cambió de sitio, sin duda para observar mejor a los restantes comensales. Víctor tuvo que reprimir un grito de sorpresa. ¡Cómo! Era la que momentos antes, en la calle, se había burlado de él con graciosa insolencia. Y sin duda le reconocía, puesto que a la segunda mirada cuchicheó con su compañera y reprimió la risa que otra vez quería escapársele como un borbotón de malicia.

Víctor, que desenfundaba un plátano, lo dejó intacto en el plato y fue hasta la mesa de las forasteras.

—Perdón, señorita. Quiero ofrecerle ahora mis respetos, ya que antes llevaba usted tanta prisa.

—¡Oh!, muchas gracias. Pero entonces no era ocasión.

—¿Y ahora?

—¡Bah! Ahora, tampoco. Pero ya que somos compañeros de hotel... Voy a presentarle. El señor... No sé cómo se llama...

—Víctor Murias, periodista.

—El señor Murias, que todavía persigue a las mujeres en la calle. La condesa Edith Kasor, de Viena, mi amiga. Yo me llamo Elvira.

16 *Prójima*: Mujer de reputación dudosa.

La condesa extendió la mano a Víctor desdeñosamente y siguió moviendo el café.

—Puede sentarse, ¿no es cierto, Edith?

—Sí, sí.

La escena había promovido en el comedor cierta sensación. La voluminosa matrona de provincias les miraba con ojos de terror, como quien está pensando: «¡Qué desfachatez! ¡Y cómo van vestidas esas desgraciadas!». La cocotilla de la otra mesa, contrariada porque nadie se fijaba en ella, hubo de salir precipitadamente, sin disimular un gesto de rabioso desprecio. Solamente las dos inglesas seguían descifrando itinerarios y discutiendo en voz baja.

—Mi amiga no conoce Madrid –le dijo Elvira–, y estoy haciendo de «cicerone».

—Madrid –dijo la condesa en un español lento, pronunciado con bastante corrección– es una ciudad muy hermosa.

—Desde ahora lo será más, porque está usted.

—Gracias.

Víctor se arrepintió en el acto de aquel piropo hosteril[17], indigno de un intelectual y más indigno aún de una condesa.

—Como usted ve, Edith –dijo Elvira–, el señor Murias es un galanteador temible. A mí me ha bloqueado esta tarde, y tuvo que salvarme un «chauffeur».

—No se burle.

Elvira extrajo de su bolso una caja de cigarrillos ingleses, y los tres se pusieron a fumar y a charlar. A charlar de España, de Madrid, del amor y de mil cosas igualmente indiferentes.

17 *Hosteril*: Relativo a la hostería.

# III

Elvira Vega había nacido en Sevilla. A los dieciocho años contrajo matrimonio en Madrid, y a los veinte, en París, abandonó a su marido para hacerse amante del embajador de la Argentina. «Mi marido era simpático, pero no me daba dinero, porque se lo gastaba en los "music-halls". Yo, naturalmente, no estaba enamorada de él. Tenía yo misma que limpiar la casa y hacerme la ropa y la comida. Desde la ventana veía pasar a los trasnochadores y divisaba los rótulos luminosos de los cines. Un día, un señor de cierta edad me siguió por la calle y me invitó a dar un paseo en coche por el Bosque de Bolonia. Era el embajador. Hacía mucho que no paseaba en coche, y acepté. Como volvimos tarde, el embajador me llevó a su hotel. Allí daba gusto estar, porque había personas distinguidas y servían unos postres riquísimos. Me quedé, y no volví a ver a mi marido. Es decir, sí, le vi una tarde, desde el auto, y le dije adiós con la mano. Se quedó parado, con los ojos muy abiertos, como un tonto. Por poco le baña un manguero[18].»

Al embajador le trasladaron a Berlín, y Elvira fue embajadora cerca del apoderado de Dios en la tierra de Guillermo de Hohenzollern. «El káiser me hacía mucha gracia, no lo podía remediar. Se parecía bastante al portero de mi hotel de París, que también se engomaba el bigote y daba órdenes en el "hall" al grupo de "botones". "Es un hombre de hierro, como Bismarck", –decía mi buen embajador. Y yo le veía desmontado, pieza por pieza, quitándose el casco, los guantes, las cruces, el sable, las espuelas. Es un montón de chatarra, querido. Ahora dicen que se ha casado otra vez. Pues debe de ser como acostarse con una estatua caída».

En Alemania hizo Elvira su carrera mundana: «El embajador era muy bueno conmigo, muy respetuoso. Claro que yo no había sido una cocota, sino una muchacha de muy buena educación, una incomprendida, como tantas otras que andan por ahí. Me gustaban las perlas, las pieles, las carreras de caballos. Mi marido no se había dado cuenta. En cambio, el embajador... ¡Qué hombre más espléndido! A él le gustaba todo lo antiguo: la heráldica, los

18 *Manguero*: Encargado de manejar la manga de las bombas de riego.

cuadros, y a mí todo lo nuevo, todo lo que veía en los almacenes y en los bazares. «Cosita querida, mi viejita linda, no sabes lo que me gustaría casarme contigo. Pero aquella mujer...» Aquella mujer, la suya, había abandonado a mi pobre embajador. ¡Una canallada! ¡Dejar plantado a un hombre tan generoso y tan fino! Por supuesto, yo no le hice nunca traición en Alemania. Bueno, y en Austria, lo que se dice traición, tampoco. Cuando fuimos a Viena tuve algún "flirt" y una sola pasión que duró cuatro meses escasos. Era una persona grata al embajador, un duque, aficionado, como él, a la heráldica. Precisamente hermano de la condesa Edith, a quien conozco desde entonces. Murió en la guerra. Entonces yo creía estar enamorada de él. Pero ahora pienso que quizá no era cierto, porque me resultaba demasiado rubio. El embajador no lo sospechó nunca; pero tratándose de un duque, y además coleccionista, estoy segura de que me lo hubiera perdonado. Por cierto que en Viena le di un grandísimo disgusto. Fue en un baile, en la Embajada norteamericana. Asistía la familia real, el Gobierno, el cuerpo diplomático y lo mejor de la aristocracia. Un militarcito muy petulante, que me hacía el amor descaradamente, me sacó a bailar, y en una vuelta se atrevió a darme un beso. Yo me paré en seco y le sacudí una bofetada. El barullo fue enorme. Era la primera vez que una embajadora utilizaba argumentos tan poco diplomáticos. El pobre embajador estuvo a punto de tener que batirse, y no le quedó otro recurso que pedir el traslado. "Mi viejita, eres demasiado nerviosa. Después de todo, un beso no tiene importancia. Además, ese joven es un barón. Su escudo tiene tres cuarteles." Meses más tarde estalló la guerra, y nos fuimos a Buenos Aires. El embajador enfermó de diabetes, y se murió una noche leyendo el *Gotha*[19]. Sin duda, lo leía para dormirse, y como es un libro tan pesado, se durmió definitivamente. ¡El pobre! Lloré por él, entre otras razones porque no me olvidó en su testamento. Pero no me vestí de luto, porque me sienta mal. Poco después regresé a España, de donde había salido ocho años antes. En San Sebastián me encontré a la condesa, arruinada por la guerra, expulsada de su patria con la emperatriz. Es muy inteligente y muy desgraciada. Y bonita, ¿verdad?»

19 *Gotha*: Guía de la realeza europea editada por primera vez en 1763. La edición de los años veinte tenía más de mil páginas.

# IV

—Y bien, ya sabe usted mi historia. Cuénteme ahora la suya.

—¡Bah! Yo apenas tengo historia. Estuve en un colegio de frailes, y un día me puse muy enfermo porque Dios en persona entró en mi cuarto a verme. Era un muchacho con demasiada imaginación. Tuvieron que sacarme de allí y matricularme en el Instituto. Después me expulsaron de la Universidad porque capitaneaba una huelga. Entonces me marché a Londres con un tío mío, comerciante. Pero yo no trabajaba. No hacía más que leer escondido entre los bultos del almacén. Mi tío me devolvió a casa y le escribió a mi padre: «Ese chico no sirve para los negocios. Es un botarate, que se dedica a leer los artículos de los periódicos». Luego me suspendieron en unas oposiciones. ¡Nada, un desastre! Un día, en el Ateneo, me encontré a míster Harris, un inglés ridículo que se entusiasmó porque le recité a Shakespeare en inglés y le dije que admiraba a míster Bernard Shaw. Míster Harris me llevó a su agencia, y al marcharse él le sustituí en la dirección. Es un oficio fácil.

—Ese Shaw es también periodista, ¿verdad? –preguntó Elvira.

—Una cosa parecida.

—Yo conocí en París a un escritor muy simpático. Pero al embajador no le agradaba que hablase con él. Decía que los escritores son gente de vida muy desarreglada y que, además, se dedican a desacreditar a las personas honorables.

—Habría que saber a quiénes llamaba personas honorables el señor embajador.

—La verdad es que era un poquito majadero. No puedo quejarme de su conducta; pero cuando se murió, fue como si una puerta por donde yo tuviese que salir quedase libre. ¿Podrá usted creer que me entraron unas ganas enormes de divertirme? Luego pensé que eso no estuvo bien.

—¿Por qué no? –repuso Víctor–. El ideal no debe ser tener un amante rico, sino heredarlo.

—Entonces, ¿usted no toma en serio eso del cariño y la gratitud?

—¡Qué sé yo! Nadie hace nada desinteresadamente. No hay que agradecer mucho las cosas, ni tampoco amarlas demasiado.

Elvira se echó a reír.

—Pero un embajador no es una cosa.

—Claro que no. Pero mi teoría puede aplicarse también a los embajadores.

—¿Y el amor?

—¡Ah! ¡Qué sé yo! Puede que no sea sino un espejismo, un engaño más.

—Por eso yo no lo he tomado en serio nunca. He procurado divertirme. Además, me aburren las personas tristes.

—Como yo.

—No. Usted... No sé qué pensar de usted, la verdad. Unas veces tan simpático y otras tan agrio, tan raro. Se lo digo a Edith muchas vece!s: «¡Pero este muchacho es un tipo incomprensible!». Y ella me contesta que no, que es usted como todo el mundo.

—Un tipo vulgar, vaya.

—Es que Edith también tiene un tipo inexplicable. El cambio de vida para ella ha sido terrible. Y, además, no se queja, no habla. ¡Si usted la hubiera conocido! La mujer más orgullosa de Viena, la más distinguida. Y ahora, en la miseria. Con el dinero que le envían apenas podría pagar el hotel.

—Que se dedique a algo.

—Pero, hombre, ¿a qué se va a dedicar una condesa?

—Es verdad. Un aristócrata no sirve para nada.

—Para mí no sería problema, le advierto. Una mujer elegante, que no tiene más de treinta años y con una novela detrás, encuentra siempre un amante que le convenga. Yo se lo digo muchas veces. Pero es tan orgullosa y tan fría...

—Terminará por convencerse.

—No sé, no sé. Quiere tomar un piso modesto y vivir alejada de todo. No lo comprendo.

—Querrá dedicarse a la mortificación.

—No se burle de la desgracia. No sea cruel.

—No me burlo, Elvira. Precisamente siento por Edith una gran piedad.

—Y, además, le gusta a usted.

—Y, además, me gusta. Pero no puedo menos de pensar que el mundo recobra su equilibrio: que nacer noble ya no significa nada; más bien, un estorbo.

—¡Ah! ¿Usted es un revolucionario? ¡Qué horror! –exclamó Elvira entre risas.

—Ojalá lo fuese.

—¡Ya! Usted es un aficionado. De todas maneras, me da usted miedo.

¿Dónde trae las bombas? ¡Ahí, en la americana! A ver, a ver...

Y las manos de Elvira gateaban por el pecho de Víctor, burlonas e insidiosas. Él le apresó una con fuerza en un acceso sensual y se la fue soltando poco a poco, hasta vencer aquel súbito arrebato. Elvira, un poco sofocada, se apartó.

—Me hizo usted daño. Tiene usted una vehemencia salvaje.

—Y usted una atracción irresistible.

—Usted, Víctor, es de esos hombres que no nos convienen a las mujeres. De esos que quieren devorarnos en el primer minuto. Son los que se cansan enseguida. ¿Quiere usted que demos un paseo?

—¿Y Edith?[20]

—Está con jaqueca esta tarde. No sale.

—¿Y adónde iremos?

—Quiero pasar por delante de la casa donde viví de niña. Allá, en la calle de la Princesa. Hace años que no la veo. Voy a vestirme.

Poco después, Elvira y Víctor salieron del hotel y tomaron un tranvía. Era en otoño, y el sol de las cuatro de la tarde era un sol delgado, extenuado sobre los edificios y las calles: un sol como la última tela que le faltase por desgarrar al invierno. Se apearon al pie de la estatua de Argüelles.

—Era el número 54.

Pero el número 54 correspondía a un edificio en construcción, un esqueleto gris, de tablas y piedra, donde cabalgaban los albañiles de blusas blancas. Tancredos[21] temerarios frente al toro del vértigo.

Elvira se quedó pensativa ante la obra. Víctor dijo:

—¡Qué lástima! Ha llegado usted tarde.

—Es verdad. Pues ahí me asomaba yo, de niña. En el bajo había una tiendecita de telas, donde compraban sus percales las criadas. A las seis pasaba todos los días un muchacho de pantalón corto, demasiado crecido para su edad. Me miraba sin decir nada y volvía la cabeza muchas veces hasta desaparecer en aquella esquina. Yo les decía a mis amiguitas que era mi novio...

—¿Seguimos hasta la Moncloa?

—No, no. Se me han quitado las ganas. Vámonos a un cine, a un café, a cualquier sitio. No quiero ponerme triste.

---

20 Se ha producido un cambio de tiempo respecto del capítulo 2 sin que haya sido advertido. La conversación se extiende más allá del día en que se encuentran en el hotel.

21 *Tancredo*: En el mundo del toreo, aquellos que se colocan en el centro de la plaza, de pie o sobre una silla o sobre un objeto, y esperan inmóviles al toro.

# V

Elvira se hizo amiga de la eminente actriz, que trabajaba entonces en el teatro Fontalba. Era una mujer ancha, de mirada vacuna, que alternaba la alta comedia con el «astrakán»[22] para demostrar su «flexibilidad artística», frase favorita de los críticos al juzgarla. Ascendía de tabernera a duquesa sin más transición que la de una función a otra. «En eso –decía Víctor– imita perfectamente a muchas de nuestras duquesas.» Cuando le presentaron a Edith, repasó todas sus relaciones aristocráticas.

—La de Arnal estuvo en mi cuarto el otro día a felicitarme. Mañana estoy invitada a pasear en coche con Elena Troya. No sé si podré ir, porque estoy ocupadísima. ¡Este teatro! ¡Oh, es abrumador! ¡Pero amo tanto el arte! Le aseguro a usted, condesa, que sin el teatro me moriría. He nacido para el arte.

La actriz regaló un palco a la condesa y a Elvira y las invitó a su cuarto. Víctor asistió con ellas a la sección vermut[22], donde se representaba una obra de Benavente con muchas marquesas y muchos duques. A Elvira le interesaba grandemente todo lo que ocurría en el escenario; pero Edith, que había ya dado muestras de fastidio, exclamó:

—¡Pero ésta es una colección de majaderos!

—Son aristócratas –aclaró Víctor.

—Es imposible que haya nadie que hable así ni que proceda de esa manera. Ese hombre no conoce el mundo.

—Claro que no. Se ha pasado la vida en los cafés.

—Y esa actriz, ¡qué exagerada!

—De la escuela española. Es capaz de pedir un chocolate patéticamente.

Al final de la representación fueron al cuarto de la actriz, que conservaba puesto el traje de la escena, por el cual le desbordaban las grasas. Estallaba de vanidad, pero fingía una sonrisa de modestia y contestaba las felicitaciones. «¡Por Dios! No merece la pena. El público estuvo muy cariñoso.»

Con ella, además del amante de turno, estaban un autor próximo a es-

---

22 *Astrakán* (también *astrakanada*): Subgénero teatral cómico algo vulgar y muy popular en los escenarios españoles a principios del siglo XX. Se basa en retruécanos, toscos juegos de palabras, regionalismos y nombres propios que dan lugar a equívocos, etc.

23 *Sección Vermut*: Representaciones teatrales que comenzaban a las 19:00 o a las 19:30 horas.

trenar y un arquitecto amigo de Víctor, que acababa de regresar de Alemania, muy aficionado a las actrices.

—No sabía que usted cultivase también el género dramático –le dijo Víctor.

—Sí. En el lírico hay mucha competencia. Les ha dado por ir a los ricos de la guerra, y le vencen a uno. Éstas son menos interesadas.

La comedianta recibió a Edith y a Elvira con el mismo júbilo de la escena. Para aquella mujer, la vida era una constante representación teatral. Les presentó al autor nonnato, un cretinillo con lentes que había fracasado en todos los géneros y que no cesaba de adular a la cómica:

—¡Maravillosa! ¡Estuvo maravillosa! Aquella escena del jardín... A mí todavía me dura la emoción.

Y se quitaba los lentes para frotar los cristales con el pañuelo. A Víctor le dieron ganas de pegarle.

De pronto un actor llegó corriendo con la noticia:

—El general Villagomil... El general Villagomil viene a saludarla.

La actriz se puso casi lívida de alegría.

—¿Quién? ¿El general? ¿El ministro?

Ya no atendía a nadie. No hacía más que bambolearse delante del espejo.

—Estoy muy pálida... Debí ponerme más color. Sí, sí, un poco de color...

La voz del general llegaba antes que él, jacarandosa y campechana como un garrotín[24]:

—¿Dónde está esta gran mujer? Porque es una gran mujer en todos los sentidos, ¿eh?

—¡Por dios, general! Tanto honor...

—Nada, nada. Estuve ahí abajo encantado. ¡Encantado! No quise marcharme sin verla. Estuvo usted ¡pero que muy bien, Conchita!

—¡Oh, gracias, gracias!

—Señores, muy buenas noches. ¡Qué grande es esta mujer! ¡Qué grande! Bueno, y la obra... ¡Colosal! Este don Jacinto es un *maestrazo*.

Víctor le dijo al oído al arquitecto:

—Me voy ahí fuera. No puedo resistir a este animal.

—Yo tampoco. Vámonos.

La actriz presentó a Edith y a Elvira. El general las galanteó a las dos, en plural.

—Preciosas. No sabía yo que iba a encontrarme con esta sorpresa tan agradable.

Luego le dijo a Edith:

—A la emperatriz la he visto hace poco en Bilbao. También está muy bien. Yo hubiera querido que viviese en Madrid, cerca de la corte. Pero la política... No puedo con la política.

Con Elvira estuvo tan expresivo que terminó por hacer el amor:

---

24 *Garrotín*: Un tipo de cante asturiano que se basa en la repetición de una melodía rítmica y una letra improvisada.

—¿Casada?

—No, no. ¡Qué horror!

—Soltera, pues. El estado ideal de la mujer. Vaya, Conchita, las invito a tomar unos fiambres en el Ritz. Da gusto estar allí a estas horas.

—General..., tanta molestia...

—¡Qué molestia! Abajo tengo el coche oficial. ¡Al Ritz, al Ritz!... García –al ayudante–, avise por teléfono al hotel.

Elvira, antigua embajadora, acostumbrada a los personajes oficiales, bromeaba ya con el general:

—Me gustaría usted con barba, general.

—¿Sí? Desde mañana, barba. Porque a mí me gusta usted de todas maneras.

Víctor se despidió de sus amigas cuando ya se disponían a tomar el coche. Y dijo a Elvira:

—¡Cuidado! Es un hombre que lleva siempre las botas de montar.

—No hay cuidado. Conmigo tendrá que ir en zapatillas.

# VI

Víctor y el arquitecto, con un actor que ambos habían conocido en el Ateneo, se dirigieron al «cabaret» del Alkázar. La sala estaba casi desierta, y la orquesta languidecía en los compases de un tango. Algunas parejas bailaban sin alegría, como cumpliendo un deber penoso. En muchas mesas, las tanguistas[25], parapetadas detrás del cubo de hielo, inspeccionaban a los concurrentes para descubrir al cliente rico que había de invitarlas a champán y después a cenar en Los Burgaleses.

—¿Qué toman ustedes?

—Yo, «whisky».

—Nosotros, coñac con soda.

—Pero –observó Víctor– ¿han visto ustedes algo tan estúpido como un «cabaret»?

—Un «cabaret» español, querrá usted decir –replicó el arquitecto–. Porque en Berlín y en París se divierte uno. Son ciudades de turismo, adonde van las gentes a gastarse el dinero. Aquí sólo vienen los muchachos de provincias, los militares y los estudiantes. Además, allí hay vicio.

—Aquí también. Sólo que es un vicio de puertas adentro. Estamos impregnados de catolicismo, no lo olvide usted.

—Y, por lo tanto, de tristeza.

—Eso se nota perfectamente en el teatro –intervino el actor–. Nuestras actrices hacen bolillos en el escenario y nuestros actores juegan al tute en los ensayos

—La influencia del género chico –dijo Víctor.

—Pero, señores –repuso el actor–, aquí no hemos venido a disertar sobre sociología. Hemos venido a divertirnos. ¡A ver, chicas! Hombre, allí veo a una que ha sido cancionista en Eslava.

Le hizo seña de que se acercase; pero ella, muy digna, le dio a entender que era él quien debía levantarse.

—Voy a bailar con ella.

---

25 *Tanguistas*: Bailarinas contratadas por el «cabaret» o la sala de fiestas para bailar con los clientes. Significativamente, en inglés se les llama «taxi girls».

La muchacha tenía bastante buena figura y no bailaba mal.

—¿No le gusta a usted el baile? –preguntó el arquitecto a Víctor.

—No bailo nunca. El baile por el baile no lo concibo. Me gustaría bailar con una mujer muy deseada, eso sí.

—A mí me distrae mucho ver bailar. Fíjese, fíjese en ese vejete. Lleva peluca.

—Y baila muy mal. Es repugnante.

—Tiene tipo de empresario o de industrial rico.

—Esos hombres me sublevan. Arrastran su ancianidad como un pingajo. La ancianidad, que es una cosa tan noble... El actor había terminado de bailar, y presentó a su amiga:

—La señorita... ¿Cómo te llamas, que no me acuerdo?

—Laura.

—La señorita Laura. Preciosa, como ustedes ven.

—¿Qué toma usted, Laurita? –invitó el arquitecto.

—Trátame de tú, hombre. Como en familia.

—Bien. ¿Qué tomas?

—Pippermint.

—Una de pippermint, camarero.

Laura, de cerca, era insignificante. Tenía la boca demasiado grande y, sobre todo, unas manos anchas, de carnicería, donde fulgían algunas piedras falsas.

—¿Y por qué dejaste el teatro?

—¡A ver! No pasaba de los dos duros. ¡Como no le hice caso a la Morales!

—¿Contigo también?

—Pues claro. Aquí, por lo menos, hay más salidas. Siempre viene algún señor particular que se porta bien. Porque, chico, la verdad, en mi casa no se come si yo no llevo la pasta.

—¿Y con quién vives? –le preguntó el arquitecto.

—Con mi padre, que no trabaja; mi hermana, que no trabaja, y mi madre...

—Que no trabaja –interrumpió Víctor.

—Lo que ellos me dicen: «Mira, ten cuidado de que no te hagan un "desavío". Así te quedan todavía unos años para pasarlo requetebién».

—¿Y qué es eso de un «desavío»[26]?

—Hombre..., una barriga, por ejemplo.

—Pues con la Morales –observó el actor– no corrías ese riesgo.

—Oye, tú. Pero yo soy muy decente, ¿sabes? Una lleva esta vida, pero no hace porquerías.

—Todo es relativo, como usted ve, amigo Murias.

—Es verdad.

En una mesa de enfrente acababa de promoverse un pequeño escándalo.

---

26 *Desavío*: Trastorno que se le causa a alguien.

Una muchacha se debatía entre tres señoritos medio borrachos que le habían atado los pañuelos al cuello. La tanguista gritaba: «¡Bruto! ¡Animal! ¡Dejadme!».

—Es la Mary Sol –dijo Laura–. Uno de ésos es muy bestia. Hace beber a la fuerza, y luego le quema a una el vestido. Es aviador.

La Mary Sol pudo desasirse de los juerguistas y vino hacia Laura con los ojos enrojecidos y el traje en desorden.

—¿Qué te han hecho?

—Me han quemado en el cuello con el cigarro. Mira.

Enseñaba la nuca, socarrada con una constelación de quemaduras.

—Se divierten –murmuró Víctor.

—Quéjate al encargado –le aconsejó Laura.

Pero Mary Sol se había tranquilizado ya. Sacó un espejo del bolso de mano y comenzó a empolvarse. Después se avivó los labios con el lápiz y se hizo una boca breve como un ojal. Era el tipo acabado de *flapper*[27], de jovencita pervertida. Los ojos, dos «botones» de gas; el cuerpo, recto, sin curvas apenas, y los brazos, de niña, cargados de pulseras de pasta.

—¿Me convidáis?

—Con mucho gusto.

—Oye, cangrejito –dijo, dirigiéndose al camarero vestido de rojo–, tráeme fiambres y vino blanco.

—¿Y cómo te dejan en casa salir sola por la noche, pequeña? –le preguntó el actor.

—¡Qué gracioso! Vivo sola.

Mientras comía, husmeando los emparedados con su hociquillo de ratón, explicaba el incidente:

—Son buenos chicos, ¿sabes? Pero tienen unas bromas... El aviador es muy guapo, ¿eh? Me han ofrecido llevarme en avión por ahí. Yo prefiero el automóvil. Uno tiene un «Citroën» estupendo.

La sala se había animado bastante. De pronto recorrió el local un escalofrío de expectación. Acababa de entrar el «Niño del Olivo», un torero ilustre, con su cuadrilla de flamencos, aristócratas y revisteros. En todos los grupos se oía bisbisear:

—¡El Niño! ¡Está ahí el Niño!

Hasta el «jazz-band» pareció tomar más brío. Los negros multiplicaban sus alaridos, sus gritos, sus contorsiones del Far West, como si estableciesen un diálogo primitivo con el bestiario de las dehesas y los espacios libres. El que danzaba en el centro, de piernas largas y ágiles, ponía una X de tinta en el rojo cartón del escenario.

Las tanguistas acudían en enjambre a la mesa del torero, inmóvil y mudo

27 *Flapper*: Anglicismo usado para designar en los años veinte a un tipo de mujer joven, vestida con trajes provocativos y faldas cortas, y que no llevaba corsé. Fumaban, bebían, bailaban ritmos modernos y conducían. Llevaban un corte de pelo simétrico y abundante maquillaje. Con la película *The Flapper* de Olive Thomas se popularizó este modelo de mujer que representaron la caricatura Betty Boop, Clara Bow, Louise Brooks o Norma Talmadge. El petting (relaciones sexuales sin coito) era parte de su comportamiento.

como un enigma, un poco hacia atrás la cabeza de pájaro. Sus amigos eran los que alborotaban y convidaban. Laura y Mary Sol se apresuraron a levantarse.

—Volvemos enseguida. No os marchéis.

—La superstición de los toros –exclamó Víctor–. Madrid, con rascacielos y aeródromos, sigue siendo un lugar de la Mancha.

—¡Hombre! Allí hay dos tanguistas que no se han movido –dijo el actor–. Ya me gustan.

—Serán extranjeras.

—Una tiene tipo de española.

—Hay que felicitarlas.

—A la que está fumando me parece que la conozco. Sí, sí. Es la «Mussolini», una italiana que bailaba en Romea. Voy a saludarla.

La «Mussolini» tenía un aire glacial y una sonrisa cínica. No era una mujer joven. Porque aunque se pintaba con mucha habilidad, dos arrugas casi invisibles se le insinuaban a cada lado de los labios, como si pusieran la boca entre paréntesis, terrible signo que señala en la ortografía erótica la inminencia de la vejez. La «Mussolini», a pesar de su ostensible frialdad, recibió a Víctor con agrado y le presentó a su compañera:

—Mi amiguita Obdulia[28].

Obdulia sí era una muchacha interesante. Tendría unos veinte años, y sus ojos eran negros y hondos. El pelo, húmedo y oscuro, emanaba de vez en cuando un reflejo azul.

—¿Es usted andaluza, Obdulia?

—Nací en Córdoba, pero he vivido siempre en Londres y en Barcelona.

—¿En Londres?

—Sí: estuve en un internado hasta los diecisiete años. Después me trajeron a España.

Víctor la miró con extrañeza. Le costaba trabajo creer aquella historia de tanguista. A lo más que llegaban otras muchachas era a llamarse hijas de un general y asegurar que se habían educado en las Ursulinas.

—¿No me cree? –le preguntó Obdulia sonriendo.

Tenía, sin embargo, tal gesto de sinceridad que Víctor le respondió:

—Sí, sí. ¿Por qué no?

—Le advierto que me molesto pocas veces en explicarlo. En un «cabaret» choca un poco eso. Pero usted me parece un chico serio.

—Muchas gracias.

—Dígales a sus amigos que vengan, hombre. Se han quedado con las caras muy largas.

Víctor les hizo señas de que se acercaran, y los presentó. El arquitecto se despidió, porque tenía que madrugar, y el actor invitó a bailar a la «Mussolini», que accedió sin entusiasmo.

—Y usted ¿no baila? –le preguntó Obdulia.

---

28 *Obdulia*: En árabe: hija de Alá. De origen latino: la que elimina las penas y los dolores.

—No bailo nunca.

—Mejor. A mí me agrada más charlar.

—Les decía antes a mis amigos que a mí sólo me gustaría bailar con una mujer muy deseada. Ahora siento ganas de bailar con usted.

—No se burle, hombre.

—Es la verdad...

—Pero ¡si acaba de verme!

—Y ya la deseo.

Obdulia hizo un gesto resignado.

—Va usted a proponerme... que nos vayamos juntos esta noche, ¿no es cierto?

—¿Por qué no?

—¡Bah! No debiera extrañarme... Y, sin embargo, usted es uno de esos muchachos con quienes me gustaría hablar. Hablar mucho de todas las cosas...

—Pues hablemos, Obdulia.

—No. ¿Para qué? Se aburriría.

—No lo creo.

—Es que... Esto es difícil de explicar. Se acercan a mí hombres que quisiera que pasaran pronto. Bailo con ellos y, ¡adiós!, siguen siendo desconocidos. Hay alguno que no... Lo retendría, a ver cómo era, a ver si era otra cosa. Pero se va también.

—Pues yo me quedo.

Obdulia se echó a reír:

—Hasta mañana, ¿no?

—Hasta que usted me diga: «¡Vete!».

La muchacha se quedó un instante pensativa. Después sacó una pitillera de plata y se puso a fumar un aristón sin mirar a Víctor.

La «Mussolini» y el actor regresaban de un «fox»[29]. La italiana venía indignada:

—*Non* dejan *bailare*. Cochinos *toguegos*.

Estuvo un rato protestando, entre las bromas del actor. Por fin dijo que se marchaba.

—Yo –dijo Obdulia– tengo que quedarme hasta las cuatro. Estoy contratada por todo este mes.

El actor se despidió también.

—Espere usted un rato, hombre –le indicó Víctor.

—No. Me voy con ésta. Hasta mañana.

—Adiós. Yo me quedo con Obdulia.

—Esta «Mussolini» –dijo Víctor cuando se quedaron solos– es una mujer de muy mal genio.

—¡Pobre! Acabará por conformarse. Llegó a Madrid con cierto cartel de bailarina, y acabará en esto.

---

29 *Fox*: Por *fox-trot*, tipo de complejo baile moderno, de la década de los años diez, asociado a las primeras orquestas de jazz.

—Y usted, ¿cómo está aquí?

—Pero ¿de veras le interesa mi vida? Bueno, ya se lo contaré otro día. Ahora convídeme, para que no me riña el encargado.

Pidieron dos ponches. Víctor, el analítico de siempre, comenzó a reprocharse a sí mismo la súbita simpatía que sentía por Obdulia. «Soy incorregible. Me dejo vencer por la imaginación. Es una mujer vulgar. Un poco bonita, pero vulgar. Y ya me parece que se trata de una mujer de excepción. Me dirá todas las mentiras que se le ocurran, y después se acostará con cualquiera. Estoy hecho un idiota.»

—¿En qué piensa?

—En nada –respondió Víctor con voz acelerada, casi brutalmente.

Obdulia le miró con fijeza. Después murmuró, acercándosele:

—¿Está usted enfadado conmigo?

—No, cosas mías, Obdulia: me gusta usted mucho, y sentiría enamorarme de usted. Me marcho. Voy a pagar.

La mano pequeñita de Obdulia, arrastrándose en la mesa como un pichoncito tierno, le alcanzó la suya:

—¡No se vaya! ¿Por qué? ¿De veras que le intereso?

—Sí, sí. ¡Te quiero!

—¡A cuántas se lo habrá dicho! No importa. Mira, trae la mano. ¿Oyes el corazón?

El corazón o el seno. Era igual. Cuando Víctor retiró su mano, la llevaba henchida de fluido, cóncava de palpitaciones. Ahora Obdulia le derramaba en los ojos sus ojos, espesos y dulces como un vino. Luego echó la cabeza hacia atrás y se pasó la mano por la frente:

—¡Pero tendrás otra por ahí! ¡Qué pena!

—Te juro que no.

En aquel momento, Laura salía del brazo de un anciano voluminoso y rojo que estallaba en su *smoking* mal cortado. Al pasar junto a Víctor le tocó en el hombro:

—Adiós, hombre. ¡Qué románticos!

Obdulia miró la hora en su reloj y se levantó:

—Son ya las cuatro. Espérame en el vestíbulo.

Víctor pidió la factura, y poco después salió para ponerse el abrigo. A los pocos minutos apareció Obdulia, con un sombrero negro y un abrigo gris.

—¿Vamos?

—Vamos.

Salían las tanguistas, con sus amigos de una noche, hablando a gritos. Del salón llegaba un vaho de licores, de polvo y de cansancio. Obdulia se había cogido del brazo de Víctor. Ya en la acera, titubearon.

—¿Adónde vamos? –preguntó él. Ella se desprendió de pronto y le acarició la cara:

—Esta noche, no. Esta noche llévame a casa.

—Pero...

—Me hace más ilusión así. ¡Otro día! Víctor hizo un gesto resignado.

—Bueno..., ¿dónde vives?

—Guzmán el Bueno, 90.

La luna, sentada en los tejados del Hispano, se arrojó a los pies de Obdulia mientras subían al «taxi». La luna, por lo visto, estaba contratada por la empresa del «cabaret» para casos parecidos.

# VII

Al día siguiente, a las tres, Víctor esperó a Obdulia en la estatua de Argüelles. Como hacía buen sol, las gentes iban hacia Rosales, ávidas de campo y de calor natural, para compensarse del falso aliento de la calefacción. Pasaban los automóviles, frenéticos, en busca de aire y campo raso.

—¿Has dormido bien?

—Muy mal. Yo creo que a las nueve no me había dormido. Pensando, pensando...

—¿En qué?

—En ti.

—Anoche has sido mala conmigo.

—No digas eso. Quería saborear nuestra aventura. ¡Tú no sabes cómo esperaba yo esto! ¡Una noche y otra en ese «cabaret» estúpido, sola entre tanta gente!

—Ahora ya me tienes a mí.

—Es que aborrezco esta vida. No me acostumbro. Cada vez que entro allí siento un frío en las entrañas... Pero eso era lo de menos. Lo peor era tener que devorar mis pensamientos.

—Tus negros pensamientos.

—No lo digas en broma. Te advierto que no soy cobarde ni me asusta la vida. Pero me han pasado unas cosas...

Cruzaron Rosales, lleno de niños, de familias que paseaban al sol. Siguieron después hacia el parque del Oeste, regazo de la urbe que amortigua su aspereza y la transforma en melodía vegetal. Se veía la carretera de Extremadura, viruta de papel que se enreda en las torretas de Cuatro Vientos. Después, el remolino azul de los pinos de El Pardo. Y, más cerca, la estación del Norte, termitera de trenes; los pelotones que hacen ejercicio; los chiquillos que juegan al fútbol. El olor de los álamos y de las plantas se sumergía de vez en cuando en la nafta de los coches, pero volvía pronto a nadar en la atmósfera, como si se derramasen con él las venas de la tarde.

Obdulia se desabrochó el abrigo para empaparse mejor de aromas y de luz.

—¡Qué hermoso día! En Inglaterra yo hablaba siempre de este sol. Allí es como vivir en un túnel alumbrado con luz eléctrica.

Se sentaron en un banco. Víctor la besó, de repente, en la boca.

—¡Chiquillo! ¡Van a vernos!

Y Víctor no creía que era el primer beso de amor. Hasta que Obdulia empezó a contar su vida, sin darle demasiada importancia.

# VIII

## Historia de una tanguista

«En el colegio, el cuarto de Mabel y mío daba al jardín. Por encima de los árboles veíamos el campo de tenis y, más lejos, los tendejones de unas fábricas. Recuerdo a miss Dorothy, la directora, con su pelo de panoja y su voz inflada, lenta; a la profesora de dibujo, muy miope; a la de matemáticas, regordeta y roja como una manzana. El comedor, con azulejos y una lámpara enorme de cristal que tintineaba como un timbre estropeado cuando entrábamos. Aún ahora, el recuerdo de aquel comedor me sabe a compota y a manteca cocida. Mabel y yo nos queríamos mucho. Porque aunque Mabel era irlandesa y tenía el rostro pecoso y pálido, reía por todo y se sabía siempre mis lecciones para apuntármelas en clase (creo que se ha casado con un marino y vive en Escocia). Lo que más me gustaba en el colegio era el teatro. Dábamos funciones todos los domingos, y a mí me encargaban de los tipos dramáticos. Fingía muy bien el llanto, la ira, el temor, la rabia. También me gustaba el "tennis", hasta el punto de que, en vacaciones, mi madre se indignaba porque llevaba en el equipaje la pelota y la raqueta.

»A principios de junio, cuando el jardín olía mejor y Mabel estaba más alegre, mi padre venía a buscarme. Yo lloraba siempre al despedirme. Luego íbamos a París, donde esperaba mi madre, que se dedicaba a recorrer los almacenes y las tiendas de moda. Papá me llevaba al teatro y al circo. Mamá estaba muy fría conmigo, y en el hotel se ponía siempre muy nerviosa; decía que yo le complicaba la vida. En julio nos marchábamos a Biarritz, y allí estábamos hasta octubre. Me encantaban la playa, las excursiones, las fiestas en el Casino. Después íbamos a nuestra casa de Barcelona. Y en noviembre papá me llevaba otra vez al colegio, que seguía con su montera de cristales, su "hall" enarenado y su jardín desierto.

»Así todos los años. Tenía yo diecisiete cuando, en febrero, mi padre se presentó a recogerme. Me asusté, porque mi padre había envejecido mucho en unos meses. Miss Dorothy, tan fría, me besó con lágrimas en los ojos.

Mabel, también. En el hotel, antes de cenar, papá me dijo: "Es preciso que lo sepas, hija mía. Estoy arruinado, y me iré a América. Me angustia tan solo pensar en tu porvenir". Aquello no me habría impresionado mucho si no le hubiera visto a él tan triste. Volvimos a Barcelona en segunda. Y ya no fuimos a nuestra casa, sino a una pensión, en la Rambla. Mi madre, irritadísima, se pasaba los días acostada, sin salir. No quiso siquiera ir al barco para despedir a mi padre. Fui yo sola, en medio del viento, floja como un papel. ¡Qué soledad, después, en el muelle! Se me iba el único brazo fuerte y seguro. Con mi sombrerito de burguesa, yo era tan pobre como las muchachas que recogían residuos de carbón entre las grúas del puerto.

»Después fue peor. Mi madre me colocó de señorita de compañía en casa de un banquero. Este banquero tenía dos hijas, que me martirizaban a humillaciones. Un día, loca de rabia, me marché de allí. Mi madre se puso fuera de sí: me insultó, me maldijo. Y aquí empieza lo más infame de mi historia. Es la primera vez que lo cuento, pero lo llevo en mi alma como una úlcera. En aquella pensión vivían gentes torvas, extrañas. Entre ellas, un policía llamado Luis, un hombre cínico y cruel que se jactaba de abofetear a los presos. "Tranquilidad viene de tranca[30], ¿sabe usted? Conmigo no les vale." Este hombre penetró un día en mi cuarto y quiso besarme a la fuerza. Yo me defendí con mis uñas. En aquel momento entró mi madre. Y entonces ella me injurió, me escupió en la cara. ¡Estaba celosa de mí! El policía era su amante. Lloré mucho tiempo indefensa, horrorizada. Pero eso no es todo. Durante unos días, el policía y mi madre dejaron de hablarse, pero pronto los vi más unidos que nunca. Una tarde, mi madre me llamó y me hizo una porción de reflexiones: nuestra situación era muy apurada y se hacía necesario resolver alguna cosa. "Como tú no sirves para trabajar en nada, lo mejor sería que te casaras." "¿Casarme? ¿Con quién?" "Mira, olvida lo del otro día: aquello fue culpa de mis nervios. Luis te quiere, y te conviene." "¿Luis? ¿Ése?" "Sí. Me lo ha dicho esta mañana." Enseguida me di cuenta de la infamia. Pero quise saber hasta dónde llegarían los dos. "¿Y tú? ¿Qué vas a hacer tú?" Ella, sin descomponerse, me contestó: "Viviríamos juntos. Él tiene buen sueldo". Con un gran esfuerzo logré dominarme, y le prometí pensarlo.

»Al día siguiente empeñé mi reloj, mi única alhaja, y tomé el tren para Madrid. Mis bailes del colegio con Mabel, la irlandesa, son los que arrastro ahora por la sala del Alkázar.»

Víctor la apretó contra sí:

—¡Pequeña mía! ¡Amor mío! Todos los dolores del mundo van detrás de ti como una jauría, mordiéndote el vestido. Quisiera ser fuerte, enorme, para salvarte. En ti lloran los corazones huérfanos, las muchachas ham-

30 *Tranca*: En este caso, palo grueso, garrote.

brientas, los desgraciados de toda la tierra. Si por encima de ese sol y más allá de los horizontes hubiera una conciencia; si la vida no fuese una cosa ciega, tú podrías lanzar como nadie tu grito de justicia.

Pero Víctor sabía que un grito así es como arrojar una piedra contra el azul del cielo.

# IX

Víctor vivía ya de la presencia de Obdulia, como si fuera ella quien le comunicase la conciencia de la vida. Era el buzo sumergido en el océano de una pasión: de los ojos de Obdulia, de su risa y de su voz venían el oxígeno y la fuerza, la animación y el entusiasmo. En el amor existen esas zonas subterráneas, tupidas y lóbregas que no se iluminan sino con la presencia del otro ser. Elvira, maliciosa, le interrogaba:

—¿Qué le pasa a usted?

—Nada.

—No sea hipócrita. Está usted abstraído, torpe.

—Pues no me sucede nada.

—No lo creo. Huele usted a mujer.

—¿Yo?

—No es que huela a perfume de mujer. No, no. Tiene usted el espíritu lleno de mujer, de preocupaciones por una mujer.

—¡Bah!

La condesa, tan glacial, no decía nada. Pero sus ojos inquirían en los de Víctor, y eran mucho más sagaces aquellas miradas que todas las preguntas de Elvira. Delante de Edith no estaba nunca sereno. Era ella la única que le hacía olvidar a Obdulia, como si el alma de Víctor tuviese una zona virgen, vulnerable sólo para la aristócrata.

El doctor Sureda lo había advertido también enseguida. Víctor, en el café, se aislaba de las discusiones con un gesto de displicencia.

—¿Quién es ella, Murias?

—No, si no se trata de eso. Tengo sobreexcitado el hígado.

—Es usted un caso nuevo. He aquí un enamorado que convierte el hígado en víscera del amor. ¡Habrá que oír esos diálogos! En serio: ¿esa condesita...?

—No, no.

—¡Ah, es otra...!

—Nada. Una chica de un «cabaret».

—¿Histérica?

—¡Ca! Una muchacha interesantísima.

—Pero histérica. Vayan a verme. Es preciso diagnosticar ese amor y equilibrarlo. ¿Llora? ¿Se arroja al suelo? ¿Dice que quiere morirse?

Víctor se echó a reír:

—No, hombre, no. Es una mujer normal.

—Imposible. Un «cabaret» es un vivero de histéricas. Preséntemela.

—Acompáñeme esta noche.

En el Alkázar, el médico conoció a Obdulia.

Al día siguiente le comunicó su impresión.

—Obdulia es preciosa. Pero tenga usted cuidado. Ese tipo de mujer medio idealista, medio sensual, no se sabe nunca adónde va a parar. Si puede, déjela.

A Víctor le repugnaba cada día más ir al «cabaret» para ver a Obdulia. La encontraba muchas veces en brazos de otro, bailando. Entonces los ojos de Obdulia se le entregaban ya, desde lejos, rehenes de amor. Ella buscaba siempre la ocasión de desprenderse del baile; pero, a veces, le era difícil hurtarse al asedio de los grupos. En tales momentos, Víctor sentía en la garganta una rabia ronca, de hombre celoso, que le hacía después mortificarla injustamente:

—Le has sonreído a ése.

—Es que bailó ayer conmigo y acaba de saludarme.

—Tienes algo que ver con él.

—¿Cómo dices eso?

—Sí, sí.

—Te digo que no. Te lo juro, vaya.

—Sois todas lo mismo.

—¡Víctor!

—Por supuesto, la culpa es mía, por venir aquí. No hay más que cretinos y golfas.

Disputaban un rato. Hasta que Víctor, en ocasiones, acababa por levantarse para marchar. Ella le detenía:

—No seas así. Ven.

—Me voy. No quiero verte.

—Pero, hombre... ¿No comprendes que eres injusto? Siéntate. Estamos dando un espectáculo.

El encargado del «cabaret» conminó a Obdulia con el despido si no atendía mejor al público. Su carnet de consumiciones estaba casi en blanco, y la casa no podía sostener a una tanguista así. Cuando se enteró Víctor, dijo:

—Me alegro. Deja el «cabaret».

—¿Y de qué voy a vivir?

—Yo te ayudaré.

—¡De ningún modo! Me parecería que comprabas mis besos, mi cariño. No, no. Prefiero morirme en mitad de la calle.

—¡Qué tontería! Yo sufro más viéndote como ahora.

—Pero mi corazón está alegre. Soy feliz cada vez que pienso que, entre todas éstas, yo soy quizá la única que siente de este modo el amor. Sólo aceptaría eso para vivir juntos.

Víctor no contestó. En el fondo de aquel silencio latía el miedo a encadenarse, a perder su libertad de hombre voluntarioso e inadaptado. No pudo menos de encontrarse empequeñecido delante de Obdulia, inferior a ella, que le ofrecía aquel amor desinteresado y espontáneo. Ella, inerme y sola en medio de su desventura, se defendía del egoísmo sin otro escudo que su alma, resistente y clara como el cristal de roca.

A los pocos días, Obdulia estaba muy contenta. Cuando fue a buscarla Víctor, le recibió palmoteando:

—¡Una gran noticia! Dejo el «cabaret».

—¿Ah, sí?

—La «Mussolini» me ha presentado a una amiga suya que forma compañía para hacer películas.

—¿Cómo se llama?

—Esperanza... Espérate, que no recuerdo el apellido. ¡Ah, sí! Esperanza Brul. ¿La conoces?

—No.

—Ha sido cantante. Buena cantante, ¿eh? Ahora quiere dedicarse al cine. Tiene una empresa con mucho dinero.

—Pero ¿tú has trabajado alguna vez?

—No. Pero en el colegio todas las chicas decían que yo era muy buena actriz. Sirvo, ¿sabes? Hemos ensayado en casa, delante de un espejo, y a Esperanza le he gustado mucho. Dice que soy fotogénica. Me dará el papel de segunda.

Víctor hizo un gesto de duda.

—¿No lo crees?

—¡Qué sé yo! ¡Hay cada loca por ahí...!

—Es una mujer seria. No se trata de una niña. Además, va muy bien vestida, con joyas. Estoy citada con ella mañana, en su casa. ¿Me acompañas?

—Bueno.

Esperanza Brul vivía en la calle de Claudio Coello, en una casa magnífica. El portero, uniformado, les puso el ascensor:

—Segundo, derecha.

—¿Sabes que está bien esta casa? –le dijo Víctor a Obdulia.

—¿No te decía yo?

—¿Y de qué conoce a esta señora la «Mussolini»?

—Del teatro. De cuando ella trabajaba.

—¿Es que la «Mussolini» no quiere hacer películas?

—¡Ca! Dice que ése es un arte para los choriceros de Chicago. Y te advierto que su situación es cada día peor. Además, está enferma.

Una doncella, de rizado delantal, les hizo pasar a un gabinete japonés. Sobre una mesilla, un Buda enorme, de bronce, amontonaba su vientre sagrado. En los tapices corría una teoría de geishas.

Víctor lo miraba todo con cierta atención irónica. Luego declaró:

—Estos orientalismos decorativos me hacen mucha gracia. A lo mejor esta señora cree que el Japón está en América, cerca de Hollywood.

A los cinco minutos apareció Esperanza Brul:

—Ustedes me perdonarán. Es que ando atareadísima; acabo de instalarme, y todavía no está cada cosa en su sitio.

—Pues esto está muy bien –dijo Obdulia–. Voy a presentarle: Víctor Murias, periodista.

—¡Ah! ¿Periodista? ¿De qué periódico?

—Soy corresponsal nada más.

—Muy bien. ¡Oh! –exclamó Esperanza–. En mí tiene usted una admiradora de la prensa. Es la que hace a los artistas. Claro que hay que tener facultades, ¿eh? Cuando yo canté en Milán...

—¿Cantó usted en Milán?

—En el Scala. Y en el Metropolitan de Nueva York. He recorrido el mundo. Los periódicos me han publicado fotografías, interviús... Pero –agregó con una tristeza fingida– tuve que dejarlo. Me hacía mucho daño. Porque, ¿sabe usted?, padezco del corazón, y me impresionaba demasiado. La música... La siento de tal modo...

Víctor estuvo a punto de romper a reír con aquella pintoresca exclamación.

Esperanza era una mujer morena, opulenta, de más de cuarenta años. Tenía un rostro agraciado y correcto, pero se lo echaba ella misma a perder con dos lunares, uno en cada mejilla, tan simétricos que era evidente su falsedad.

—Ahora –siguió diciendo Esperanza– quiero dedicarme al cine. Hay que hacer la película española. Pero yo soy muy patriota. Aquí tenemos lo mejor del mundo: las costumbres, los paisajes, las mujeres... Figúrese usted si yo habré visto cosas... Bueno, pues aquí, lo mejor del mundo.

Parecía absolutamente convencida. Después agregó:

—Cuento con el Gobierno. Al ministro lo conozco desde niña... Sabe quién soy yo. Usted también, en esos periódicos...

—Desde luego –contestó Víctor por contestar algo.

—No... Nada para mí. Si acaso, que se nombre a estas chicas. Mi obra es puramente patriótica. Yo... Figúrese... Han hablado tanto de mí...

—¿Tiene usted ya argumentos? –le preguntó Víctor.

—Tengo uno, precioso. Se titula ¡Viva Sevilla![31] Cosas de toreros, ¿sabe

31 A pesar de los esfuerzos de la cinematografía española de este tiempo por conseguir un cine nacional (apoyado por la burguesía y que tenía a Benito Perojo y a Florián Rey sus iconos), el inmenso subdesarrollo estructural y económico, y la dependencia de las cinematografías occidentales (francesa y estadounidense, especialmente), supusieron el dominio de un tipo de películas, de producción extranjera, que trataban supuestos temas de la tradición española, tipismos y arquetipos, que se llamaron «españoladas». Los José Buchs y los Manuel Noriega no hicieron sino sentar las bases de un cine «popular» que reproducía la estética y el reaccionarismo de las zarzuelas y los sainetes. La crítica a este tipo de cine de Díaz Fernández abarca también sus propios ideologemas.

usted? Juergas, amoríos. ¡Precioso! Está escrito por el primer actor, un chico que vale mucho.

La doncella apareció en la puerta:

—Señorita, ahí está la profesora.

—Dígale que espere un momento... Sí, la profesora de piano. ¿Querrán ustedes creer que todos los días tengo que cantar un poco de ópera? Si no, no estoy satisfecha.

Por lo visto, tomaba la ópera como un pastel o una taza de té. Luego hizo grandes elogios de Obdulia:

—Tiene una gran figura. A ver, levántese. ¡Divina! Es lo que exijo, ¿eh? Línea, línea. Yo estoy un poco gruesa, pero conservo la línea.

Se levantó. Por comparación con Obdulia, era enorme, pesada, matronil. Víctor pensó: «No cabe en el lienzo». Con la melena muy corta, la falda por la rodilla y los brazos desnudos, resultaba de una comicidad penosa.

Esperanza volvió a sentarse:

—¡Y eso que he sufrido tanto! No puede usted figurarse... Disgustos de familia. Mi marido es un hombre imposible. Un gran tipo, ¿eh? Pero tan celoso... Claro, en todas partes me dicen cosas. Ya sabe usted cómo es Madrid...

Hablaba incansablemente. Víctor y Obdulia se miraban, fatigados ya. Volvió la doncella:

—Ha llegado la modista.

Los dos jóvenes se levantaron para despedirse.

—¿Ven ustedes? No me dejan... La profesora, la modista. Luego vendrán la pedicura, el empresario... ¡Horrible!

Quedaron en que avisaría a Obdulia para empezar las pruebas. Por la escalera, Víctor comentaba:

—¿No te lo decía yo? Una loca, una megalómana. Me abruma esa mujer.

—Pero parece tener medios. Fíjate cómo vive.

—Una aventurera sin talento.

Salieron a la calle, donde el sol poniente vertía ya sus últimos jugos.

# X

## Muerte de María Mussolini, bailarina

Cuatro ángeles de Italia, cuatro ángeles gordezuelos, aéreos, de alas pintadas con purpurina, cuatro ángeles de retablo habrán venido a buscarte a ti, María «Mussolini», a la casa de huéspedes de la calle del Pez. Volarían sobre las ventrudas[32] canastas de fruta, sobre las vitrinas que guardan el aluminio del pescado, sobre la asamblea municipal de la lonja para penetrar aquella mañana lívida de febrero en el cuarto opaco, denso, donde acababas de morir más huraña que habías vivido.

El cuarto daba a un pasillo sombrío, callejón de sedas mustias, de incomodidades y de esplín[33]. Tenía un montante[34] como una horca, donde se ahorcaba alguna bata marchita, cáscara de un cuerpo ya pútrido. Un retrato de cuando bailabas, estrella de puerto, bailarina de marineros que llegan al bar después de un mes de navegación. (Quizá habías empezado a danzar con los zapatos manchados de vino. Por eso eras cínica, cruel y despectiva.) Sobre el tocador, una mano terrible había mezclado los frascos de perfume y los de medicamentos; el aire de la vida y el hielo de la muerte; el pájaro agorero del cuentagotas y la granada deslumbrante del pulverizador. Pero en este inventario de ruinas, lo que más impresionaba era la puñalada del espejo. Allí estaba la huella de tu rebelión, la protesta nerviosa, iracunda, contra la sorda lima del tiempo que iba desgastando tu belleza. En realidad, antes de morir quisiste cometer el gran magnicidio: quisiste asesinar la conciencia de la vida[35], mutilar la implacable fuerza que rige el mundo. Pero te equivocaste, María Mussolini. Tampoco ahí, en el espejo, en ese revés de la vida, en esa avenida de vidrio que no se sabe adónde conduce, está el inflexible dios de la injusticia.

Te llamaban «la Mussolini» porque asegurabas haber conocido al dictador cuando era albañil y leía a Bakunin. En Milán te había convidado a comer

---

32 Continúa, a través de esta palabra polisémica, la alusión a una iconografía religiosa desespiritualizada: ventruda se dice también del cáliz de forma hinchada.

33 *Esplín*: Sentimiento de melancolía, cansancio de la vida.

34 *Montante*: Listón.

35 Primera referencia a lo que la novela va a narrar: la rebelión contra la conciencia de una vida dañada por el capitalismo, por la vida reconquistada de la nueva humanidad.

en un restaurante barato, decorado con flores de papel. Quién podría pensar en que aquella pareja había de tener tan diferentes destinos: tú, molécula enferma del vicio internacional; él, audaz *condottiero*[36] de la política internacional. Y, sin embargo, tú, que no habías leído a Maquiavelo, exhibías también el mito de Roma, la marca de tu italianidad: eras soberbia, fantástica, desgarrada y maligna. Los cuatro ángeles romanos habrán regresado a tu país con la última mueca de tu desdén nacionalista en el pico.

36 *Condottiero*: En el siglo XVI, capitán de una tropa de mercenarios.

# XI

Una mañana, Obdulia llamó a Víctor por teléfono:

—La «Mussolini» está muriéndose[37].

—Pero ¿tan grave está?

—El médico dice que no hay esperanza. ¿Por qué no traes a ese médico famoso, amigo tuyo, para que la vea?

—Se lo diré. ¿Qué número es?

—El 180.

Víctor fue a casa de Sureda después de comer, y le contó el caso. El psiquiatra mandó preparar el automóvil.

—Le advierto que en estas ocasiones nadie mejor que el médico que la asista. Además, yo estoy desentrenado. No olvide que vivimos en la época de las especialidades.

La tarde estaba espléndida. El auto atravesó la Castellana, la calle de Alcalá, la Gran Vía, a esa hora de las cuatro en que la ciudad pone otra vez en juego su musculatura de titán. Después dejó la avenida de Pi y Margall y atravesó calles estrechas como tubos. Otra ciudad gibosa y paralítica se agarraba a la urbe moderna, como una vieja raíz difícil de extirpar.

—Desde estudiante no vengo por aquí –dijo el médico.

El número 180 era una casa decrépita, con los balcones cubiertos de ropa puesta a secar. Subieron al tercer piso por una escalera desvencijada y maloliente. Les abrió Obdulia:

—Acaba de llegar el otro médico. Está gravísima.

Detrás de Obdulia apareció la dueña de la pensión, una vieja enlutada y renqueante, que hablaba lacrimosamente:

—¡Para mí es una desgracia! ¡Es mi ruina, caballeros!

Llegar de la luz radiante de la calle libre y abierta a un piso sombrío, angosto, de muebles resquebrajados y desvaídos, era como descender al mundo

37 El orden de la secuencia parece haber sido alterada. La acción lineal ha sido rota en beneficio de la intensidad dramática y de la desafección por la intriga.

subterráneo de la miseria y la pesadumbre. Primero, el comedor, con su infame tapete de hule, su alacena grasienta, sus bodegones deslustrados: los tres emblemas del hambre nacional. Después, el pasillo, tenebroso viaducto de toses y de insomnio. Por fin, la alcoba de la enferma, alumbrada con una bombilla tenue.

El médico de la casa era un vejete de barba pulcra, que conservaba puesto el abrigo. Al darse cuenta de que uno de los recién llegados era el eminente doctor Sureda, tartamudeaba de emoción:

—Verá usted... Yo creo...

—Querido compañero –le dijo Sureda–, aquí soy un discípulo. Se trata de una amiga antigua; por eso he venido. ¿Usted me permite que la vea?

—Desde luego, desde luego... Muy honrado... A mi entender, es un caso grave, gravísimo. El corazón...

El viejillo estaba aturullado. ¡De modo que aquel mozo era el ilustre Sureda, el médico de la aristocracia, el académico! ¡Qué cosas! ¡Y visitaba a una desgraciada, a una mujer de la calle!

Sureda se acercó a la enferma, y al ir a destaparla frunció el ceño. Le puso la mano en la frente y retrocedió:

—¡Muerta! ¡Está muerta!

Obdulia le apretaba a Víctor una mano. El otro médico se acercó también y murmuró:

—El corazón... No resistía el corazón.

Todos se quedaron silenciosos. Hasta que la dueña de la casa, hipando, llamó aparte a Víctor:

—Es mi ruina, señor. Me debía cuatro meses. ¡Y el descrédito de la casa!

—Cállese, señora. Ya se la pagará. ¿No oye usted que está muerta?

Antes de subir al automóvil, Sureda le dijo a Víctor:

—Avise usted al Consulado de Italia.

—Ya lo había pensado.

—Adiós, pues. Adiós, señorita. Y no se entristezca. La muerte... Ya ve usted qué cosa más simple.

Víctor y Obdulia salieron a la calle de Fuencarral, espesa de gentes y vehículos. Ella iba concentrada, pensativa. Sentía en lo más hondo del pecho, en ese subsuelo inexplorado donde debe alojarse la conciencia, una indefinible pesadumbre. No era dolor por la muerte de la Mussolini, por quien jamás había sentido cariño, ni casi simpatía. Era una angustia difusa e indeterminada de vivir, una sensación abstracta de riesgos y pesares futuros, una inquietud oscura y humana, como si acabara de rompérsele una tela del alma. Se encontraba insignificante y débil en medio del mundo, frente a los azares amenazadores del mundo.

—¿En qué piensas? –le preguntó Víctor.

—En nada. Tengo frío.

# XII

Obdulia dejó el «cabaret» prematuramente. Porque pasaban los días y no recibía aviso para dar comienzo a la película. Transcurrido cerca de un mes, se decidió a visitar a Esperanza. El portero, con muy malos modos, le dijo que ya no vivía allí, que se había trasladado a una pensión de la calle de Pardiñas. Fue a la calle de Pardiñas, y allí le dijeron que no estaba, pero que podría verla de ocho a nueve en un bar de la glorieta de Bilbao. Obdulia, desesperada, fue al bar, y allí encontró a Esperanza rodeada de jovenzuelos bien vestidos. Había también dos muchachas casi púberes, que eran coristas del Apolo. Hablaban de películas y de actores, y entre sus observaciones vulgares, sin ingenio, crepitaban palabras obscenas. No tenían otra cultura que la de las carteleras, y castellanizaban los nombres de los artistas de modo tan pintoresco que a Obdulia le costaba trabajo saber a quiénes se referían.

Esperanza recibió a Obdulia con grandes agasajos. Con su pecho abultado y su risa fuerte, que expelía derrumbando la cabeza hacia atrás, la cantante daba la sensación de una pava rodeada de sus crías. Aquellos mocosos, según explicó Esperanza, eran todos grandes peliculeros. Las pruebas se retrasaban porque ella estaba pendiente de un viaje a París.

—He levantado la casa, ¿sabe usted? Pero el mes que viene comenzamos.

Uno de los jovenzuelos, a quien llamaban «Charlot» porque era el gracioso de la reunión, se instaló al lado de Obdulia.

—No haga usted caso –le dijo en voz baja–. Hace seis meses que dice lo mismo.

—Pero ¿no tiene empresa?

—¡Qué va! Cuando pesca mil pesetas pone un piso espléndido, para recibir...

—¿Para recibir?

«Charlot» hizo un guiño:

—Sí. Para recibir chiquitas... Le gustan las chiquitas...

Una de las coristas mostraba grandes preferencias por «Charlot».

—«Charlot», di un chiste.

—¿A que no sabes en qué se parece un toro a una camisa?

—No.

—En la puntilla.

La muchacha lanzó una carcajada escandalosa:

—¡Huy! ¡Qué gracia tiene!

Obdulia se despidió, y abandonó aquella tertulia estúpida. Iba acongojada, porque su situación era cada vez más difícil. Tenía sin pagar la factura de la pensión, y se encontraba sin recursos para los gastos indispensables. Había rechazado por dos veces dinero de Víctor, hablándole de ahorros que no poseía. En su naufragio de desventuras quería salvar a toda costa su equipaje de amor: las noches prensadas de besos, las ojeras azules, las citas urgentes. En aquel rincón de su vida se tendía, como en un almohadón de sueños, su alma musulmana. Pero la realidad resultaba demasiado dura. Ella querría trabajar, ganarse la vida como una obrera, como una de aquellas muchachas de los talleres y las oficinas que cruzaban en grupos alegres la Puerta del Sol. Y se resistía a confesarle a Víctor su pobreza, su debilidad, porque así se veía disminuida, insignificante, un poco mendiga de cariño y de bienestar. Si su amor tenía que apoyarse en él, recibir protección y consuelo, ¿qué era lo que daba ella, gota de azar, tímido grito de la desigualdad humana? Para tal pasión ella quería ser fuerte, poderosa, eficaz; modelar su destino con las mismas manos que años atrás, en el colegio, modelaban la vía aérea de la pelota de tennis. «Tienes mucho amor propio», le decía con frecuencia Víctor. Él, tan perspicaz, no la comprendía. No comprendía que aquella susceptibilidad estaba fundida con el temor de perderlo, con el pensamiento de que alguna mujer mejor que ella, ofreciéndole mayores heroísmos, le arrebatase su corazón.

Porque ¡cuánto miedo le daba el corazón de Víctor, centro de corrientes confusas, de ambiciones encontradas, de afirmaciones y dudas! Obdulia lo veía fluctuar entre el escepticismo y la acción, como un corcho entre dos olas. Era un hombre inadaptado y desconfiado como pocos, hasta el punto de juzgar irremediables los males humanos; pero a la vez sufría como nadie con las injusticias del mundo. «La vida es feroz, ¿sabes? –le había dicho una noche–, pero los hombres la hacemos más feroz aún.» No, no. No se le entregaba Víctor. Lo tenía entre sus brazos, sujeta a él como la llama al combustible, y Víctor era en sí mismo distancia y horizonte.

Por eso él no se decidía a que viviesen juntos, ni ella, por otra parte, estaba segura de retenerle. Obdulia, en sus largas meditaciones, llegaba a la conclusión de que el amor es un cruce de caminos, una efímera cita en la inevitable jornada del mundo.

# XIII

## Capítulo para muchachas solas [38]

Algún día ha de llegar en que no existan esas muchachas perdidas, indecisas, que merodean alrededor del bar económico donde han comido alguna vez. No se atreven a entrar porque en el fondo de su bolso no hay más que la polvera exprimida, la barra de carmín, sangrienta y chiquita como un dedo recién mutilado, y la factura sin pagar de la última fonda. Muchachas de zapatos gastados y sombreros deslucidos, que buscan un empleo y terminan por encontrar un amante. Un pintor actual podría retratar en ellas la desolación de una urbe: al fondo, la valla de un solar: a la izquierda, un desmonte, y más lejos, la espalda iluminada de un rascacielos. No se sabe quién ha de redimirlas, porque no han formado todavía sociedad de resistencia contra el dolor ni tienen otros líderes que algunos bohemios socializantes que acaban por leerles el manuscrito de un drama en cualquier café de barrio. Pero algún día la vida tendrá un sentido más puro y un gesto más humano. Puede que entonces ciertos novelistas echen de menos este precioso material de emoción suburbana y los ancianos bolsistas y los viejos industriales gotosos se quejen amargamente de la falta de muchachas huérfanas capaces de dejarse proteger por tan honestos varones.

Entretanto, escribamos para los corazones convulsos, para las manos acongojadas que quieren «trabajar en cualquier cosa», para las pajaritas ateridas de las nieves urbanas, para los cuellos sin collares que corta el cuchillo de la escarcha.

38 Cada una de lo que la crítica denomina «interpolaciones» son, en realidad, niveles de conciencia política que se manifiestan en términos literarios o bien, como en este caso, en términos de reflexión política del autor. Sirven como *contrapunto* a la narración. La novela está organizada como una partitura (cf. «Introducción»), no ya sólo por su sonoridad manifiesta, sino por su manera de componer tempos narrativos y elementos temáticos diferentes que se presentan simultáneamente.

# XIV

Obdulia acabó por sumergirse en la cuarta plana de los periódicos para encontrar ocupación. Hizo cola en las antesalas de los despachos donde se precisaba «señorita que sepa idiomas»; compareció en algunos pisos lujosos de la Castellana, cuyos dueños buscaban «señorita de compañía»; ella misma se anunció como profesora de inglés para dar lecciones a domicilio. Todo fue inútil. Otras aspirantes, además de idiomas, sabían taquigrafía. Además, ella carecía de referencias que garantizasen sus cualidades, y nadie se decidía a aceptarla sin informes. Notó que en todas partes fruncían el ceño cuando explicaba que no había trabajado nunca, quizá porque el hambre necesita pasado, como la riqueza, para que pueda convenirse en título. Una tarde, Obdulia atravesaba, desalentada, la Puerta del Sol, cuando se encontró a Esperanza Brul. La cantante la saludó con estrepitosa cordialidad y volcó sobre ella un montón de exageraciones:

—¡Me devoran a piropos, amiga mía! Por eso me da rabia pasar por aquí a pie. Siempre voy en «taxi».

—¿Y su viaje?

—Lo he aplazado unas semanas. Pero nuestra película marcha muy bien: no se preocupe.

Obdulia le confesó su situación. Ella estaba apuradísima, y buscaba una colocación cualquiera, la más humilde.

Esperanza pareció asombrarse mucho:

—Es posible? ¿Y su novio?

—No sabe nada de esto. Me resulta humillante contárselo.

—Pero una muchacha tan bonita como usted, en Madrid, lo tiene todo resuelto.

—¿Cómo?

—Naturalmente. Un amante... Un hombre de cierta posición...

—No, no. ¡Qué horror! ¿Y Víctor? Yo no quiero engañarle.

—No necesita engañarle. Es el amor del corazón; el otro..., un buen señor que paga las facturas.

—Me despreciaría. Lo perdería para siempre.

—No haga usted caso. Acaban por encontrarlo muy cómodo. Además, una artista necesita presentarse bien, llevar joyas. Venga un día a mi casa y conocerá a un caballero de toda confianza, muy fino...

—No, no podría.

—En fin, piénselo. Tome mi tarjeta. Tengo ahora un piso muy mono en Luchana.

Obdulia se quedó con la tarjeta, decidida a no ir. Aquello sería el vencimiento, el fracaso absoluto de sus sueños. Antes de conocer a Víctor casi no le importaba, porque, para ella, la sala del «cabaret» había sido el principio, la primera estación de un viaje de claudicaciones. Pero después, no. Después proyectaba su vida al lado de Víctor segura de que el mundo no podía ofrecerle otra pasión igual. Después de Víctor, sentía su alma inserta en su cuerpo como nunca, vaciada en él totalmente, hasta el punto de que un beso, que antes no era nada más que un contacto, le parecía ahora un borbotón caliente y entrañable. Obdulia recordaba la pérdida de su rubor como una leve desgarradura externa, de la que había quedado ileso su espíritu. Por aquella fecha, su alma estaba replegada en un ángulo de su cuerpo, y no repartida por todo él, como una vibración y un fluido.

Y sin embargo, ella comprendía que era el momento de las resoluciones. Calle de la Montera arriba, Obdulia perseguía desesperadamente un recurso. En el bolsillo, la factura sin pagar de la pensión le pesaba como una culpa. Cada vez que recordaba el gesto huraño de la hospedera y se veía atravesar clandestinamente los pasillos de la fonda, sentía dentro de sí un angustioso desaliento. En medio de la tarde de otoño, el viento repartía ráfagas intermitentes que se deshacían en los portales y en las capotas de los coches. Llevaba dos días sin ver a Víctor, porque éste le había escrito comunicándole una excursión a Toledo con un extranjero amigo suyo. Al llegar a la Gran Vía pensó ir al Hotel Suizo para saber si había regresado. Pero en el mismo instante en que le asaltó esta idea le pareció ver a Víctor en la acera de enfrente acompañando a una señora. Obdulia, de repente, se sintió desfallecer, pero se repuso pronto y cruzó la calle, sorteando en zigzag los automóviles. Era Víctor, en efecto. Conversaba tan animadamente con ella que ni siquiera la vio. Obdulia se detuvo frente a Fontalba, y pudo observar cómo paraban un «taxi» y entraban en él sin interrumpir la charla.

La joven estuvo durante algunos segundos parada, vacía, vertical, en el centro de la acera. No pensaba en nada. Vio un cielo tupido, una ventana allá arriba, ya con luz; un rótulo muy alto que tapaba un balcón. Y después siguió, con paso lento, hasta los soportales de Madrid-París. Se lanzó en un arcaduz[39] de la puerta giratoria y fue de vitrina en vitrina entre los grupos de compradores y curiosos, adivinando a través de la niebla de su turbación los objetos,

39 *Arcaduz*: Conducto.

las telas, los encajes. De pronto sintió en sus entrañas algo parecido a una lámina de hielo afilada y cortante. ¿La engañaba Víctor?

La engañaba Víctor. Obdulia ya se despeñó por el terraplén de las hipótesis. Indudablemente, entre Víctor y aquella mujer existía algo más íntimo que una amistad. La actitud de ambos no podía ser más clara. Se explicó entonces las ausencias de Víctor, sus frialdades incomprensibles y, en fin, su resistencia a la idea de instalarse juntos. Hubo un momento en que Obdulia se quedó inmóvil, con los ojos turbios sobre un anaquel, cercada por el murmullo del público. Entonces se fijó en cosas pueriles: en un estirado maniquí[40] que había enfrente, en el pelo casi azul de la cajera, en un globo de gas que huía de las manos de un niño. Luego pensó en una cosa enorme, redonda, bárbara, aplastante: pensó en el mundo que ella llevaba a cuestas, como el hombre del Atlas. Estuvo a punto de encogerse, de ceder como una planta bajo el peñasco desprendido. Y, sin embargo, Obdulia poseía la fuerza en su corazón: como otras veces, le llegaba, no sabía de dónde, un imprevisto aliento. Era uno de esos seres que tienen espíritu de doble fondo; cuando todos sus ánimos parecen agotados, descubren nuevas existencias de entereza y de orgullo.

Obdulia salió de los almacenes dispuesta a no transigir con su propio desamparo. Después de haberlas conocido, le espantaban la insignificancia y la pobreza. Por Víctor, por el amor de Víctor, hubiera aceptado la vida sórdida, humillante, precita[41] de tantas mujeres emparedadas en el taller y la oficina. Pero es que aquello, el amor, había sido una revelación tan maravillosa... Ahora, no. Ahora se sentía inadaptada, disconforme, enemiga del heroísmo y de la humildad. Manaba sarcasmo el recuerdo de Víctor, aunque de vez en cuando saltaban de él unas gotas adormecedoras y dulces. Tenía razón Esperanza Brul: era necesario encontrar un amante que no tuviese nada que ver con el amor. «La virtud no es cuestión de epidermis», le había dicho Víctor muchas veces. «Puesto que él no me ama, ¿para qué quiero estos labios, estas manos, estas palabras que están encharcadas en mi garganta?» Se decidió a visitar a Esperanza aquella misma tarde. La cantante la recibió muy bien.

—No creía verla tan pronto por aquí.

—Sí. Estoy decidida. He pensado que tiene usted razón.

Convinieron en que Obdulia cenaría allí, porque después acudirían dos caballeros amigos de la casa:

—Gente seria, ¿sabe usted? A mí, para estas cosas, sólo me gusta la gente seria.

Tienen más de cincuenta años. Uno es magistrado, hombre de gran influencia... Venga a ver su gabinete.

Un gabinete forrado de cretona, con una lámpara roja.

—Los muebles, nuevos. Lo inaugura usted.

Obdulia estaba dispuesta a no intimidarse por nada. Se vio en el espejo

40 Anticipación de lo que después va a ser la imprecación del maniquí.

41 *Precita*: Condenada a las penas del infierno.

del armario, impávida. Víctor, en su memoria, se perdía, remoto, del brazo de una mujer.

# XV

—No sé dónde esta la luz. Ah, sí. Aquí.

La habitación quedó, con la luz, como ruborizada. En cambio, Obdulia, que acababa de empolvarse, parecía pálida. El hombre entró detrás y cerró la puerta con llave. El hombre era alto, magro, afeitado, de cabello cano. Declaró:

—Está bastante bien esta alcoba.

—Sí –respondió Obdulia, que se había sentado en una butaca.

—Eres muy jovencita; casi podías ser hija mía –dijo el hombre, acercándose.

—¡No!

—¿Cómo que no?

—Su hija, no.

—Trátame de tú.

—Bueno.

—Hablas poco.

—Sí.

—Pero a mí me entusiasman las mujeres que no son charlatanas: las mosquitas muertas. El hombre se sentó en el brazo de la butaca y se apoderó de una mano de Obdulia. Era, entre las suyas, un poco de nieve entre dos pellas de barro[42].

—¿Me das un beso?

—Sí.

El aliento del hombre era una oleada de tabaco.

—¡Qué arisca eres! ¿No te gusto?

—Sí, me gustas mucho.

El hombre sonrió, halagado.

—¿Quieres que nos desnudemos?

—Como quieras.

42 *Pellas de barro*: Forma rústica de cerámica.

El hombre se quitó la americana y el cuello de pajarita. Era horripilante verle en mangas de camisa, con la espalda tachada por el aspa de los tirantes.

—Preferiría apagar la luz –dijo Obdulia.

—A mí me gustaría verte sin ropa, a mi gusto. Porque debes de tener un cuerpo...

El hombre se le acercó de nuevo, con trémulo ademán, y le puso la mano en un hombro. Obdulia notó como si el brazo fuese a despegársele, tierno tallo florido. Sentía más que nunca el alma adherida a la piel, concentrada en ella como el alcohol en el mosto.

—Hay luna –dijo–. Descorreré las persianas.

Las descorrió y apagó la luz. La luna entró, hecha un triángulo, hasta la alfombra.

Desde el balcón, las estrellas se confundían con las luces de los barrios lejanos. Brillaba como un mármol la azotea próxima.

El hombre se quitaba los zapatos. Murmuró:

—Eres una mujer rara.

Obdulia empezó a desnudarse en silencio. El hombre se había sentado en la cama y comenzaba una historia:

—Te pareces a una muchacha que iba al café. Muy caprichosa, pero después era un encanto acostarse con ella. Tenía unos pechos duros, duros...

De repente, en la penumbra, se oyó, frenética, la voz de Obdulia:

—No me hables. No quiero oírte, ¿sabes? Me importan un rábano tus historias. Te odio... Os odio a todos. Al mundo, también... ¡Qué desgracia!...

Cayó sollozando, medio desnuda, sobre la butaca. El hombre, asombrado, parecía un pelele en medio del cuarto. Al fin abrió la puerta y se lanzó al pasillo. Pedía a gritos una taza de té.

# XVI

Cada vez que el tren se sumergía en un túnel, la modista se persignaba. Obdulia, recostada en el asiento, chupaba bombones. Iba sin sombrero, con las largas piernas prestas a saltar, como dos corzas jóvenes. La luz del campo, veloz e inmóvil, parecía fluir de sus propios cabellos, como el alba del fondo de la noche. La modista, doña Blanca, aplicaba de vez en cuando los impertinentes[43] a la casita del guardabarrera, al poblado lejano o a la yunta de mulas estampada sobre el paisaje. Dijérase que doña Blanca utilizaba entonces un derecho incluido en el precio del billete, como si la casa, el pueblo y las mulas fueran colocadas allí por la compañía de ferrocarriles para mejor servicio de los viajeros.

Iban solas en el departamento. Obdulia se cansó de los bombones y se dispuso a fumar un cigarrillo. Doña Blanca hizo un gesto de horror:

—Pero ¿va usted a fumar?

—Claro –contestó la joven–. ¿Quiere usted?

—No. ¡Qué disparate! Usted no debía tampoco...

—¿Por qué?

—Figúrese usted si entra alguien... La tomarán por una cualquiera.

—¡Pero si fuma todo el mundo! ¡Hasta *madame*!

—¡Oh! A madame no le agradaría que una modelo de la Casa Dupont[44] fumara como una tanguista. Además, el respeto propio. En mi tiempo...

Obdulia se echó a reír después de encender el «abdula»[45].

—No se inquiete, doña Blanca. Si viene algún viajero, tiraré el cigarro. Es una costumbre inofensiva.

Doña Blanca inició una aburrida disertación acerca de la inmoralidad reinante, de la ligereza de la juventud, de la falta de educación cristiana de las mujeres actuales. Hacía alusiones a su vida, a sus amores con un marino de guerra, a su viudez prematura. Sólo se interrumpía a sí misma para exclamar:

---

43 *Impertinentes*: Anteojos con mango.

44 *Casa Dupont*: Una de las más importantes empresas de joyería, perfumería, plumas estilográficas y complementos de lujo, fundada en 1872 por el francés S. T. Dupont.

45 *Abdula, Abdulla*: Tabaco inglés comercializado en Marruecos.

«¡Mire usted qué arbolito tan chico!» «¿Ha visto usted aquel rebaño? ¿Lo ha visto usted?»

Obdulia, mientras tanto, pensaba en sus últimos días de Madrid. En Víctor, a quien no había vuelto a ver después de una carta despidiéndose para siempre. En la casa de Esperanza, horrible, monstruosa, con su desfile de hombres degenerados. «Me hubiera muerto allí si sigo en aquella cama turbulenta.» Recordaba el mejor triunfo de su cuerpo en el concurso de modelos de la Casa Dupont, que la enviaba al norte para exhibir las novedades de verano. Y partía de Madrid casi contenta, aunque allí, con Víctor, quedaban raíces de su corazón. «Me duele no sé dónde cuando pienso en él.» Mil veces había rechazado la tentación de ir a buscarlo para arrojarse en sus brazos.

Doña Blanca relataba ahora su segundo matrimonio y su segunda viudedad.

—Manolo no me dejaba salir sola nunca. Era un hombre de gran mérito.

El mozo del restaurante entró en aquel momento para anunciar que se iba a servir el almuerzo. Después de acicalarse un poco se dirigieron las dos al coche restaurante –inseguro trayecto que tiene algo de paso por la cuerda floja–, donde las esperaba el abominable *ragoût*[46] de los trenes españoles. En el comedor almorzaba ese público trashumante de funcionarios, militares y viajantes de comercio que caracteriza la ruta peninsular. Entre las señoras, Obdulia produjo la natural expectación, porque tanto su figura como su «toilette»[47] le daban un aire de mujer tan distinta, producto de tan diferente clima moral, que su sola presencia entre aquellas españolas representaba ya un poco de escándalo.

El mozo las colocó en una mesa que ocupaban ya dos viajeros de cierta edad. Uno, delgado, inexpresivo, con voz metálica y desagradable. El otro, grueso, serio, con muchas sortijas, enseñando la mitad de los puños planchados. Hablaban de una mina, del precio de los carbones ingleses y de un tal Becerra que parecía preocuparles mucho. «Eso no lo autorizan porque a Becerra no le conviene.» «Pero el ministro...» «Nada de ministro. Becerra hace lo que le da la gana.»

—¿Vino?

—Yo no quiero vino –declaró doña Blanca–. Tráigame agua.

—Tiene que ser mineral.

—Pues Insalus[48].

—Insalus no hay.

—Entonces, Mondariz.

—Mondariz, tampoco.

—Entonces, ¿qué hay?

—Cabreiroá.

—Traiga entonces Cabreiroá. ¡Qué servicio!

---

46 *Ragoût*: Comida italiana: carne cocida en su jugo.

47 *Toilette*: Peinado. Aseo.

48 *Insalus*: Agua mineral que procede de Lizarza, cerca de Tolosa, en Guipuzcoa.

—En estos trenes –intervino el viajero grueso– hacen lo que quieren. Yo estoy cansado de firmar en los libros de reclamaciones.

Obdulia pidió vino. El viajero de la voz metálica empezó a describir los ferrocarriles alemanes, los ingleses, los franceses y hasta los yugoslavos. Su compañero le explicó a Obdulia, orgulloso:

—Lo tengo de ingeniero. Es un hombre muy competente.

—Ah! ¿Usted tiene una fábrica?

—No, no. Tengo minas. Tres mil obreros trabajan allí.

—¡Caramba! ¡Enhorabuena! Eso da dinero.

—¡Pchs! No va mal. Pero estaba mejor el negocio en tiempo de la guerra. Ahora los obreros se han puesto imposibles. Son unos señoritos.

—Creo que mueren muchos sepultados.

—¡No haga usted caso! Siempre se exagera. De vez en cuando, alguna explosión... Pero los tengo asegurados. A las familias se las indemniza. Consiguen lo que quieren.

—Sin embargo... Vivir así, en medio de ese peligro, debe de ser horrible.

—También uno tiene muchos quebrantos. Que si bajan los precios. Que si el barco no llega... No puede usted figurarse la serie de disgustos...

Doña Blanca escuchaba encantada al ingeniero, que entre trozo y trozo de merluza le explicaba el funcionamiento de una locomotora. Se veía que doña Blanca no entendía nada de todo aquello, pero su afán era parecer persona importante. De vez en cuando exclamaba:

—Mi difunto marido también había viajado mucho. ¡Qué hombre!

El minero era asimismo hombre locuaz, y en poco tiempo enteró a Obdulia de la marcha de las minas, de su vida en Madrid, del par de automóviles que había comprado en Barcelona meses antes.

—El «Renault» me gusta mucho. Mi mujer prefiere el «Buick»[49]. Pero a mí el Renault me entusiasma.

Terminó invitándola a pasear en automóvil por el campo.

—Para viajes largos, soy partidario del tren. Cuando llegue a Oviedo ya estará esperándome en el hotel el «Renault». ¿Vendrá usted un día?

—No sé si podré. Ya veremos –contestó Obdulia riendo.

—Invitaré también a su mamá.

—¡Si no es mi madre!

—Entonces.

—Es la encargada de la Casa Dupont. Yo soy modelo.

El minero, que daba fin a la segunda botella de «diamante»[50], comenzó a galantear a Obdulia:

—Es usted una mujer preciosa.

—¡Regular! Tiene usted los ojillos empañados.

—Estoy ciego por usted.

—¡Huy! ¡Qué deprisa camina! Eso no es higiénico.

---

49 *Buick*: Modelo de coche de semilujo fabricado por la empresa norteamericana General Motors.

50 *Diamante*: Vino blanco de la Rioja.

El minero las invitó a café y licores. Doña Blanca pidió té, sin dejar de atender al ingeniero, cuyo verbo atravesaba ahora el lago Leman, camino de Suiza. Obdulia quiso café solo.

—¿Coñac, anís, benedictino[51]?

—Benedictino. Me gustan mucho las bebidas dulces.

Habían quedado solos en el vagón. En la otra ala comían los mozos. Obdulia sacó un cigarrillo, sin hacer caso de la mirada oblicua de doña Blanca. Estaba sofocada y le fulgían los ojos. Era una ampolla de voluptuosidad en medio del ronco jadeo del tren y de la panza de humo que quedaba arrastrándose por la llanura.

Llegaron a Oviedo por la noche. Fueron a hospedarse al Hotel de París, donde el minero había pedido también habitaciones. Obdulia cenó en su cuarto. Aunque estaba fatigada, contempló desde el balcón una calle bulliciosa, que no parecía de provincia, y un gran bosque, cerrado y denso como una bahía, de donde le llegaba, por primera vez en mucho tiempo, un auténtico olor de primavera. A una ciudad así hubiera deseado ella llegar del brazo de un hombre como Víctor; ser esa pareja desconocida que viene de un mundo distinto para sentir la caliente palpitación del tiempo, bestezuela insumisa que acaba por devorar a quien la doma. No ser el turista que anota en la guía la ruina ilustre o el monumento putrefacto, ni el comerciante que despacha desde el «*hall*» mensajes beocios[52], sino el viajero que no conoce a nadie y conduce en su alma la imperiosa inquietud de las cosas vivas.

Al día siguiente, cuando Obdulia dormía mejor, doña Blanca la despertó para trabajar. Tuvo que hacerse deprisa la toilette y disminuir el carmín de los labios.

—Nuestras clientes se escandalizan con las modelos demasiado pintadas.

En el momento de empezar las pruebas, por el mirador entraba un sol tierno, reciente, que acababa de llegar del campo, de revolcarse en los arroyos y los prados. Obdulia hubiera huido de entre baúles y muestrarios, rompiendo la valla de señoras fofas y de muchachitas impertinentes que la curioseaban a ella mucho más que a los vestidos que exhibía.

—Ese color no me gusta. Vuélvase usted, haga el favor...

—Claro... Con ese cuerpo, todos los vestidos parecen bien.

—A mí me agradaría el mismo corte en azul. ¿No es verdad que parece demasiado sencillo?

51 *Benedictino*: Licor elaborado por los monjes de esa orden.

52 *Beocios*: Procedentes de una región de la Grecia antigua.

# XVII

## Imprecación del maniquí [53]

Yo, venus mecánica, maniquí humano, transformista de hotel, tengo también mi traje favorito, mi elegancia de muchacha que sabe vestir para la calle, para el teatro y para el *thé dansant.* Conozco el color que arrastra a los hombres y el que impresiona a las mujeres. Finjo que voy a las carreras, que he de cenar fuera de casa o que salgo de compras por la mañana, después de las doce, bajo el arco de cristal de los barrenderos. Soy una actriz de actitudes, una pobre actriz de trapo, que no puede siquiera llevarse las manos al corazón para hacer más patético el verso que dicta el apuntador.

Odio esa asamblea de pequeñas burguesas y ese escenario que tiene un biombo y unos cofres abiertos. Pequeñas burguesas que carecen de imaginación, miden el pecado por los centímetros de tela y no conocen la gracia del escorzo ni el valor del movimiento. Cuando compran un traje, yo le lloro como a una cosa mía que ha de quedarse para siempre sobre un cuerpo casto, bajo la imponente vigilancia de los Padres Jesuitas. Me horroriza sobremanera la virginidad de esos vestidos que no han de sentir nunca la violenta sacudida ni la impaciente desgarradura.

Yo, venus mecánica, maniquí humano, sé bien en qué consiste la gracia de vestirse. Tengo un alma emboscada en mi figura, un alma que late en cada uno de mis pasos, mientras cruzo lentamente el cuarto del hotel. Vosotras, burguesas, no tenéis esa juventud insolente, este impudor mundano, estas piernas voraces, este pecho alto y pequeño como un fruto. ¡Ah, cómo os odio, rebaño de pavas, cerditas grasientas de las provincias, buches rollizos de donde cuelga la medalla católica de la domesticidad!

En el comedor se encontró Obdulia varias veces al minero opulento. Las invitó a champán, porque a Obdulia le gustaba mucho.

—Me da una alegría ese vino... Me encanta sentir su niebla en los párpados.

—Yo traería para usted todo el champán del mundo.

—Aún no es usted bastante rico.

---

53 Bien sea como modelo de una gran empresa comercial (capítulo anterior), o como tanguista, Obdulia está alienada y, consecuentemente, sólo tiene frente a lo artificial de la explotación, la pasión y la belleza naturales, su humanidad.

—Lo soy. Pídame lo que quiera. Me perturba usted. ¿Por qué no viene a dar un paseo conmigo?

—No puedo. Me espera doña Blanca.

—¡Déjela! Usted no debe vivir así.

—Mañana nos vamos a Gijón.

—Yo iré detrás.

—No se canse, porque perderá el tiempo.

Al día siguiente marcharon a Gijón. Obdulia iba fatigada de exhibir trajes y hacer notas de pedidos. En Gijón les dieron habitaciones al puerto, y por la noche era hermoso observar cómo los caballos de las olas sacudían contra el muelle la luna de sus crines.

# XVIII

## La leyenda del hotel[54]

El hotel donde fue a hospedarse Obdulia tenía también su leyenda, una leyenda que no conocían el gerente ni los camareros, pero que se conservaba allí como un aroma. Como la ciudad era una ciudad fenicia y transatlántica, de esas que parecen encalladas para siempre en un hueco de la costa, el mejor hotel, el «Majestic», estaba sobre el puerto, y la estancia allí daba muchas veces la sensación de buque. Desde el comedor se veía el mar estriado, movedizo y largo; el horizonte, como una tela combada por vientos de trasmundo, bien sujeta por los clavos de las estrellas. El «hall», con sus muebles frágiles de paja y cristal, parecía también una instalación de a bordo. Los viajeros presenciaban desde allí las maniobras de las embarcaciones y veían las flexiones hercúleas de las grúas en las faenas de carga y descarga. Pasaban cogidas de las manos las vagonetas, se oía la tos gaseosa de los motores, y a ciertas horas, los marineros, vestidos de mahón[55], cruzaban dando bandazos con sus botas de agua, sus botas de mil leguas (de mil millas, porque esas botas cuentan su camino por singladuras). Estar en el «Hotel Majestic» era como estar de paso en un puerto. Las noches de mar fuerte, el mar salpicaba las ventanas como las claraboyas de los camarotes, y la luna abría en el interior sus venas de mercurio. Ayudaba a la imaginación la naturaleza de los huéspedes, casi todos negociantes y turistas americanos o inmigrantes enriquecidos. Los diálogos eran un «cock-tail» de modismos ultramarinos, con azúcar de tango y zumo de vidalita[56].

Por aquellos días había llegado al hotel, para embarcar camino de la Argentina, Asunción Lanza, una diva ilustre, «la favorita de los públicos hispanoamericanos», según los periódicos: una mujer rubia, muy vistosa, que disimulaba muy bien sus cuarenta años. De Asunción Lanza se contaban muchas extravagancias. Tenía fama de mujer áspera, caprichosa y colérica, que sufría con frecuencia crisis espirituales. Había estado alejada del arte algunos años, a raíz de su matrimonio con un diplomático inglés. Pero separada

54 Un nuevo capítulo que sirve de contrapunto a la historia de Obdulia. Lo que pesa en ésta es la densidad dramática de un amor perdido, lo que se traduce, en el siguiente capítulo, en uno de los impulsos decisivos para que Obdulia rompa con su situación.

55 *Mahón*: Tela fuerte de algodón, también conocida como «de Nimes» (denim).

56 *Vidalita*: Canción amorosa procedente de los folclores uruguayo y argentino.

de su esposo por no se sabe qué conflictos, retornó a la escena con más éxito que nunca. Las gentes no le perdonaban su aislamiento, y le reprochaban genialidades pintorescas, como la de no llevar apenas joyas, a pesar de su espléndida posición, y la de negarse sistemáticamente a tomar parte en fiestas oficiales. Hablaba con gran desdén de su arte, diciendo que era un arte de rastacueros y de personas desocupadas, y decía que el ideal era suprimir los intérpretes, intermediarios abominables entre la inspiración pura y el auditorio. Viajaba sola, o casi sola, porque la acompañaba únicamente una doncella, que era la encargada de sus equipajes y de escamotear a la cantante de la curiosidad de admiradores y periodistas. Los profesionales aseguraban que en Asunción Lanza se daba el tipo de mujer soberbia enferma de megalomanía. Lo cierto es que huía de la publicidad y que la irritaba el reclamo. Rechazaba entrevistas e interviús, y no le importaba el enojo periodístico, que para ella no era la losa de la impopularidad. En una sola ocasión admitió el diálogo con un reportero vivaz, a quien manifestó fríamente: «Mire usted: para mí, el artista es un paralítico de la acción, un fracasado. Se trata de una individualidad frustrada. Puede que la vida y las sociedades lo necesiten; pero como tal individuo, el artista es un ser inferior. A mí me irrita este papel de gramófono, de máquina musical que se exhibe en los escenarios».

Desde luego, no era una mujer vulgar. Conspiraba todos los días contra su fama, y su fama crecía a pesar suyo, hasta remontar las fronteras.

Al día siguiente de la llegada al hotel de la diva, se presentó un joven, casi un adolescente, que preguntó si Asunción Lanza se hospedaba allí. Como le contestasen afirmativamente, pidió habitación, y penetró en ella con su pequeña maleta de estudiante. Poco después acudió al comedor, y allí se enteró de que la artista almorzaba en su cuarto. Entonces volvió a subir y golpeó con los nudillos en la puerta de Asunción.

—Adelante.

Asunción Lanza escribía. Al volver la cabeza y reconocer al visitante dio un grito y se puso de pie.

—¡Tú! Julio!

Se abrazaron, y estuvieron así cerca de un minuto, convertidos en tierna escultura de amor. De pronto, ella se desasió, agitada, asombrada, demandando explicaciones:

—Pero ¿cómo estás aquí? ¿Cómo te has enterado? Esto es una locura, Julio.

Julio sonreía. Era un muchacho delgado, nervioso, de actitud resuelta, que acabaría de pisar el umbral de los veinte años.

—Me enteré de tu viaje. Sabía que me abandonabas. Y estoy dispuesto a marcharme contigo al fin del mundo. Al fin del mundo, ¿sabes?

—¡Qué tontería! ¡Si no puede ser! Pero ¿cómo te has enterado? No dije a nadie una palabra.

—Por la agencia del barco. Sabía que habías tomado pasaje.

—¡Qué chico! ¡Qué chico! Pues mira, te estaba escribiendo. La última carta. Pensaba echarla a bordo.

Julio cogió el pliego, que estaba a medio escribir, y leyó: «Perdóname, mi querido pequeño. Pero no me sentía con fuerzas para despedirme de ti. Además, eres tan obstinado, tan irreflexivo... Te he dicho siempre que nuestra separación era inevitable, que nuestra pasión es un error, como tantas que hay por ahí. Yo soy una vieja que siente el hielo en su corazón. Tú, un niño al que no puedo amarrar a mi escepticismo. Estuve engañándome a mí misma, porque me halagaba merecer tu amor. Todo se reducía a un dulce subterfugio. Lo cierto es que a los cuarenta años todos los sentimientos, todas las palabras, todos los instantes, están gastados. ¿Para qué seguir? Si yo fuera una mujer como muchas, te haría presa de mis nervios, de mis caprichos. ¡Eres tan ingenuo y tan impetuoso! No, no. Me voy para no verte más, para que la vida se ensanche en torno tuyo. Yo soy ahora la montaña de nieve –tengo canas ya– que te impide ver la hermosura del mundo, la variedad del mundo. Aquel día en que te acercaste a mí, a la puerta de una tienda, con esa audacia inocente de los muchachos de tu edad, yo debí huir. Eras el último ángel del amor que enredaba sus alas en la portezuela de mi coche. Después ya no tuve valor. Pero aún es tiempo. Desde aquí veo el mar que ha de separarnos. Y lo odio, porque...».

Julio dejó el papel con lentitud sobre la mesa. Luego volvió a tomarlo y lo fue rompiendo en pedacitos pequeños.

—Es preciso que te des cuenta –le dijo Asunción–. Los arrebatos no conducen a nada.

—Pero ¿es que no me quieres? ¡Me has mentido, entonces!

—No seas chiquillo. ¿Por qué no me comprendes? Te lo he explicado mil veces. Yo soy una mujer cansada, vencida. Tú tienes una ilusión pasajera. Un día u otro tendrá esto que terminar, y entonces te encontrarías hecho un guiñapo. ¡Tú no sabes lo que es ser el amante de una artista, meterse en esta vida artificial del arte! Tú eres un muchacho serio, inteligente. ¡Compréndelo!

—Pero yo te adoro. Yo me voy contigo adonde sea. ¡No puedo vivir sin ti, vaya!

—¿Ves? ¿Ves? He oído cien veces las mismas cosas. Yo estoy segura de que hablas con sinceridad; pero estas palabras me parecen falsas, vacías, repugnantes.

—Eres una ingrata.

Asunción movió la cabeza con tristeza.

—No. Yo sé que no.

—Pues bien –replicó Julio, exaltado–, no me resigno. Me embarcaré contigo. Y si no me quieres a tu lado, te seguiré a pesar tuyo.

—No harás eso. No seas insensato.

—Lo haré.

Discutieron mucho tiempo. El almuerzo se enfriaba en la bandeja. De vez en cuando llegaba hasta el cuarto el pito de un buque, como una atroz desgarradura de la tarde.

Por fin, Asunción se irguió, dura, enérgica, inflexible, transformada ya en la mujer que había sido siempre.

—Pues hasta que regreses a Madrid no embarco. Perderé el vapor, el contrato. No me importa. Yo sé lo que tengo que hacer.

Al día siguiente, muy de mañana, cuando Julio dormía, después de una noche de dolor, Asunción fue a Teléfonos y puso el siguiente despacho al padre de Julio: «Su hijo, en peligro. Venga primer tren Hotel Majestic. Asunción Lanza».

Asunción bajó al «hall» y envió a un «botones» al cuarto de Julio.

—Dile que le espero; que baje.

A los pocos instantes apareció Julio enfurruñado, oblicuo, con huellas de sufrimiento en el rostro.

—¡Qué chiquillo eres! Vamos, no quiero que te disgustes tanto. Vamos a pasear un poco.

Fueron hacia el centro de la ciudad, donde estaban las tiendas mejores, los cafés lujosos, los cines vocingleros que ya llamaban para la sesión de las cuatro.

—Aquí, en este teatro –dijo Asunción, señalando uno–, canté ya hace muchos años. Entonces era jovencita, casi tanto como tú. Amaba la gloria, el éxito. No me ocupaba del amor. Tenía ambición. ¿Tú no has pensado en eso?

—Sí –replicó Julio–, antes de conocerte. Pero ahora...

—Ahora precisamente es cuando debes ocuparte de cosas duraderas. ¿No ves que esto es una calentura de la imaginación? ¡Ay, chiquillo mío! Yo, para vivir un poco, ya tengo que mirar hacia atrás. En cambio, tú miras de frente, hacia el futuro... Es imposible.

Aquel paseo fue el último. Porque a la mañana siguiente, la doncella anunció la visita de un caballero:

—El padre de Julio.

Era alto, joven aún, de cabello gris. Entró con el abrigo al brazo, agitado.

—Señora... ¿y Julio?

—Cálmese. Está perfectamente. Ocupa el cuarto número 48. Esto es muy irregular, pero no había otro remedio.

—Entonces... Pero ¿dice usted que está bien? ¿Y ese peligro de que habla su telefonema? [57]

—¿Ese peligro? Yo.

El caballero comprendió perfectamente.

—¡Ah...! He pasado una noche... No me explico cómo ha podido venir.

57 *Telefonema*: Telegrama transmitido por teléfono.

Sin dinero, sin ropa. Yo lo ignoraba todo. Estábamos preocupadísimos.

—Ha sido mía la culpa. No le riña. Esto empezó como un juego, un juego delicioso. En fin, no es preciso que le diga a usted más. Julio es tan vehemente que quería embarcarse conmigo. Lléveselo usted. Lléveselo a otro hotel ahora mismo. Y no me guarde rencor.

—No, no. Al contrario. Es usted una mujer buena.

—Regular. Adiós. ¡Ah! Y cónstele que se lleva usted... un pedazo de mi vida.

La ahogaban las lágrimas. El padre de Julio, indeciso, no sabía qué hacer. Asunción, derrotada, pálida, se apoyaba en el quicio de la puerta. Por fin, el padre de Julio se inclinó cortésmente y fue en busca de su hijo.

# XIX

Una noche salía Obdulia, sola, a dar un paseo, y en el «hall» vio a don Sebastián, el minero.

—Cumplo mi palabra.

—Pero, hombre, emplee sus esfuerzos en cosa mejor.

—Nada me importa ya tanto como usted. Ahí tengo el coche.

—¿Ah, sí?

A la puerta del hotel estaba el «Renault». Nuevo, brillante, con un búcaro[58] dentro. Obdulia lo miraba despacio, y dio dos vueltas a su alrededor, como una compradora que quisiera cerciorarse de las condiciones del coche. Por fin puso una mano sobre el capot, como quien acariciaba el hocico de una bestia querida.

—Es muy hermoso.

—Para usted, si lo quiere.

Obdulia se separó del auto e hizo un gesto con la mano enguantada para espantar la tentación.

—Adiós. Hasta luego.

—¿Tampoco me deja acompañarla?

—Bueno. No me importa.

Atravesaron el bulevar, hirviente de público. El minero explicaba su vida en Madrid, sus disgustos conyugales y la frialdad de su hogar. A veces suspiraba como un fuelle.

—Créalo, Obdulia. Necesito afectos. No puedo vivir sin afectos.

—Verdaderamente... Es usted de los incomprendidos. Si no fuera por el Renault, me daría usted lástima.

Se detuvieron frente al radiante escaparate de una joyería.

—Elija usted. Quiero hacerle un regalo.

Obdulia le miró burlona.

—Vamos, hombre... He pasado de chiquilla, y ése es un truco viejo. Yo soy una mujer carísima.

---

58 *Búcaro*: Florero.

Y siguió andando.

Pero a la mañana siguiente, el minero, con una tarjeta, le envió una pulsera de brillantes.

—La devolverá usted enseguida –dijo doña Blanca.

Obdulia, que estaba en pijama sobre la cama, declaró:

—No pienso. ¡Que no sea necio!

A los dos días tomaron el tren para Bilbao, y una semana después entraban en Santander. A Santander llegó Obdulia muy irritada. Aquellos viajes veloces y aquellas señoras estúpidas que disponían de ella con insolencia para estudiar un vestido destrozaban sus nervios hasta el punto de cambiarle el carácter. Obdulia se notaba a sí misma colérica y desabrida. Además, volvía a parecerle monstruosa la injusticia del mundo, que le hacía vivir días grises y humillantes. Aquel oficio estaba bien para doña Blanca, mujer en derrota, símbolo triste de la conformidad; pero no para ella, que se sentía entera y audaz para rodear con sus brazos la cintura del orbe. «¿Qué derecho tienen sobre mí las mujeres que triunfan, esas para quienes trabajo? Yo no me resigno.»

Se lo dijo a doña Blanca a la hora de comer.

—Tiene usted que hacerme la liquidación. No sigo el viaje.

—¿Está usted loca?

—No. Pero estoy enferma.

—Eso no puede ser. El contrato es por dos meses. No le queda más remedio que cumplirlo.

—No lo cumplo. Llamaré a un médico.

Tuvieron una disputa enojosa. Doña Blanca terminó por suplicarle:

—¡Quédese usted! ¡No me deje! ¡Qué va a ser de mí ahora! Me había acostumbrado a su alegría, a sus caprichos...

A Obdulia le impresionaban aquellas palabras, pero no cambió de decisión. Por la tarde fue a Teléfonos y puso un despacho a don Sebastián Vijande: «Venga Hotel Oriente. Hablaremos».

Don Sebastián llegó al día siguiente, por la tarde, cuando ya se había marchado la modista. Obdulia vio aparecer el Renault, cubierto de polvo, con una maleta detrás, como esos alpinistas que regresan con el morral a la espalda a la hora de ponerse el sol. Desde el balcón vio descender al minero, rollizo, optimista. La muchacha se llevó instintivamente las manos al pecho para preservarlo, para defenderlo. Pensó vagamente: «De todas maneras, estoy demasiado tranquila para una cosa así. No voy a ser capaz de hacer bien la escena de una mujer que se entrega. Me noto muy distinta». En el espejo se vio con una belleza dominadora y resuelta. «Y bien: voy a venderme. ¿Qué más da? Todos los ricos del mundo no bastarían para comprar mi desprecio. Eso sí que es mío. En cambio, Víctor lo destruía con un gesto.»

La camarera entró para anunciarle que don Sebastián la esperaría en el vestíbulo media hora después. Obdulia invirtió ese tiempo en vestirse, en vestirse para ella, transformada de maniquí en mujer por la más sencilla de las metamorfosis. Un acto tan simple le restituía independencia y altivez.

Abajo estaba don Sebastián. Había añadido nuevas sortijas a sus dedos romos. A Obdulia le pareció más voluminoso que antes, más rojo y pesado que nunca.

—¡Qué felicidad para mí! –balbuceó, después de una inclinación bastante cómica.

—Pero tenemos que hablar –dijo ella–. Vámonos fuera.

Salieron del hotel y siguieron a lo largo del muelle, por donde sólo transitaba la gente marinera. Del otro lado, de la Alameda, llegaba el rumor de la alegría municipal, un poco sofocado por los árboles y por el ruido del mar. Obdulia, de pronto, se detuvo.

—Vamos a ver, Vijande, ¿cuántas mujeres...? No, no. Antes de nada: ¿qué tal el viaje?

—¡Magnífico! Figúrese... Sabiendo que me esperaba usted... ¿Qué más puedo yo desear?

—Pero ¿de veras que se acordaba de mí?

—¡Siempre!

—Voy a interrogarle lo mismo que un juez. No se enfade, ¿eh? ¿Cuántas mujeres ha seducido usted?

—¡Por Dios, Obdulia!

—Claro, hombre. Una persona de sus méritos... Con esa posición...

—Es probable que no me crea. Pero usted es la primera mujer que me interesa de verdad.

—Vijande, a su edad está muy mal mentir de ese modo.

—No me llame por el apellido. Llámeme Sebastián.

—¡Sebastián!

El minero quiso cogerle una mano, pero ella le contuvo suavemente.

—Le he avisado para despedirme de usted. Mañana regreso a Madrid.

—¿Es posible? Yo creí que... ¡Hágame caso, Obdulia!

—Soy una mujer que no le convengo. Créame.

—Estoy dispuesto a hacer cuanto me pida. Todo, menos perderla.

—Ya le he dicho alguna vez que ha tropezado con una mujer carísima.

El rostro de don Sebastián se iluminó de complacencia.

—Por eso no hay cuidado. Soy rico, no tengo hijos. ¿Qué quiere usted? ¿Qué me exige?

Obdulia volvió a pararse, esta vez en actitud más grave, más solemne, como para hacer una revelación. Las luces del puerto coincidían en ella, y no eran capaces de amortiguar su ademán lleno de sombra.

—Soy una mujer carísima... No es el dinero, es otra cosa. Usted, naturalmente, no será capaz de entenderme. No, no trato de ofenderle... Como a todas, me gustan las joyas, los coches, los vestidos, los viajes. Pero, además, es que quiero el amor. ¡El amor!

Silabeó la palabra con una voz cargada de fuego y de deseos y, además, de encono, de despecho.

—Es que yo... –susurró el minero–, yo estoy enamorado de usted.

—Eso es muy fácil decirlo. De todas maneras, no es bastante. Porque yo, en cambio, estoy enamorada de otro.

Don Sebastián calló, ante la objeción definitiva. Obdulia lo sentía jadear, a su lado, de emoción o de fatiga. Agregó:

—Claro que a ese hombre no le volveré a ver. Nos separan muchas cosas. Pero siento que todavía le quiero con toda mi alma. ¿Ve usted como no le conviene una mujer así?

Ahora fue don Sebastián el que se detuvo. Respondió con firmeza:

—A pesar de todo, me conviene.

Entonces, Obdulia se dejó alcanzar las manos. Las del minero temblaban.

# XX

## Nueva representación de la igualdad

¡Ah, tú no sabes a quién albergas, minero opulento, traficante de tierras valiosas, fletador temerario de barcos y mujeres! Cuando ella camina, parece que murmuran de gozo todos los muebles, todos los objetos; parece que vidrios y esmaltes están más bruñidos y despiden una luz más viva. Cuando ella se tiende en el diván y suelta las chinelas[59] rojas, como dos pétalos caídos, todas las cosas la contemplan tocadas de su propia voluptuosidad. El espejo lucha con la luz para quedarse con un poco de su figura, y si el reloj no se detiene es porque quiere cronometrar aquellos instantes. Pero tú no sabes, hombre del cheque y de la factura, lo que ella representa ahí, en ese foco activo de tu vida, pegada a tus días como la planta al muro.

Concisa y aérea como un poco de viento inmóvil, es, sin embargo, tu amante la que restablece el equilibrio humano. Para los hombres de antes, la Igualdad era una matrona con el pecho cruzado por una banda roja. Actualmente, la Igualdad es esa mujer llena de pereza en el cuarto de un millonario, rodeada de esencias y de joyas. Porque ella simboliza el lujo, ácido corruptor de la riqueza, venganza de todos los desheredados de la tierra. Por ahí habréis de morir, becerros de oro, agiotistas del esfuerzo jornalero.

Queréis comprar lo imponderable –la mirada, el arrebato, la sonrisa, el temblor– como compráis el brazo robusto y el pecho tenso que arrancan el mineral o rigen la máquina. Pero vuestras queridas se burlan de vosotros. Tiráis al mar vuestros tesoros. Ellas son, como el mar, hondas e inseguras, y cantan, como el mar, la melodía de la muerte.

59 *Chinelas*: Zapatillas sin talón que se usan para andar por la casa.

# XXI

Don Sebastián llevó un día a Obdulia a visitar sus minas de Langreo. Fueron en automóvil por una carretera que corría entre el río y la vía del ferrocarril. Los tres caminos, el de piedra, el de hierro y el de agua, parecían entregados a un permanente pugilato: a trechos iban juntos, se separaban y volvían a reunirse; dijérase que cada rival buscaba el atajo para llegar más pronto. Al fin tocaban juntos las puertas del pueblo, y ninguno triunfaba en la estéril disputa. El río era el más castigado, porque llegaba astroso y sucio, chorreando residuos de carbón.

El pueblo era ancho y destartalado. Altas chimeneas de ladrillo, balcones desvaídos, fachadas sin encalar y unos árboles de hojas polvorientas a los que Obdulia querría limpiar con un plumero. Enfrente la montaña, horadada, con grandes calvas, como un yerto esqueleto de elefante.

La enorme oruga de un tren minero les condujo desde el pueblo hasta las minas. Se había habilitado un vagón para los excursionistas, a quienes acompañaba el gárrulo ingeniero del viaje de Madrid. Hacía un calor pegadizo de principios de estío. En las vagonetas iban hombres tiznados, sudorosos, con desgarradas boinas sobre la frente. En el trayecto se amontonaban las pilas de combustible, como grandes pirámides, y las murallas de briqueta, cuyos panes negros habían de alimentar las panzas insatisfechas de las máquinas. Obdulia iba sintiendo la angustia de un paisaje negro y hermético, donde el mismo sol se empavonaba y se hacía opaco. Hubo un momento en que el tren se hundió en un túnel, y ella tuvo que esforzarse en ahogar un grito de terror entre aquella oscuridad tapizada de humo.

Llegaron a una explanada, donde se abría el bostezo interminable de la bocamina. Alrededor de los almiares[60] de carbón y de los tendejones[61] que alojaban el material trabajaban mujeres despeluchadas y asténicas[62], niños casi desnudos, cargadores de pecho negro, que lanzaban a los recién llegados miradas oblicuas. Por el tenebroso agujero entraban las ristras de vagonetas, y volvían a salir repletas de carbón, que los obreros iban amontonando y cla-

60 *Almiar*: Montón de paja hecho bloque.

61 *Tendejones*: Cobertizos.

62 *Asténico*: Estado de debilidad psicológica y física. Sin ánimo.

sificando después. Don Sebastián y el ingeniero explicaban a Obdulia minuciosamente las faenas de la mina, el oficio de los trabajadores y la misión de las máquinas. Pero ella apenas les oía. Un mundo distinto, el del esfuerzo muscular, el de la esclavitud asalariada, se le revelaba de pronto como un ángulo siniestro de la vida.

—Y estas mujeres, ¿cuánto cobran por hacer eso?...

—Pues de cuatro a cinco pesetas por las siete horas. Pero muchos de esos chiquillos son de la familia. Entre todos sacan un buen jornal.

El que respondía era el ingeniero. Obdulia le miró con rencor. Ocho, diez pesetas: es decir, lo que ella se gastaba en una caja de bombones, en una butaca para el cine. Recordó el «Renault» del minero, veloz y confortable, y le pareció que iba tirado por aquella muchedumbre macilenta y descalza.

Obdulia se despojó del abrigo de lana gris y se enfundó en el «mono» azul de un capataz para bajar a la mina. Parecía una protagonista de película. Don Sebastián y el ingeniero hicieron lo mismo, y penetraron todos en el ascensor. El descenso en la gran jaula metálica impresionaba un poco. La luz era lívida y se respiraba con dificultad.

—¿Tienes miedo? –le preguntó don Sebastián.

—No.

Pero la montaña pesaba sobre su corazón. El ingeniero hablaba sin cesar de los nuevos tajos, de las labores recién emprendidas y de las exigencias de los obreros.

Aquel hombre, de una pedantería irritante, lo censuraba todo, y sólo encontraba bien sus propias ideas. Obdulia le habría abofeteado.

—¿Ya?

—Ya.

Estaban en la primera galería. La luz de las lámparas, turbia y difícil, enseñaba un túnel sangrante, sostenido por un armazón de vigas. Los mineros, pegados a tierra como sabandijas, extraían el carbón, que manaba en pellas bituminosas. Se oían, apagados, los diálogos, donde rebotaban de vez en cuando blasfemias e injurias. Cruzaban los estibadores con sus cestos y los capataces que vigilaban el trabajo en la sombra. La atmósfera era densa y húmeda, y los visitantes tenían que orientarse por la exigua claridad de las lámparas. Obdulia comenzó a sentir un estorbo en el pecho y un deseo urgente de abrir los ojos y la boca y aspirar aire y luz. Le parecía que el universo entero la aplastaba y que pronto se encontraría rodeada de las tinieblas y el silencio eternos. Pensó que estaba enterrada viva entre aquellos hombres que se agitaban como espectros en el subsuelo de un paisaje hostil. Quiso contenerse, pero no pudo:

—Quiero subir. Me hace daño esto.

—Quedan otras dos capas. Cuestión de un cuarto de hora.

—De ningún modo. Me asfixio aquí.

Cuando Obdulia se encontró arriba indemne, creyó recobrarse a sí misma. ¡Oh, qué delicia! Estaba otra vez ilesa y libre, cerca de los caminos ligeros, de los vientos flexibles y de la luz radiante y total. Mientras se quitaba el «mono» de mahón y volvía a ponerse el fino abrigo gris pensó: «Yo también he bajado unos minutos al infierno, un infierno helado y negro situado, como el otro, "en el centro de la tierra"». ¿Qué género de culpa purgaban aquellos hombres, cuya existencia transcurría en la sepultura de la mina?

A su lado oyó la voz de don Sebastián, inflexible y dura, que hablaba de toneladas y de precios. Cuando volvían en el coche, él ponderaba al ingeniero:

—Desde que lo tengo me dan las minas diez mil duros más al año. Es muy recto con el personal. No les deja parar.

—Me parece un mentecato y un canalla tu ingeniero.

—¡Mujer! ¿Por qué?

—Porque sí. Porque adula al dinero, al poder, y, en cambio, dice mal de esa pobre gente.

—¡Esa pobre gente! No la conoces. No reparan en arruinarle a uno.

—Hacen bien.

El minero dio un salto en el asiento. No era un bache: era una sacudida de asombro.

—¿Cómo?

—Claro. ¡Más arruinados que ellos!... No sé por qué han de trabajar para otro.

—Porque soy el amo –respondió don Sebastián alterado.

—¡El amo! ¡El amo! Pero ellos son los que sufren ahí abajo.

—Expongo mi dinero.

—El que ellos ganan para ti.

—Bueno. No quiero oírte esas cosas, ¿sabes? Estás loca.

Obdulia no replicó. Pero su alma estaba en rebelión y sentía como nunca una furiosa rabia contra el dominio y la fuerza.

# XXII

Cuando Víctor se dio cuenta de que había perdido a Obdulia se encerró en su cuarto de la pensión y se acostó por espacio de una semana. Se reconocía iracundo, destemplado, intratable. Lo que más le irritaba era no poder borrar el recuerdo de aquella mujer como el de otras que se extinguían para siempre en su memoria. En el encerado de la noche se acusaba mejor la figura fulgurante de Obdulia. Víctor dormía muy mal y encendía con frecuencia la luz para espantar los corpúsculos[63] de la pesadilla. «Es ridículo que yo me preocupe de este modo por una mujer que me abandona tan fácilmente.» Pero cuando se disponía a odiarla, el querido recuerdo se abrazaba a él balbuceando reproches. En efecto, había estado torpe, áspero y desacertado con ella. Ahora comprendía que Obdulia no era la amiga de una noche que derrama sus risas sobre nuestro hombro; ni siquiera la amante incidental que llega y se aleja con el mismo paso fugitivo. Era de esas mujeres contenidas y hondas que no transitan impunemente por la vida de un hombre.

Aquella semana influyó bastante en la historia de Víctor. Será conveniente, pues, anotar cronológicamente los menudos pensamientos que tuvo entonces.

Primer día, miércoles.

Después de las doce entró la camarera. Al encontrarse con la habitación en tinieblas exhaló un pequeño grito. El desayuno estaba intacto sobre la mesa de noche.

—Hoy no me levanto –le explicó Víctor–. Tomaré un poco de pescado y una taza de café. Si viene alguien, que no estoy.

—¿Abro las ventanas? Hace muy buen día...

—No, no.

Almorzó con luz artificial, y con luz artificial recibió a un redactor de la agencia que le trajo cartas y noticias del día. Víctor se sentía despegado de los acontecimientos del mundo. Su conciencia flotaba en la sombra lo mismo que una boya perdida en alta mar. Obdulia, calzada de silencio, escindía la

---

63 *Corpúsculos*: Antiguo nombre con el que se conocían las partículas elementales de la materia.

oscuridad y el sopor como un destello febril. «Y, sin embargo, no estoy enfermo –pensaba Víctor–. Siento mi carne firme, reposada y tranquila, mientras el espíritu hierve y se me desborda como de un vaso.» ¿De dónde viene esa inquietud, ese desasosiego, ese desaliento, esa desesperanza, para que un hombre se encuentre tan angustiado y solo en medio del bullicio urbano? ¿Qué extraña comunicación establecen los sentidos de un hombre con el vasto dolor universal?

Segundo día, jueves.

La Muerte –vestida de negro, como es natural– había penetrado en el ascensor. El portero no tuvo tiempo de detenerla. «Eh, señora, ¿adónde va usted?» Pero el ascensor subía ya velozmente con su viajera helada, que iba consultándose la palidez de las mejillas en el doble espejo. La Muerte, no se sabe cómo, invisible quizá, estaba a la puerta de la habitación de Víctor, sentada en una silla, con una pierna sobre la otra, enseñando la modelada niebla de las medias de seda. «No es tan fea la Muerte –repetía Víctor–. Dan ganas de irse del brazo con ella a través de las calles, a contemplar escaparates. Los amigos le saludarían a uno con un sombrerazo parecido al de los entierros. Y hasta le envidiarían: "Qué mujercita extraña ha encontrado Murias". Luego se internaría uno en cualquier calle sin luz y se borraría para siempre, como el aliento en el cristal.»

Víctor extrajo la pistola de la mesa de noche. No, no se proponía suicidarse. Tenía normal el pulso; el organismo, equilibrado; la cabeza, clara. Pero necesitaba convencerse de que era fácil atravesar la terrorífica frontera. Acercó la pistola a la sien. El cañón estaba frío como el hocico de una marta. «Todo ha de acabar. A lo largo del tiempo, en la distancia infinita, no habrá huella de cuanto me rodea. Qué me importan la historia y la civilización, si no han de ser expresión de mí mismo; qué me importan el sufrimiento o la felicidad de otras almas cuando la mía se haya evaporado con la existencia. Lo trágico es pensar que la vida es el constante despojo de uno mismo, la continua enajenación. Y más trágico aún encontrarse tan identificado con el mundo, tan sumergido en él, que un hombre no es otra cosa que un gusano gozoso de adherirse a la carroña cósmica. Ya la muerte no nos resuelve nada, porque nos hemos manchado del egoísmo del vivir, porque hemos hozado, como el cerdo de Epicuro, en la materia maravillosa del dolor y de la dicha. Habría que no nacer; habría que retornar a la zona virgen, nítida e inmóvil de la antivida, allí donde nada tiene perfil humano y todo refulge ciego y sin conciencia, como un planeta frío.»

Tercer día, viernes.

Como un ramalazo de luz entró en el cuarto Elvira. Abrió las contraventanas de súbito.

—Pero, hombre, ¿es posible? La camarera dice que no tiene usted nada, que son caprichos y aprensiones.

Se efectuaba en Elvira la transverberación[64] primaveral. Ella, más que la luz de la calle, parecía haber destruido las sombras de tres días, con su traje verde y sus ojos violentos. Víctor volvía a ponerse en contacto con la impetuosa tentación.

—Le creíamos de viaje, al no verle por ninguna parte. ¡Qué ingrato!

—¡Bah! Un poco de jaqueca. Estoy acostumbrado.

—Anoche hemos cenado en el Palace. Había chicas preciosas.

—Usted iría con el general, naturalmente.

—Sí. Y con una amiga mía, norteamericana, muy interesante. He de presentársela. Hace propaganda bíblica.

—¿Bíblica?

—Creo que sí. Bueno, ya se lo explicará ella.

—El general seguirá tan necio como de costumbre.

—Mucho más necio. Pero a mí me divierte.

—Y, además, se gasta bien el dinero del país.

Elvira le mostró una de sus manos, sellada por una amatista.

—El último regalo. Está empeñado en seducirme.

—¿Y no lo consigue?

Elvira hizo un mohín de desdén. Luego repuso:

—Debía usted conocerme. Me doy al hombre que me gusta. Pero no me gustan los botarates.

—Sobre todo si son viejos.

Ella, atolondradamente, se sentó sobre la cama. Víctor sentía que las ropas no bastaban para aislarle del cuerpo de Elvira, que le transmitía su ardiente oleaje. De perfil, la espalda era un abanico a medio plegar, muy tenso, sin embargo, a partir de la nuca.

—Anoche he visto a su amigo Sureda. Cenaba con un viejo de tipo muy raro. Un sabio, sin duda. Por cierto que pasó una cosa muy chusca[65]. Sureda vino a saludarme, y en el momento en que Villagomil se dirigía a él, el médico le volvió la espalda. Había que oír al general: «A estos intelectuales los voy a meter en cintura cualquier día. Se creen superhombres».

—El es una *superbestia*.

Elvira, sentada en la cama, era una deliciosa provocación. Víctor la ceñía con los ojos vorazmente, hasta llegar al medio limón del seno, afirmado por la postura oblicua. Más que el perfume de la mujer y la picardía de su actitud, le obsesionaban la ligereza de las telas, el estremecimiento de la línea, el choque insólito de la figura con todos los muebles y las cosas cotidianas. Nunca la había deseado de tal manera. La voz de Víctor debía de tener un timbre extraño: era la voz de un cartujo de hotel.

---

64 *Transverberación*: Éxtasis. Del latín: traspasar de parte a parte, hiriendo. En la tradición religiosa, un proceso por el que una persona de fuertes creencias espirituales puede vivir una experiencia de transformación porque su corazón se llena de la «gracia divina». Fenómenos perceptivos y sensoriales se mezclan en la experiencia. El testimonio más conocido en España es el de Teresa de Ávila. Díaz Fernández desvía (*detournement*) el sentido religioso del proceso hacia un sentido materialista.

65 *Chusca*: Que tiene gracia.

—Elvira.

Ella le miró, sonriente.

—Elvira. Esta mañana... está usted demasiado guapa.

Elvira se echó a reír.

—¡Hombre! ¡Qué novedad! ¿Usted piropeándome? Ahora sí que creo que está enfermo de veras. ¿A ver?

Le puso la mano en la frente. Víctor se la alcanzó y la retuvo contra su boca.

—¡Oh! ¡Oh! ¡Gravísimo! ¡Loco!

—Loco... ¡por ti!

La alcanzó por los hombros y la atrajo hacia sí. Ella se resistía débilmente:

—¡No, no! ¡Quieto, quieto!

Pero se dejaba besar en la boca, en el cuello, en el pelo, gavilla[66] intrincada y eléctrica, cuyas hebras parecían subrayar los besos. Besos tan anchos que sobrepasaban los labios de Elvira, activos y vehementes a los pocos segundos.

—Espera, espera. Voy a cerrar.

Pasó el pestillo y se unió a él como una llama a otra.

Cuarto día, sábado.

Elvira estaba de pie, con sombrero, vestida para salir a la calle. Víctor la veía desde la cama, sin desearla ya.

—¿Es que tampoco te vas a levantar hoy?

—Tampoco.

—Pero ¿qué tienes?

—Sigo con jaqueca. Me dura siempre cuatro o seis días.

—Tengo que decirte una cosa. La estuve pensando anoche.

—Dila.

—Lo de ayer fue una tontería. Sí, sí, una tontería. En ninguno de los dos ha de dejar huella.

—¡Mujer!

—¿Para qué vamos a engañarnos? No es que esté arrepentida. Me gusta complacer mis caprichos. Pero, ahora, como si no hubiera pasado, ¿sabes?

Hizo una pausa. Luego, como si recordase de pronto:

—¡Ah! ¿No te lo dije? Edith se ha marchado a vivir a un piso pequeñito, en Pardiñas.

—¿Sola?

—Sola. Cada día está más extraña. Renunciar a la vida a los treinta años es estúpido. ¿No te parece?

—Quizá.

—Bueno. Adiós. Me voy de compras.

Hizo ademán de salir.

—¿Ni siquiera un beso? –dijo Víctor.

—Sí, hombre. ¿Por qué no?

---

66 *Gavilla*: Conjunto de sarmientos, cañas, mieses, ramas, hierba, etc.

Se besaron sin calor y sin prisa. Cuando Víctor quedó solo pensó: «He aquí una mujer inteligente.., y cómoda».

Quinto día, domingo.

Víctor se puso a leer la biografía de Lenin, por Trotski. Durante todo el día siguió el paso sigiloso y seguro del revolucionario ruso a través de Francia, de Alemania, de Suiza. Era como una bomba oculta en el corazón del mundo capitalista, que, al fin, habría de hacerlo saltar hecho pedazos. Lo veía preparar con paciencia benedictina la revolución, animado por la idea fija de salvar a Rusia de la tiranía, de redimir al mundo de la esclavitud económica. Aquél sí era un hombre. Aquél sí cumplía el alto mandato humano. La vida es un problema de justicia. Vale por lo que tiene de exaltación, de esfuerzo, de lucha contra la barbarie del egoísmo y el poder. La existencia de Lenin estuvo en constante función de inteligencia para comprender y reparar. Víctor también sentía en ocasiones la necesidad de consagrarse a una gran obra, de perecer heroicamente en ella. Veía sufrir a su alrededor a los débiles, veía al Moloch[67] de la opulencia devorar mujeres y niños en medio de la impasible estupidez cósmica.

También él sentía a su país palpitar de angustia y de esperanza bajo la enorme armazón de su historia. Él soñaba un pueblo alegre, culto, sin supersticiones, construyéndose todos los días la historia sin dormir a la sombra de un pasado en ruinas. Le conmovía el trozo de humanidad que era su patria, entregado todavía al fraile, al militar, al mercachifle. Tenía razón Sureda: era preciso crear una conciencia, despertar un ideal nacional. Pero no; eso era poco. Había que hacer más. Los hombres mesiánicos de su país, los que predicaban a pecho descubierto tal doctrina, habían caído solos, en el desierto, con los brazos en cruz. Acción, acción. Armar a los obreros, sublevar a los soldados, inyectar rebeldía a los proscritos.

Sexto día, lunes.

Víctor se levantó temprano y escribió un artículo violentísimo contra el llamado Gobierno nacional. Lo hizo transmitir por cable, y salió para hablar con el doctor Sureda.

---

67 *Moloch*: Dios del fuego de la mitología fenicia por el que se inmolaban seres humanos. Una influyente representación del mismo aparece en una secuencia de *Metropolis* (1926) del director alemán Fritz Lang.

# XXIII

Miss Mary, la americana amiga de Elvira, era el tipo perfecto de la mujer «snob». Residía en París, y viajaba con frecuencia por Europa so pretexto de hacer propaganda bíblica. Conocía a los artistas de moda y se jactaba de descubrir genios desconocidos en el intrincado bosque de las vanguardias. En realidad, lo que cazaba eran animalitos depilados, que exhalaban gritos primitivos en el lienzo, en el pentagrama o en las cuartillas. Miss Mary explicó a Víctor las dieciocho metamorfosis de *Mesié Picasó*, la quiebra del superrealismo y el éxito de un chino que escribía *hai-kais*[68] para las norteamericanas millonarias. Después le informó largamente de lo que era la Asociación Internacional de Estudiantes de la Biblia, para difundir la palabra evangélica sin los errores, rectificaciones y arreglos introducidos por las Iglesias.

—Pero usted es protestante, ¿o no?

—Yo, no. ¡Qué disparate! El año pasado estuve a punto de hacerme católica, porque leí un libro delicioso de Maritain. Pero he pensado fundar una religión.

—¡Caramba!

—Sí, sí. Siento una voz reveladora dentro de mí. Quizá me lance. ¿Quiere usted que la fundemos juntos?

—No, gracias. Yo no me lanzo. Prefiero mi descreimiento, mi odio a todo esto, que es una cosa fatal, criminal, vitanda[69]. La muerte, la vida... Hay que acabar con el mundo. ¿Se acuerda usted de Anatole France?

Miss Mary hizo un gesto desdeñoso.

—No haga gestos. Puso la mano en el corazón de las cosas; sentía palpitar su verdad. Los niños depilados de usted, Miss Mary, sus exquisitos, morirán en el río del tiempo con sus *ismos* y sus uñas de color. Aquel viejo sentía latir contra su pecho la tragedia cósmica. Eso es lo que tiene cierta importancia.

—Bueno, ¿y qué?

—Pues Anatole France decía, poco más o menos: «La solución sería hacer

---

68 *Hai-kais*: Forma poética japonesa de la que derivan los haikus.

69 *Vitanda*: Odioso.

saltar el Cosmos con dinamita y satisfacer así a la conciencia universal, *que por otra parte no existe*».

—¡Bah! Antiguallas. Ahora hay que fundar una religión o convenirse a otra. Yo no sé vivir sin una religión. ¿Y el más allá? Terminar ya con esto, con esto, tan corto, tan efímero..., no puede ser. En fin, acompáñeme a tomar el té. ¿Vienes, Elvira?

—¿Adónde?

—Al Club Femenino.

—De ningún modo. Me voy al Ritz. Tu Club es insoportable. No hay más que loros.

—También van jovencitas.

—No, si no les digo loros sólo porque sean viejas. Es que son charlatanas y no hablan siquiera de vestidos. Que os aproveche.

En el Club Femenino, el hombre sólo tenía acceso a la sala de té. Las asociadas se esforzaban en demostrar que el otro sexo no les era necesario y que preferían el trato entre sí para gastar alegremente las horas de ocio. Pero como casi todas eran esposas, madres o hijas de intelectuales, en realidad lo que llevaban allí eran las opiniones de sus maridos, de sus padres o de sus hijos, expuestas aún con más encono y con mayor agresividad. La independencia de aquellas señoras consistía en tumbarse despreocupadamente en los divanes, fumar egipcios e inventar fiestas artísticas para que acudiesen personas del otro sexo. Es cierto que había algunas damas que velaban por la pureza de los estatutos y mantenían respecto al hombre una absoluta intransigencia, hasta el punto de no penetrar jamás en el salón de té; pero las demás aseguraban que tal actitud no provenía tanto del odio al hombre como del cariño por las jovencitas, a las que atraían vorazmente a los rincones más íntimos y silenciosos.

En el Club, Miss Mary era muy conocida, aunque tenía fama de mujer original. Y la originalidad era la suprema aspiración de las asociadas. Antes de sentarse, la norteamericana tuvo qué saludar a media docena de matronas oxigenadas y señoritas superfluas que la interrogaron con gran interés acerca de su misión bíblica. Víctor no conocía a ninguna.

—Pero ¿es posible que una extranjera venga a descubrirle Madrid? Aquélla es la mujer de Arancedo, el gran novelista. La otra es Elvira Ruiz, la profesora.

—No conozco a nadie.

Minutos después entraron dos muchachas acompañadas de un joven de nariz corva y gafas de concha. A este joven sí le conocía Víctor de verle alguna vez en el Ateneo y en la tertulia de Sureda. Era un poeta de vanguardia que escribía deliciosas inepcias en francés. «El castellano es un idioma apoético, antilírico. Además, el francés es la lengua de la inteligencia.»

—Entonces no es la suya –le había contestado Sureda en cierta ocasión.

El tal poeta no era ni siquiera un «snob»: era un tonto.

Miss Mary presentó a los recién llegados:

—La señorita Gloria Martínez, poetisa y nadadora. Maruja Montes, pintora. El señor...

—Al señor ya le conozco: poeta francés.

—No, no: español. Pero escribo en francés porque la cultura moderna es de tipo francés. Además, es el idioma de los intelectuales.

—Y de los camareros.

—A nuestro amigo –intervino la norteamericana– le parece que el castellano está demasiado exprimido por los clásicos. Él hace una poesía deportiva, reciente, y la dice en francés.

—¿Y por qué no se va a Francia? Tendría más difusión.

—¡Oh! Entonces –dijo la pintora– se vería obligado a escribir en español.

—De la difusión no me quejo. Mire usted –el poeta extrajo unos recortes del bolsillo–. Cocteau habla de mí en esta entrevista. Y Montherlant... Vea, vea la carta que me escribe. Ahora me piden una antología de mi obra.

—¡Ah! ¿Tiene usted muchos libros publicados?

El poeta hizo un gesto de horror.

—¿Muchos libros? No. Ninguno. Eso queda para los poetas fáciles. Yo soy un poeta puro.

—Pero una antología...

—Cinco poesías. Una cada año. No se puede hacer más: a veces, una imagen me cuesta meses.

—¡Caramba!

—Rimbaud dejó muy poca obra. Hay que buscar la calidad.

—Pero Rimbaud dejó de escribir a los dieciocho años. Me parece.

—No habría hecho mucho más. A mí no me interesa el público.

—Entonces, usted escribe..., para los demás poetas.

Mientras le servían el té, la poetisa relataba sus triunfos deportivos en San Sebastián:

—Tres horas nadando. He vencido a las muchachas más fuertes. Vea usted qué bíceps. Toque, toque usted.

Víctor no tuvo más remedio que comprobar la dureza de aquel antebrazo. Era musculosa y sanguínea: un hermoso ejemplar que nadaba, escribía versos y devoraba emparedados y pasteles.

—Yo, para escribir, necesito hacer mucho deporte. A veces, en la piscina, se me ocurre un poema. Salgo del agua y me pongo a escribir desnuda. ¿Verdad, Maruja?

La pintora asintió. Era una muchachita de figura aguda, incisiva, que debía de ejercer una gran influencia sobre la poetisa, porque ésta, antes de hablar, parecía consultarla con los ojos. Víctor se dio cuenta de que era la única realmente inteligente, y se puso a hablar con ella, mientras Miss Mary discutía con el poeta la conversión de Max Jacob.

—¿Usted también cree que eso sea el arte moderno?

—¿Yo? No –contestó la pintora–. Para mí, moderno quiere decir mañana. Estos no hacen más que volver a los clásicos. ¡Ellos mismos se llaman neoclásicos! ¡A mí no me interesan los clásicos más que para olvidarlos! Leonardo, Miguel Ángel... ¡Bah! Ni Cézanne, ni Picasso. Son los últimos residuos de una cultura, de una sociedad que se extingue. Nada de esto es genial, ni siquiera inteligente.

—Claro. Ven de la época actual lo que tiene de interino y de externo. En cambio, no atienden a lo que va por debajo: al gran tumulto de la vida.

—Todo esto es estúpido. Este pobre chico, creyendo que el universo está pendiente de sus metáforas. Mi amiga Gloria, que es una burguesa sin espíritu, empeñada en tener talento y en hacer poesía deportiva. ¿Y la norteamericana? Insoportable. Hay ahora una masonería del esnobismo, una internacional del ocio ilustrado, que me da asco. Yo me iría de Europa.

—Y yo.

La pintora apretó las manos:

—Lo peor es... que estos cochinos son los que tienen el dinero y el poder. En fin, écheme usted otro poco de té.

# XXIV

## Naturaleza muerta

Ella pintaría la verdadera naturaleza muerta, la naturaleza asesinada con el arma sutil de la imaginación. Borrar el cielo idéntico, el mar hinchado de monotonía, las montañas yertas, los ríos inconscientes, los inmutables colores. Acabar con todo gracias al ácido de una idea nacida en una confluencia de hormonas, en una invisible y misteriosa encrucijada cerebral. Redimir a los sentidos de las sensaciones repetidas, de las imágenes iguales, del peso eterno de los paisajes. Porque el esplín viene de ese universo invariable y lógico que es la alegoría del sentido común. ¡Cómo le pesaba en el espíritu el orden de las cosas, la disciplina ciega del mundo vivo! Ella, minúscula, delgada, insignificante, apenas un latido en medio del aparatoso espectáculo, poseía un pensamiento superior, una concepción del cosmos más divertida y más bella.

Ni sabia ni hermosa la naturaleza. La pintora quería inventarla de nuevo, después de hacerla tinieblas y silencio. «Ustedes se conforman con poco: les bastan la rectificación y la justicia. A mí, no. Para mí, cada día que nace es una tortura, un conato de desesperación. Y acabo de cumplir los veinte años.»

Hombres rutinarios, hombres-máquina, burócratas, burgueses, comerciantes, felices inquilinos de Beocia: en el tranvía, en la calle, a vuestro lado, rozando vuestras ropas, conversando con vuestros hijos, van unos seres mucho más peligrosos que los bolcheviques: los artistas puros. Tienen una aspiración aún más tremenda que la esperanza del proletariado: quieren suprimir el pacífico sol de vuestras digestiones, la lívida luna de vuestros idilios, el rosado cielo adonde soñáis ascender en compañía de vuestras respetables familias para sentaros cómodamente a la diestra de Dios padre. ¿Qué hacen vuestros valientes generales, vuestros virtuosos obispos, vuestros honorables policías?

Miss Mary se decidió, por fin, a fundar una religión. Lo mismo se le ocurría divorciarse, comprar un *yate* o hacer un viaje a la Polinesia. Pero acababa de leer un libro de la Cuningham Gram sobre Santa Teresa, había visitado Ávila y Toledo, y se encontraba con inclinaciones de fundadora. Miss Mary era una neurótica trascendental.

La pintora se reía de ella y la despreciaba; pero no rehuía sus invitaciones para cenar en el Ritz o pasear en automóvil. En cambio, la poetisa era la primera discípula sincera de Miss Mary. Creía que, en efecto, se trataba de una mujer iluminada por la verdad inmortal. Además, la doctrina que predicaba la norteamericana era una doctrina para los menos, una doctrina de selección. A la nueva secta sólo podrían pertenecer los seres cultivados y exquisitos, los artistas, los hombres de ciencia, los aristócratas del pensamiento, las gentes que tuvieran una vida elevada y pura en el orden intelectual. En pocos días, la fundadora reclutó algunos poetas de vanguardia y muchas damas del Club Femenino, a quienes halagaba la idea de formar en aquella milicia distinguida.

Lo primero que hizo Miss Mary fue alquilar un piso muy amplio en un rascacielos de la Gran Vía y darle una decoración expresionista, que dirigió Maruja Montes. La luz, los muebles, los colores: todo era allí geométrico y exacto. Al fondo, una tarima con una mesa cúbica y un taburete gris. En el hemiciclo, en forma de rombo, muchas sillas bajas para los prosélitos. Cuando Víctor contempló la sala sintió, en efecto, una sensación de distancia, una especie de tierra ilimitada que se prolongaba hacia un punto infinito.

—Está muy bien. Pero Miss Mary ha empezado por el final. Primero, el templo. Después, la religión. ¿Qué nos ofrece Miss Mary para el *más allá*?

—Ya oirá usted mañana mi conferencia. Pero le advierto una cosa: en mi doctrina, como en todas, no se puede participar sin fe.

—Una religión para intelectuales debiera ser una religión científica.

—Nada de ciencia. Estamos fatigados de teología. Espíritu nada más. Ustedes los racionalistas quieren explicárselo todo, razonarlo todo. ¿Qué importa eso? Las Iglesias han fracasado porque se han hecho materialistas. Precisamente, mi panacea consiste en volver a creer.

—¡Bah! Es lo que predican esos frailes sucios que recorren los pueblos.

Mary no le contestó siquiera. Dio a entender que le despreciaba totalmente.

La mayoría del auditorio había adoptado una actitud irónica. A pesar de la fama de mujer culta que tenía Miss Mary, aquello de fundar una religión resultaba muy fuerte. Algunas de las intelectuales –intelectuales por colateralidad o afinidad– que le habían demostrado hasta entonces cierta simpatía no se atrevieron a concurrir a la conferencia. Eran católicas de tapadillo[70], y mientras sus maridos defendían en la cátedra o en el periódico el librepensamiento, ellas se postraban en confesión a los Padres Jesuitas. Pensaron si Miss Mary, debajo de las pieles carísimas de Patou[71], llevaría enroscado el diablo a su propio cuello. La concurrencia, pues, era muy restringida. Aparte de la poetisa y la pintora, de tres o cuatro adolescentes que jugaban a la poesía pura, estaban la mujer del novelista Arancedo, la ilustre profesora normal, una du-

70 *De tapadillo*: A escondidas, de forma oculta.

71 *Jean Patou (1880-1936)*: Modista francés que diseñó sus vestidos basándose en los estilos modernos del art decó y del cubismo.

quesa arruinada y dos americanas del Sur que escribían versos de un erotismo tempestuoso. Estaba también una mujer alta, delgada, muy elegante, que nadie conocía, y que tenía en los ojos una extraña ansiedad. Había llegado sola y se había sentado casi de espaldas al resto de la concurrencia. Víctor, que acompañaba a Elvira, se fijó en ella desde el primer instante:

—Esa señora debe de ser una amiga de Miss Mary.

—No la conozco –declaró Elvira.

—Esta Miss Mary es capaz de traer aquí un truco de prestidigitador. Estará de acuerdo con la desconocida e intentará hacernos víctimas de alguna superchería.

—A mí me divierte mucho. Cada año inventa una extravagancia distinta. Durante la guerra formó en París una sociedad de mujeres para facilitarles novia a los mutilados.

—Era una gran idea.

—Pero a mí me tocó un mutilado de verdad, un hombre... que había dejado de serlo. ¡Qué espanto!

—¿Y te sacrificaste?

—No, hijo mío. Me dio mucha pena, pero era demasiado. Habría transigido hasta con que le faltase la cabeza. ¡Hay tantos hombres sin cabeza por ahí! Me convencí de que aquel ser no me servía.

De pronto se apagaron las luces de la sala, y sólo quedó encendida la tarima del fondo. Se abrió un cortinaje del mismo color que la pared y apareció Miss Mary en traje de calle. Sin dejar siquiera el bolso sobre la mesa empezó a hablar en un tono casi familiar.

*El Sermón de la Gran Vía* «La doctrina que os propongo no es una doctrina de perfección moral. He vivido bastante para estar convencida de que el hombre, a pesar del progreso, a pesar de la civilización, está dirigido por la fuerza avasalladora de su propia naturaleza. Yo confio en esa fuerza, la defiendo, creo que es la que sostiene y hace perdurar el mundo. Halló en el egoísmo la fuente de la personalidad que va imponiéndose y triunfando sobre el montón informe de los pusilánimes, de los débiles, de los conformistas. Pienso, como Buda, que el mayor enemigo del hombre es el dolor; pero no aspiro a eliminarlo en el nirvana, en medio de un silencio que me horroriza, porque es el aniquilamiento de esta fuerza mía que me hace feliz. Al contrario, predico una manera de reencarnación, de vida inmortal. El dolor... ¡Qué cosa más estúpida! Podemos estrangularlo en cualquier instante con el auxilio de nuestra inteligencia. Traedme cualquier dolor, el más duro y profundo, y yo lo extirparé con una frase. Traedme a ese padre vencido, amilanado, yerto, que acaba de perder a su hijo más amado, y yo le diré: "Por qué sufres, insensato? Cientos de hijos cabalgan en tus poderosos espermatozoides". Para mí, la vida no es mortificación ni renunciamiento; es gozo, apetito, victoria, sabiduría. Creo en Dios, en mi dios: todopoderoso, fuerte, implacable; casi cruel, que sacrifica a las criaturas insignificantes y ama el dominio, el impulso y la claridad. Lo aprendí antes que nada en Nietzsche: "Fuente de alegría es la vida; pero dondequiera que la canalla va a beber, todas las fuentes están envenenadas". Y después: "Dios tiene también un infierno: es su amor por los hombres". No. Dios no ama más que a los hombres que tienen algo de su espléndido aliento. Las demás criaturas que, en posesión de su libre albedrío, no son capaces de imitarle no merecen la gracia divina.

»He pasado años estudiando religiones, investigando textos, penetrando el sentido de las palabras que nos fueron transmitidas. Y he comprobado que todas las doctrinas han disminuido a Dios hasta escarnecerle. Buda es un monje ignorante; Confucio, un político fracasado; Lao Tse, un legislador ambicioso; Cristo, un soñador sin voluntad; Mahoma, un voluptuoso. Mi Dios es el señor de la gran armonía cósmica, el Dios que no perdona, el Dios que crea la justicia y la injusticia para uso de los elegidos, el Dios del pensamiento y la acción, el Dios vital e inmortal. Hasta ahora se ha pensado que la virtud consiste en la infelicidad y la mansedumbre. Lo niego, lo niego. La virtud es hacer resplandecer la vida por medio de la fuerza. Que caigan los que, no siendo musculosos, no son astutos; los que no son capaces de hacer triste al prójimo para sentirse alegres; los que viven mal porque no comprenden la dulzura de la bella existencia. Que caigan los brutos, los tímidos, los pobres, los pusilánimes, los que siempre están anhelando y esperando, mientras el éxito se les escapa de entre los dedos como una ráfaga de viento.

»Preconizo la religión del poder, la salud y la fuerza, la religión de la altivez y del desprecio. ¿Cómo no ha de ser inmortal una vida sentida con tanta firmeza? ¡Ah! Yo he tenido la gran revelación; los fuertes somos los representantes de Dios, sus únicos sacerdotes. No se salvará nadie más que nosotros, los que amamos la vida frenéticamente y la hacemos perdurar sin cobardías ni flaquezas. Reencarnaremos en nuestros mismos cuerpos, con los mismos espíritus, cuando la vida, gracias a nosotros, llegue a recobrar la pureza de Dios, su mismo pensamiento original. Como no necesitaremos la muerte para matar, la muerte no existirá, y seremos inmortales.»

El silencio con que había sido escuchada Miss Mary seguía escoltando sus palabras. De pronto, antes de que la norteamericana volviese a ocultarse, un grito insurgente, un grito atroz, cargado de angustia y de odio, cruzó la sala como un disparo. La dama desconocida que había llamado la atención de Víctor estaba de pie, arqueada, insultando a Miss Mary:

—¡Farsante! ¡Farsante! ¿Y mi hijo? ¿Quién ha de devolvérmelo? Le dejé allí, entre tierra asesinado por ese Dios tuyo, ese Dios... canalla. ¡Qué me importa la vida, ni el mundo, ni la justicia! ¡Yo quiero a mi hijo! ¡Farsante!

Cayó de nuevo en la silla, con la cabeza entre las manos para sujetar los sollozos. Mientras el auditorio la rodeaba, Miss Mary, apoyada en la mesa, permanecía impasible.

# XXV

A los pocos días, la policía se presentó en el hotel para interrogar a Miss Mary. El gerente se lo hizo saber entre genuflexiones:

—Querrán revisar el pasaporte de madame; siento mucho importunar a madame.

Madame, en pijama, corregía pruebas de su libro *Nuevo evangelio de la fuerza*. Al volverse y reconocer la calva del *comptoir*[72], se irritó:

—Ya le dije que no me gusta verle descubierto. Esa calva me pone enferma. Tan lisa, tan morada... ¡Un sombrero, por favor!

El hotelero huyó, y reapareció momentos después con sombrero de copa. Miss Mary se tranquilizó.

—¿Dice usted que la policía...? ¿Quiénes vienen?

—Dos agentes, madame.

—Pues dígales que yo no hablo más que con el jefe.

A los pocos minutos volvió el hombre.

—Perdone, madame. Insisten en hablar con madame.

Miss Mary, furiosa, se levantó.

—¡He dicho que con el jefe! Tengo derecho a recibir a quien me parezca.

Media hora después se presentó el jefe de Policía. Era alto, atlético, y ostentaba uno de esos bigotes germanófilos que después de la guerra sólo usan los militares y los policías. Miss Mary le miró con insolencia.

—¿Qué desea usted?

—Le ruego que me perdone... He recibido órdenes... Para mí es muy enojoso...

—¿De qué se trata?

—La señora se dará cuenta... Yo cumplo con mi deber... Me dicen que averigüe, y averiguo... Créame que este oficio...

Miss Mary, impaciente, se sentó. El policía permanecía de pie.

---

72 *Comptoir*: En francés mostrador, establecimiento. No he encontrado, sin embargo, ninguna acepción relativa a un agente. O bien es un uso raro para referirse al gerente del hotel, o bien funciona como calificativo de calva señalando una característica de la misma. En este caso, entonces, habría una errata, y tendría que aparecer calva *de* comptoir.

—Parece que la señora... hace ciertas propagandas. Yo no me permito juzgarlas, ¿eh? Eso de ningún modo. Pero... no se ajustan a nuestras leyes.

—¡Ah! ¿Es que van a mezclarse ustedes en mis asuntos?

—Comprenda la señora. Se trata de un país católico, y se lastiman ciertos intereses. ¡La gente es tan sugestionable!

—Mi obra es una obra desinteresada. ¿Quién se ha quejado?

—¡Oh, señora! El secreto profesional... Pero la nuestra no es la única autoridad. Hay también una autoridad eclesiástica.

—Y bien, ¿qué quiere usted?

—Ya le he dicho que no se trata de mí. Yo cumplo órdenes. La fórmula es facilísima: usted deja su propaganda y nosotros no volvemos a ocuparnos de esto.

—¿Y si yo le digo que no estoy dispuesta a complacerles?

El policía sonrió.

—Entonces... tendrá usted que acompañarme.

—Adónde?

—A la Jefatura. Me resulta muy enojoso...

—Soy una extranjera.

Volvió a sonreír el policía.

—La acompañaremos hasta la frontera. Es lo corriente.

Miss Mary se indignó.

—Es un atropello. Me quejaré a mi embajador.

El policía se encogió de hombros. Miss Mary daba pequeños paseos por el gabinete, nerviosa. De pronto se paró y dijo a su interlocutor:

—¿Qué espera usted? Puede marcharse.

—La señora ignora que está detenida.

—¿Yo detenida? Pero ¿usted sabe quién soy yo? ¿Lo sabe usted?

Se retorcía las manos, llena de rabia. Por fin, declaró resueltamente:

—Vamos adonde usted quiera. Voy a vestirme.

A los pocos minutos estaba dispuesta. Bajo las pieles, era una fierecilla de uñas rojas. El policía, detrás, como la imagen corpulenta de la ley. En la puerta del hotel esperaba el auto de la jefatura. Miss Mary se negó a subir.

—¿Yo en ese coche tan sucio, con las ballestas[73] despintadas? No. Yo no subo ahí.

Iré en mi auto...

El portero del hotel avisó a un «chauffeur» uniformado que acercó un *Roll's* espléndido. En él penetró Miss Mary, que no se ocupaba para nada del policía y adoptaba ya un aire de martirologio, como si partiera para ser despedazada por las fieras del circo. Fue el mismo inspector el que indicó al mecánico la dirección. El *Roll's* arrancó como un lebrel[74], seguido del astroso[75] coche policíaco.

---

73 *Ballestas*: Los muelles sobre los que sostiene la estructura del coche. En muchos coches de los años veinte estaban a la vista.

74 *Lebrel*: Perro adiestrado para cazar liebres.

75 *Astroso*: Descuidado y sucio.

# XXVI

Miss Mary fue expulsada de España y clausurado su templo, según habían solicitado los jesuitas de la calle de la Flor. Víctor escribió un artículo terrible, que apareció en varios periódicos americanos y europeos. Le dijo a Elvira:

—Ese viejo sátiro de Villagomil no hace caso más que a los banqueros y a los frailes. Da vergüenza vivir aquí.

—Pero tú mismo decías que Miss Mary es una insensata. No sé por qué te indignas tanto.

—No me importa Miss Mary. Me importa pertenecer a un país tan envilecido por la estupidez.

—¡Bah! En todas partes suceden cosas parecidas.

A los pocos días, Víctor fue llamado también a la jefatura. Tuvo que esperar bastante tiempo en un despacho húmedo, con bancos de madera y una sola mesa, donde escribía un guardia pelado al rape y con capote. De vez en cuando llegaban unos hombres pálidos, sin afeitar, que dejaban sobre la mesa pliegos doblados y volvían a marcharse, quizá para continuar la partida de dominó en el bar de la esquina. Ya en presencia del jefe, éste le advirtió:

—El ministro me encarga que le recomiende mayor discreción en sus correspondencias para el extranjero. De lo contrario, tendremos que proceder contra usted.

—No digo más que la verdad.

—Pero hay verdades que no pueden decirse fuera, por patriotismo.

—Yo entiendo el patriotismo de otra manera.

El jefe dio un puñetazo sobre la mesa.

—Pues queda usted advertido. Nada más.

Víctor salió sin saludar. La rabia le agarrotaba la garganta. El mundo seguía en poder de los bárbaros, a pesar de la civilización y de la ciencia. «Estas gentes han puesto la ciencia al servicio de la barbarie. Se ha inventado el teléfono, la telegrafía sin hilos, el motor de explosión, el aeroplano, para que ellos puedan dominar mejor el universo.»

# XXVII

Sureda le presentó en su casa a dos militares que conspiraban:

—El general Grandela. Su ayudante.

El general era un hombre de barba blanca, con gafas. El ayudante tenía un aura insolente, casi cínica.

—Yo no necesito más que cien hombres. Con cien hombres lo hago todo. Sin disparar un tiro, ¿eh? Porque a mí me interesa mucho el orden.

—¿Una revolución con orden? –se atrevió a decir Víctor.

El general le miró con altivez, casi con desprecio, y después miró al ayudante. Éste tuvo una sonrisa de conmiseración para Víctor y repuso:

—El señor ignora cómo se hacen esas cosas. Cuestión de estrategia. Veinticinco hombres, a Gobernación; otros veinticinco, la Presidencia; veinticinco, a Comunicaciones, y el resto, en patrullas. No se mueve nadie, se lo garantizo.

Hablaba con tal seguridad como si, gracias a aquel sistema, hubiera hecho ya varias revoluciones.

—Entonces –indicó Víctor al médico–, ¿qué se espera?

—Faltan los cien hombres.

—Pero esos hombres ¿no serían militares?

—No, no. Estos señores están sin mando. El Gobierno sabía que conspiraban y acaban de destituirlos.

Víctor estuvo a punto de preguntar por qué no se habían sublevado a tiempo cuando contaban con algún soldado. Se calló, sin embargo, temiendo que le considerasen poco versado en sediciones.

—Habrá que recurrir a los obreros –dijo Sureda. No sería difícil provocar una huelga.

El general levantó las manos con espanto.

—¿Una huelga? No, por Dios. Ya le he dicho que el orden ante todo.

Y luego, dirigiéndose al ayudante:

—Figúrese usted... El bolcheviquismo... El caos.

El ayudante asintió, al parecer, igualmente horrorizado. Discutieron acerca de los peligros del comunismo.

—Empiezan a saquear bancos y quemar iglesias. ¿Quién los contiene? No, no. Cien hombres con armas, sensatos, que me obedezcan... y está hecho. Se les viste de uniforme, y yo me pongo al frente.

Después habló de las condiciones económicas del pacto:

—Yo no pido nada para mí. Claro que puede salir mal la cosa, y me juego la cabeza. Por eso necesito asegurar el porvenir de mi familia. ¡Tengo tres hijas, doctor! Ustedes me depositan en un banco cien mil pesetas...

Sureda le prometió hablar con el Comité. El general, carraspeando, hizo protestas de liberalismo:

—Siempre he sido liberal... La libertad, ante todo. Este es un Gobierno de ladrones. ¡Qué digo ladrones! ¡Bandidos! Me han contado que Villagomil ha comprado ya tres casas a nombre de una sobrina. Y a uno, porque es honrado, le echan. ¡Granujas! Para eso me he batido yo en el Barranco[76]...

El héroe del Barranco salió, repitiendo la consigna:

—Cien hombres. Me bastan cien hombres.

Sureda, en la puerta, le rectificó:

—Cien hombres... y cien mil pesetas. ¿No es eso, mi general?

—Hombre, la familia... Ya sabe usted lo que es tener familia.

Cuando hubieron salido, Víctor le dijo al médico:

—¿Y con esta gente quiere usted hacer una revolución?

El médico, pensativo, murmuró:

—Sí, realmente... Esto es desolador. No tropezamos más que con cobardes, con inmorales. Son como los otros.

—Peores.

—Y, sin embargo, es preciso luchar contra esto, poner al país en marcha, renovar la atmósfera, hacer un pueblo europeo.

Víctor movía la cabeza negativamente:

—No, querido doctor. Lo que hay que hacer es provocar la gran revolución. Ustedes se empeñan en soslayar el problema, en confeccionar fórmulas pacíficas, sin contenido humano. Y mientras, el pueblo quiere otra cosa, se muere de esperanza por otra cosa.

---

76 *Barranco del Lobo*: Lugar próximo a Melilla en el que se produjo, en 1909, una de las más importantes derrotas de las tropas españolas en la Guerra de Marruecos frente a los rifeños. Más de 150 muertos y más de 600 heridos convirtieron este suceso bélico en tema de muchas obras y coplas populares.

# XXVIII

## Lucila

Me he despertado a las diez de la mañana, solo, en un cuarto pequeño que la luz matinal hace rojo y transparente como una bebida. Mi amiga de anoche se llama Lucila. Es todo lo que sé de ella. Pienso que estará en el baño, decapitada ahora por el agua, más pálida entre los níqueles, los espejos y las felpas, y espero verla entrar, en kimono, con la dentadura brillante y el casco negro de la melena, húmeda como la copa de un arbusto. Mientras tanto, repaso nuestro encuentro de anoche, en Pidoux[77] donde ella desnudaba con sus uñas buidas[78] cadáveres de langostinos.

—¿Española?

—Catalana. De Barcelona.

—Tan hermosa y tan sola. ¡Qué raro!

—Mi propietario se ha marchado a Inglaterra esta misma tarde.

—Hombre de negocios, ¿no es eso? Hombre feliz, que puede permitirse una amante tan linda.

—Bah, dos mil pesetas mensuales nada más. Estos comerciales liquidan siempre con saldo a favor.

—¿Y ahora? ¿Sola?

—Descansaré de noventa kilos de pasión.

—Pero eso es como la «coca»: no se puede dejar de repente.

—¿Tan joven y tan... sabio?

—En el amor soy intuitivo.

Lo cierto es que nos fuimos a cenar. Ella pidió Chianti porque su primer novio fue un armador que la llevaba a Génova todos los inviernos.

—Y tú, ¿cómo te llamas?

—Víctor.

—Yo, Lucila. Esta noche me siento bien; me siento alegre y libre. Háblame de tu amante.

—No tengo.

—¿Para qué mientes? ¿Es morena o rubia? Será rubia. Os gustan esas

77 *Pidoux*: American Bar situado en el primer tramo de la Gran Vía (Avda. Conde de Peñalver, 7).

78 *Buidas*: Aguzadas, afiladas.

muchachas de ojos quietos que se ensanchan las ojeras. Te advierto que no valen la pena.

No quiso ir a ningún teatro, y prefirió que paseásemos por la Puerta del Sol, fustigada por no se sabe qué recuerdos. Yo sentía su brazo mediterráneo tan unido al mío como un injerto vegetal. Lucila es una mujer ejercitada y firme, y anoche tenía ganas de amor. Nos fuimos en «taxi» a su casa, abrazados desde el coche hasta la habitación, ante el estupor del sereno, que hallaba completamente inadmisible la prematura infidelidad de la inquilina.

Pero mi amiga tarda en aparecer. Ahora me fijo en que no hay aquí ninguna huella viva de su presencia: ni los sombreros, ni los vestidos, ni las joyas. Todo está cerrado y hermético, y sólo veo allí, sobre el tocador, una gran fotografía de Lucila, encerrada en un marco de plata. ¿Dónde está ella? Me asalta la preocupación de encontrarme en ridículo en una casa ajena, y me decido a oprimir el timbre. Es entonces cuando aparece una doncellita vestida de negro.

—¿Y la señorita Lucila?

—Se ha marchado a las ocho.

—¿Se ha marchado? ¿Adónde?

—A Barcelona. Ha dejado una carta. Ahí está.

Miro hacia donde me señala, y veo un tarjetón azul: «Amigo mío. Perdón. He recibido un telegrama. Déjame tus señas, y cuando regrese te citaré una tarde. Un beso. Lucila». Y luego, una posdata: «He dicho que te pongan el desayuno. Chocolate o café, lo que prefieras». Me quedo mirando a la doncella, que a su vez me observa con cierta ironía.

—Pues entonces... café con leche y mantequilla.

—Bien, señor.

Me levanto y contemplo a Lucila, que sonríe desde el retrato. Siento que no he de volverla a ver, y sufro un minuto la nostalgia de aquel amor transeúnte y fugaz.

# XXIX

A principios de octubre volvió Obdulia a Madrid. Fue a vivir a un piso de la calle de Serrano, que el minero hizo amueblar confortablemente. Ya entonces el hombre de las cifras llevaba en el entrecejo una arruga especial, una arruga que no imprimen las preocupaciones mercantiles ni los desvelos de orden económico; la arruga honda, como grabada a fuego, de unos ojos de mujer. Aquella mirada dura y diamantina de Obdulia marcaría ya siempre el rostro burgués, curtido para el odio, impasible para el deseo, y, sin embargo, como de cera para el desprecio de la amante. No se sabe qué oscuros territorios logran descubrir las mujeres en esas almas herméticas y frías. Lo cierto es que la vida de don Sebastián transcurría ya inquieta y hosca entre las miradas oblicuas de Obdulia, paréntesis de rencor en sus diarias entrevistas. Don Sebastián no comprendía cuáles eran los designios de aquella mujer indiferente e inaccesible, que siempre parecía reprocharle algo.

—¿Qué tienes?

—Nada.

—Estás siempre como distraída.

—Pues me aburro mucho.

—Entonces, es eso: aburrimiento.

Pero el hastío presenta síntomas distintos. El gesto de Obdulia era unas veces de recriminación y otras de altivez. Don Sebastián temblaba todas las tardes delante de ella, como un acusado, y todas las tardes parecía que ella le perdonaba la vida. Y se la perdonaba realmente, porque si ella huyese, si ella un día se lanzase de nuevo, sola y libre, por los caminos del mundo, el minero se encontraría peor que muerto: le faltaría aquella atmósfera de juventud y, sobre todo, aquella rebeldía fulgurante que crecía a sus plantas, aquel desdén soberbio que no se abatía con dinero, con joyas ni con ternura. Obdulia era el único ser capaz de despreciar al millonario, capaz de retarle y vencerle con la sola arma de su corazón insobornable.

Muchas veces pensó Obdulia en abandonar a don Sebastián. Sobre todo, un día en que, con ocasión de una huelga, el minero llegó radiante:

—¿Sabes? Han tenido que volver. Y, además, he despedido a cincuenta, a los más revoltosos.

—¿Y qué van a hacer ahora esos hombres?

—Que se mueran.

Aquella noche, en el balcón del hotel, hubiera querido que los cincuenta hombres lo incendiasen todo, que cayesen como una horda sobre la ciudad iluminada. Sentía incrustado en la garganta un grito enorme de protesta, una imprecación rencorosa contra la despótica voluntad de los fuertes. Obdulia no era capaz de desentrañar totalmente las causas de su rencor. Pero tenía la evidencia de que el minero pertenecía a esa casta de hombres que son capaces de prolongar la injusticia del mundo hasta más allá de la muerte. En sus largas soledades de reclusa en la habitación del hotel, frente al ciego horizonte, su cabeza se había doblado bajo los atroces pensamientos. Había olvidado el Dios de su infancia y no podía transigir con la idea de que don Sebastián, católico militante, que llevaba al cuello medallas y crucifijo, comprase también con su dinero la felicidad eterna.

—Si ese Dios acepta tal vileza, ese Dios no es el mío –murmuraba Obdulia.

Don Sebastián había regalado algunos miles de duros para edificar un templo.

—Será una cosa preciosa. Tienes que venir a ver el solar.

—No me interesa.

—¡Cómo eres! Entonces, ¿tú no crees?

—No sé. No quiero hablar de eso. En lo que no puedo creer es en un Dios que consiente tanta miseria aquí abajo.

—Estás condenada. Tengo que mandar al padre Concha para que te salve.

—¿Quién es el padre Concha?

—Un jesuita, un sabio. Ya verás cómo vuelves al buen camino.

—No me lo mandes, porque no lo recibo. Detesto a los frailes.

El alma franca de Obdulia había sentido siempre cierta repugnancia por el disimulo y la astucia, y los clérigos le parecían hipócritas y astutos. Además, por temperamento, ella amaba la claridad, la luz, el libre juego de los sentidos y las cosas, y no podía desechar la idea lóbrega de las iglesias, de los claustros y del sexto mandamiento.

Su amante llegó a parecerle insoportable, y alguna vez estuvo a punto de hacer las maletas y huir otra vez, sin norte, mezclada en el azaroso tumulto de ciudades desconocidas. Pero una mañana en que tenía casi decidida la fuga tuvo la total revelación de su anhelo. Era preciso seguir al lado de don Sebastián para hacerle víctima de su odio todos los días, ya que él era implacable delincuente de todos los días. El minero sufriría más con la presencia de su desprecio que con el recuerdo de la amante que había acabado por abandonarle. Atada a aquel hombre con la ligadura del odio, que sujeta más que el amor mismo, Obdulia sería cadena de su cárcel, hierro de su tormento, venganza permanente de los obreros sin pan.

En ese estado de ánimo llegó a Madrid después de año y medio de ausencia. Cuando el tren, como un caballo de crines sueltas, entró galopando en la estación del Norte, Obdulia se vio envuelta en todos sus recuerdos. En el andén, los mozos se disputaban sus equipajes; pero en su memoria había otra porfía igual para apoderarse de su corazón. Quizá Víctor quedaba ahora en medio de aquella multitud que cubría las aceras o se hundía en el «metro», sin sospechar que en un «taxi» veloz latía por él, acendrado en la angustia, un fiel y perdurable pensamiento.

Después, la vida de Obdulia en Madrid fue una lucha constante consigo misma por resistir la tentación de buscar a Víctor. Cuando salía de casa temblaba de emoción con la sola sospecha de que al volver una esquina apareciese él con aquel rostro de niño y de viejo a la vez; demasiado taciturno para un niño y demasiado juvenil para un anciano. Al crepúsculo, cuando las calles están llenas de coches y empiezan a encenderse las baterías de las tiendas, cuando en los cristales de los cafés se recortan cabezas bien peinadas y esos muchachos que venden los periódicos atraviesan como galgos las aceras con un manojo de crímenes debajo del brazo, entonces salen al estruendo de la urbe las mujeres que buscan a un hombre perdido quizá para siempre. ¿Recordáis, transeúntes, esos ojos que chocan de pronto con los vuestros, y que reanudan enseguida su vuelo trágico y desalentado? Así iban los de Obdulia, en largas y cruentas jornadas, atomizando la compacta muchedumbre. Infinitas veces escaló el alto balcón de Víctor buscando su huella detrás de los cerrados párpados de visillos. Frecuentó en vano los cafés y los cinematógrafos adonde él acudía en otro tiempo, y se le evaporaban muchas horas sobre una copa de licor, consultando el futuro, como en las leyendas.

Tuvo entonces su única amiga, Patrocinio, una mujer de vida borrascosa y heroica, que había nacido en Lisboa y profesado el vicio en una colonia del África occidental.

# XXX

## Amante de negros

«Aquello sí que es difícil. Los militares pagan bien, pero son muy exigentes. Están acostumbrados a mandar, y le mandan a una: "¡Desnúdate!", con una voz que hace daño. Además, a veces hay que acompañarlos en el "Ford" a través de los arenales. Hace un calor que ahoga, y el "Ford" trota horas y horas lleno de sed, engañándose en las dunas del desierto, donde de pronto parece que brota el agua mágicamente. Pero no hay más agua que la de los termos, y después de beber, el pecho duele de ardor y de cansancio. Luego hay que dormir en los campamentos, entre enjambres de mosquitos, cuyas picaduras acribillan la piel.

»Yo llegué descalza a los muelles de Loanda[79]. Allí, en las barracas, los negros llegaban arrastrándose, con su oro en los bolsillos, para estar conmigo, porque yo era la única blanca que los soportaba.

»Tienen los dientes fríos y afilados, y su boca es lo mismo que la hendidura del coco. Al principio dan miedo. Después, no. Después se advierte que son dulces y sumisos; todo lo contrario que los hombres de Europa, demasiado brutales en la alcoba, de carne resbaladiza como la del pescado. Prefiero los negros, que apenas hablan y la miran a una con respeto. Algunos, al final, me besaban los pies, y era entonces como pisar un trozo de la noche.

»Tú no puedes quejarte. No has sufrido apenas. Yo sí puedo quejarme. Porque anduve más de diez años de aquí para allá, entre negros y boers, soportando militares, colonos y marineros. Alguno desertó por mi culpa, y alguno acabó por pegarse un tiro después de malbaratar[80] la hacienda del caucho o del café. A mí no me importaba nada, porque mi cuenta del Banco de Angola crecía lo mismo que una plantación, a cubierto de las tempestades. Con mis ahorros me fui al Congo, donde hay minas de cobre, y allí los hombres se gastan muy bien el dinero; un belga llegó a darme cien libras por mes.

---

79 Comienzan aquí una serie de referencias coloniales: Loanda, nombre antiguo con el que se conocía a la ciudad angoleña de Luanda; Boers: colonos holandeses asentados en Sudáfrica.

80 *Malbaratar*: Gastar los bienes o el dinero sin cuidado.

»Ahora ya puedo reírme de todos. De vez en cuando voy a Lisboa y veo salir los paquetes para Africa sobre el Tajo azul. Hace quince años allí estaba yo, sentada en mi maleta de cartón, con el inmenso mar por delante.»

# XXXI

La tarde en que Víctor encontró de nuevo a la condesa era una de esas tardes cansadas, en que el otoño se desmorona sobre los árboles del Prado. Por el Prado iba Víctor, sin rumbo, con el hígado enfermo, sintiéndose acechado por una enfermedad que apenas produce dolor físico, pero que corrompe el ánimo lentamente. El yerto paisaje le trajo a la memoria el diálogo de meses atrás con Maruja Montes, la pintora. Era repugnante, en verdad, la monotonía de la naturaleza, su periódica transformación, que convertía la vida en una película de temas repetidos. Aquel Prado, con sus árboles del año anterior y su melancolía de siempre, era bastante para hacer a un hombre medianamente imaginativo maldecir la estupidez cósmica. Sin embargo, aún hay escritores que se dedican a describir paisajes y declamar enfáticamente delante de ese aborrecible escenario de vulgaridades. Por eso el arte que imita a la naturaleza –pensaba Víctor– es un arte esclavo, un arte para burgueses y tenderos, a quienes habría que privar de todo derecho de opinión estética.

La condesa esperaba un tranvía frente al museo. Ambos se reconocieron enseguida y se estrecharon las manos con afecto. Volvía Víctor a encontrarse con el vértigo que le daba aquella mujer impávida y peligrosa como un desfiladero. Ya en el hotel se había apartado de ella, temeroso de despeñarse por los terraplenes de su orgullo. Aquella belleza contenida y soberbia le atraía desordenadamente, hasta el punto de que, no siendo Obdulia, ninguna mujer había ejercido sobre él una sugestión tan fuerte.

—¿Y qué hace usted ahora, Edith?

—¿Yo? Esperar.

—Elvira me ha dicho que vive usted apartada del mundo, como en un claustro.

—Es verdad. Salgo muy poco. Hoy, como es jueves, he venido al museo.

—Pero no tiene usted derecho a sacrificar así su juventud.

—Y no la sacrifico. Le preparo mejores días.

Víctor la interrogó con los ojos. No sabía lo que quería decir.

—Sí, hombre. Esta racha tiene que acabarse. Mi país está sufriendo una sacudida de estupidez, de locura. Tendrá que volver a nosotros. Dios no puede consentir el triunfo de la plebeyez, de la barbarie.

Lo afirmaba con un convencimiento imperioso, como si el futuro de su pueblo estuviese ya entre sus manos. «He aquí –pensó Víctor– un ejemplo de la relatividad que preside todas las cosas humanas. Esta mujer piensa que un pueblo que se sacude la esclavitud es un pueblo bárbaro. Para ella, ser civilizado será dejarse guiar mansamente por los nobles. Su moral es una moral de casta.»

Edith le invitó para el día siguiente a tomar el té en su casa:

—Ya sé que usted me odia; pero no importa.

—¿Odiarla? No diga eso.

—Sí, sí. Para usted, yo soy una enemiga. Pertenezco a una clase nefanda que hay que extinguir a toda costa.

—Bromea usted.

—No, no. Lo digo en serio.

Llegaba el tranvía, y ella lo hizo parar con ese saludo fascista que tanto irrita a los conductores, quizá porque todos figuran en las filas socialistas.

—¿Hasta mañana?

—Hasta mañana.

Al día siguiente, y ya todos los días, fue Víctor a casa de la condesa, un piso pequeño en la calle de Torrijos, donde Edith vivía con una doncella. Hablaban mucho, discutían casi siempre, y cuanto más se alejaban sus opiniones, más cerca estaban uno del otro, atraídos por el imán de las tardes largas y el voluptuoso recodo de los silencios. Las mujeres más atractivas son esas mujeres orgullosas, difíciles, que parecen rodeadas de una alambrada de aspereza. A veces, Edith se levantaba de repente y encendía la luz, porque la habitación había quedado sumida en una peligrosa clandestinidad. Otras veces era Víctor el que huía vergonzosamente de la condesa, seguro de que si ella seguía hablando, llegaría a corromperle el pensamiento y moverle a su antojo como un muñeco.

# XXXII

## Película del bailarín

De vez en cuando visitaba a la condesa un joven alto, rubio, con los labios enrojecidos con exceso, que vestía siempre de «smoking». Cuando llegaba, la condesa adoptaba un aire solemne, y el joven, curvado, le besaba la mano. La condesa cambiaba con él unas palabras en alemán y le abandonaba ya, para reanudar su diálogo con Víctor. Algún día traía un ramo de flores. La condesa, entonces, le hacía el favor de una sonrisa.

—Quién es ese joven? –le preguntó Víctor una tarde.

—Es bailarín de un «dancing». Fue mi profesor de baile en Viena.

El bailarín permanecía tímidamente sentado, sin hablar jamás, siguiendo los menores movimientos de Edith. Cuando ésta se disponía a fumar un cigarrillo, el joven le acercaba solícitamente su encendedor. Dos horas después pedía permiso para besarle de nuevo la mano, y salía.

—Parece enamorado de usted –le dijo Víctor a la condesa.

—Quizá.

—Sufrirá mucho, entonces.

—Es probable.

—¿Por qué le trata usted así?

—Usted olvida que ha sido mi profesor de baile.

Una noche, Víctor fue con varios amigos al «cabaret» Maipú[81], y vio allí al bailarín, con su boca roja y su «smoking». Víctor, que no sentía entonces la percusión del hígado en el espíritu, bailó toda la noche con una francesita núbil, de rostro de porcelana, que había sido en Marsella amante de un boxeador. Al final, cuando salía del brazo de la muchacha, se sintió tocado en el hombro. Era el bailarín.

—¡Ah! ¿Quiere usted decirme algo?

—Yo... Si me hace el favor... Claro... A solas...

—A ¿solas? Bien. Oye, pequeña –le dijo Víctor a la tanguista–, espérame en el bar. Y luego:

—Usted dirá.

81 El Maipú-Pigall's, situado en la calle de la Aduana, nº 19, era un local de *dancing* muy suntuoso y de decoración sofisticada y llena de motivos exóticos.

—Perdón, señor... La señora condesa –balbuceó el bailarín– es una mujer de gran mérito.

—Ciertamente.

—El señor tiene que darse cuenta... Después de bailar con éstas... es cuando se comprende lo que vale la señora condesa...

—Sí, ya sé que usted le ha enseñado el baile.

El bailarín levantó las manos, como en éxtasis.

—¡Oh! ¡Maravilloso! Fueron los mejores momentos de mi vida. Es una pluma, una flor, un pájaro.

Víctor estuvo a punto de echarse a reír con aquel arrebato metafórico.

—Bien, bien. Pero usted iba a decirme algo.

—Sí, sí. Yo quisiera que la señora condesa fuera feliz.

—¡Hombre! Y yo también.

—Pero... la señora condesa sufrirá mucho cuando sepa...

—¿Cuando sepa... qué?

—Cuando sepa que usted viene a los «cabarets». ¡Son tan insignificantes estas mujeres! No merecen la pena.

Víctor se quedó mirándolo, asombrado. ¿Estaría borracho? Pero el bailarín, tan tímido, tenía ahora una expresión resuelta.

—Amigo mío –le dijo Víctor–, está usted equivocado. Yo no soy el amante de la condesa.

El joven le miró fijamente, y de pronto su rostro se inundó de una inesperada alegría.

—¿Verdad que no? ¡Oh, qué feliz soy! ¡Qué feliz! Permítame que le bese las manos, caballero.

A Víctor le parecía todo aquello soberanamente ridículo, y dejó al austríaco doblado en genuflexiones.

# XXXIII

Una mañana, en el baño, tuvo Obdulia la tremenda revelación. Los labios del agua recorrían todo su cuerpo con una delicia casi humana. De pronto, Obdulia sintió en su vientre como un latigazo: un estremecimiento agudo, entrañable, casi doloroso. Saltó de la bañera y quedó frente al espejo como un árbol desnudo y húmedo. Toda asustada, con los ojos ensanchados por la sospecha. Fue inspeccionándose el vientre, la cintura y el pecho. Se encontró firme, normal, con las líneas precisas de siempre. Pero allá, en la raíz de su ser, notaba un punto sensible, algo así como una finísima desgarradura.

—¿Será posible? –murmuró–. ¿Será posible?

Se vistió muy deprisa, y, ya en el comedor, apenas probó el desayuno.

—Un «taxi». Avísame un «taxi» enseguida –dijo a su doncella.

En el vestíbulo se encontró a Patrocinio, que penetraba en el ascensor con un gran ramo de rosas en la mano.

—Oye, ¿tú has estado encinta alguna vez?

—Yo no, hija mía. ¡Qué disparate! ¿Es que has notado algo?

—No sé, no sé. Voy a ver a un médico.

El automóvil la llevó a una clínica, en la calle de Alcalá. Era temprano, y no esperaba nadie. Pasó enseguida.

—Quiero que me vea, doctor. Temo estar embarazada.

El médico sonrió mientras preparaba la mesa y los guantes.

—Eso no es una desgracia.

—Para mí, sí. ¡Horrible!

Se tendió en el caballo de níquel, caballo del dolor, que galopa siempre hacia la muerte con sus jinetes despatarrados y temblorosos. Fue un minuto nada más, pero largo, largo, como el trayecto sobre un precipicio. El doctor afirmó:

—Encinta, desde luego. El tiempo es lo que no puedo precisar. Quizás tres meses.

—¡Qué horror!

—¡Bah! No se preocupe. Le conviene pasear. Vuelva por aquí para hacer los análisis.

Salió de la consulta como una víctima. Jamás había pensado en tal contingencia, porque, de lo contrario, no habría permanecido ni un instante al lado de don Sebastián, del hombre que había hecho germinar en su corazón los sentimientos más sombríos. ¿Y aquel hombre iba a perpetuarse en ella, mezclar su vida a la suya en ese pedazo de espíritu que es un hijo? «No puede ser.» «No puede ser.»

Obdulia, a pie, salió a Recoletos. Madrid, aquella mañana, estaba lleno de luz viva, de cables de agua que sujetaban el sol. De timbres y gritos claros. Pero ella no veía nada, porque avanzaba como una nube, con la tormenta dentro.

Ella no quería un hijo de la esclavitud, un hijo del odio, concebido en tinieblas. Quería un hijo del amor, sembrado en su corazón primero que en su carne; un hijo a quien habría de enseñar a aborrecer la injusticia y amar la libertad y el talento. El de ahora lo sentía en sus entrañas como una enfermedad vergonzosa, como la erupción de sus horas nefandas. «Y, sin embargo –pensaba Obdulia–, estoy ya regándole con mi sangre, añadiéndole porciones de mí misma. Siento que mi corazón trabaja como una turbina para esclarecer esa vida y rescatarla de la penumbra orgánica. Quizá pueda modelarla a mi antojo y encarnar en ella estos anhelos sin nombre que me devoran desde niña.» «Pero –pensaba después– yo no podré olvidar nunca que este hijo ha fermentado en el odio, ni podré borrar en él la huella de mi tormento. No podré nunca convertirle en espejo de mi pasado, ni evocar los sueños de mi juventud, ni hacerle eco de mis recuerdos. Y hasta es posible que tenga el alma dura y cínica como su padre, y que me sea preciso amarle a pesar de todo. ¡Oh, no! No puedo vacilar.»

Pero vacilaba. Sus lágrimas ensombrecían la mañana, que no fluía ya por sus ojos turbados. Súbitamente pensó en Víctor, y comprendió que era el único capaz de poner término a su zozobra, el único que sabría decirle la palabra mágica y verdadera. Consultó su reloj. «Las once. Sí, ya debe de estar en el despacho.» Sin detenerse a meditar más en su decisión, tomó un «taxi» y llegó a la Agencia. El «botones» la detuvo:

—¿Qué desea?

—Ver al señor Murias.

—Haga el favor de llenar ese impreso.

*Persona a quien desea hablar:* Sr. Murias. *Nombre:* Obdulia. *Asunto:* Particularísimo.

No podía sujetar los nervios. Si el muchacho tarda un minuto más, le habría faltado el aire.

—Que pase.

Aún tuvo que contenerse a través de la sala donde funcionaban, incansables, las baterías de las Underwood[82].

Por fin, Víctor.

—¡Oh!

Un grito sofocado en el abrazo. Obdulia lloraba: Víctor, rígido, aguantaba difícilmente la eléctrica sacudida.

—¡Cálmate! ¡Cálmate!

—¡Perdóname!

—Pero ¿qué has hecho? ¿Dónde has estado?

—¡Qué sé yo! Salgo del infierno. Desde que dejé de verte no tuve ni un minuto de paz.

—Yo también he sufrido.

—¡Ah! Pero no tanto... No puedes figurarte...

—Es inexplicable tu conducta. A raíz de aquello, creí volverme loco de tanto pensar... Luego llegué a la conclusión de que yo no te importaba nada.

Obdulia, con los ojos húmedos, le recriminó:

—Bien sabes que no es cierto. Un día te vi con otra ahí abajo, en la acera. Creí que te burlabas de mí, y me marché con mi dolor para no verte más. Pero no puedo... Ahora, al volver a Madrid, comprendo que es como si no hubiesen pasado los meses.

—No te creo. Antes de marcharte has debido hablarme, explicarme tus dudas.

Obdulia movió la cabeza.

—¡No lo comprendes! Yo era tan feliz que me parecía imposible. Por eso, al verte con otra mujer, tuve la certeza de que no podías ser para mí. Además... Tú no sabes... Tú no sabes... En aquel tiempo... me pasaba los días sin comer.

—¿Es posible? ¡Pobre mía! Pero ¿por qué no hablabas? ¿Por qué no me contabas tus apuros?

—¡Qué sé yo!

Víctor le pasaba la mano por el hombro, en auxilio tardío, arrepentido ahora de su pasada incomprensión.

—Pero no llores más. ¡Alégrate! Yo he pensado siempre en ti. Me parecía imposible que nuestro amor acabara de aquel modo. Ven, siéntate en esta butaca. Cuéntame.

Ella le puso la mano en la boca.

—No, no. No me preguntes nada. ¡Me da espanto! Dime que me has echado de menos...

—Créeme que sí.

—Pero no me quieres como entonces!

—Te juro que ahora mismo... Es como si no hubiera pasado un año. Siento que vuelves a mí más deseada que nunca.

—¡Corazoncito mío! ¡Víctor!

---

82 *Underwood*: Un tipo de máquina de escribir, clásica ya por esta época. Pedro Salinas la tomó como motivo en un poema de *Fábula y Signo* titulado «Underwood Girls».

Se besaron con un beso grande, que cerraba el paréntesis de la separación.

—Dime qué has hecho. Háblame de ti en todo este tiempo.

—¿Y tú? ¿Qué has hecho tú?

—He trabajado, me he aburrido... Lo de siempre. Pasé un mes en Biarritz con mucho tedio encima. Tuve crisis de espíritu, escribí artículos, estuve a punto de ir a la cárcel. A mí no me han sucedido grandes cosas después de perderte. En cambio, tú...

—¿Para qué quieres saber? ¡Ha sido todo tan desagradable!

Víctor la miró atentamente, y poco a poco, por el curso de sus joyas y de su traje, fue descubriendo en Obdulia la huella de otro hombre. Aun habiéndolo previsto, sintió el pinchazo de los celos, y pensó que ya no le pertenecía como en otro tiempo, cuando su voz –la de Víctor– era la única que vertía las caricias en su oído. Le dijo casi brutalmente:

—Tienes un amante.

Obdulia no contestó. Se pasó las manos por los ojos, como si quisiera borrar una imagen aborrecida. Después se replegó en la butaca, acorralada por una culpa inexistente, temerosa otra vez de que Víctor la hiciese responsable de las torpezas del mundo.

—¿Por qué has vuelto, entonces? ¿Por qué has vuelto, di?

Ella le miró con desesperada ternura. Luego le dijo sin reproche, lentamente:

—¿Qué iba a hacer? Sólo me quedaba el otro camino: morirme. Y tú no sabes cómo deseo la vida, cómo me siento rodeada de tentaciones y de esperanzas. Si yo hubiera tenido más suerte, sería una mujer alegre, llena de salud y de fuerza... ¿Qué querías que hiciese, sola, sin dinero, sin amigos?

—Debiste acudir a mí.

—No era ocasión. ¡Compréndelo! Te habría dado lástima.

—Así es como me das lástima. Entregada a otro.

—Mi corazón es tuyo.

—¿Y qué hago yo con tu corazón? Eso es cosa de las novelas. Yo te quiero íntegra, sin romanticismos ni tonterías. ¿Quién es tu amante?

Obdulia se irguió, rápida.

—¡No me hables de él! Uno cualquiera. ¡Cualquiera!

—¡Pues déjalo!

—¡Hace tanto tiempo que lo hubiera dejado! Pero he vivido junto a él para hacerle sentir mi odio, para impedir que fuera feliz. Sin embargo... Al final ha triunfado él.

—¿Ha triunfado? ¿Es que has acabado por amarle?

—¡Amarle! ¡Qué cosas dices!

Obdulia se acercó más a Víctor, súbitamente resuelta.

—¡Sé que vas a despreciarme; pero eres tú el único que debe saberlo: estoy encinta! Víctor la contempló un instante con ira.

—Además, eres una imbécil. Una paleta. ¿Y a qué vienes aquí? ¿Vienes a traerme ese hijo de los caminos, esa prueba inútil de tu traición?

—No he sabido ir a otro sitio. Pensé que nuestro amor sería más fuerte que mi desgracia. Pero no eres el mismo. En aquel tiempo hubieras encontrado palabras para mí... Me voy, pues, más sola. Porque cuando entré aquí vivía de tu recuerdo...

Recogió el bolso, que estaba sobre una silla, y se dirigió a la puerta con aire fatigado y pálido, derruido el busto como el de una enferma. Víctor avanzó dos pasos y la detuvo.

—Ven. No sé lo que digo. Perdóname. Vamos a hablar con calma, sin excitarnos. Si no te quisiera tanto, no me importarían tus desdichas... ¡Tú no sabes cómo había acumulado sospechas en mi pensamiento! Dime, ¿qué piensas hacer?

Obdulia inquirió en sus ojos, en sus gestos.

—¿De veras que lo comprendes todo? Ya ves. Ahora soy feliz. En este instante, a tu lado, me parece que el mundo es de otra manera.

—¡Pobre mía! Pero eso ha sido una torpeza. Un hijo... ¿Tú sabes lo enorme que eso es? Aun deseándolo, hay que pensar en la responsabilidad de traer un hombre para el dolor.

—Es verdad. Yo sólo hubiera querido un hijo tuyo. Pero esto es como una burla, como otra desdicha. Yo no lo quiero, ¿sabes? Yo no quiero un hijo de ese hombre.

—¿Y qué te propones?

—Destruirlo.

—¡Oh!

—Es un crimen, ¿verdad? Pero es un crimen mayor contra la vida este ser concebido en el odio. Sería un hombre malo o una mujer perversa.

—O no. ¡Quién sabe!

—Pero ¿tú dudas?

—Dudo, dudo. Pienso en el misterio de la vida. Pienso que no se puede afirmar nada. ¡Un niño es una cosa tan dulce!

—Estoy decidida. Lo siento agarrado ya a mi corazón. Pero daría la mitad de mi vida por formar con mi sangre un hombre puro.

Víctor la acarició sin decir nada. Obdulia era firme y concisa como una idea.

# XXXIV

## Sueño del cloroformo

«Ya sé cómo es la muerte, Víctor mío; ya no le tengo miedo. Antes, el solo pensamiento de morir me llenaba de frío; era como una punta de hielo en la nuca. Ahora ya sé que es como una caída interminable, como un olvido repentino, como un espacio sin tierra. Tampoco es eso, porque no hay manera de sujetar con palabras algo tan vago y tan inmenso. Pero la muerte debe de ser aún menos temible que el cloroformo, porque no quedará siquiera el recuerdo del peligro. Patrocinio, que presenció la operación con esa fortaleza de quien estuvo a punto de morir muchas veces, dice que destruir un hijo es mucho más fácil que darlo a luz. Pero a mí me faltó valor a última hora.

»Te escribo desde esta clínica misteriosa que funciona en las afueras de París. Estoy floja y un poco pálida; pero, fuera de eso, mi cuerpo parece el mismo. Nadie diría que he sido durante unos momentos "el lugar del crimen". En el jardín encuentro las falsas enfermas. Son mujeres de todos los países, alemanas sobre todo, en su mayoría damas honorables, que con el pretexto de una enfermedad cualquiera se tornan infecundas gracias a la cirugía. Vienen a verlas sus maridos y sus amantes, que parecen muy satisfechos de poder hacer frente al porvenir sin otra responsabilidad que la de gozarlo.

»He conocido a una señora argentina, de gran posición, que me ha contado su caso: la necesidad de no tener hijos para continuar en el usufructo de una herencia. Parece que después de la guerra, la estadística "eutanásica" –como la llama el doctor ha crecido enormemente. Los muertos y los mutilados despiertan en esta generación una originalísima venganza. Pero yo tengo el convencimiento de que la mayor parte de estas mujeres obran así por razones de orden material, por vivir una juventud bella y tranquila.

»En cambio, yo, después de la operación, he sentido el más atroz de los remordimientos, y tuve crisis de llanto. El doctor, que es un hombre taciturno, con unas horribles gafas de concha, me señaló la cubeta donde quedaba el más sangriento episodio de mi vida. Me aparté con horror. Y él, entonces, se sentó enfrente y me dio una larga explicación. Patrocinio dice que esa explicación la pondrá también en la cuenta, porque forma parte del tratamiento. Me dijo: "No tenga usted ningún recelo. Nuestro cuerpo es ya lo único que nos pertenece. La eutanasia es tan legítima que está admitida en el Derecho moderno. Las sociedades nuevas concederán al hombre esa libertad, la más alta de las libertades. En nuestra vieja civilización se mata a los hombres por razón de Estado, se consuman los crímenes colectivos. ¡Y ella es la que habla de la libertad individual y de los derechos del hombre! Sólo se justificaría el crimen en nombre de la vida. Porque la vida humana no es una cosa transmisible, como predica la moral burguesa. ¡Cochina moral! Nuestra vida no es la de los hijos, porque la de ellos no es *nuestra*. Los hijos no tienen nada que ver con los padres; no son continuación, son su oposición. Lo que sucede es que la sociedad necesita esclavizar a los hombres por medio del sentimiento de paternidad. El pueblo cría hijos para la miseria y el dolor. Señora, no tenga usted remordimiento. Usted es una mujer moderna".

»Pero no me ha convencido. A solas, pienso si toda mi vida no será una cadena de errores, y me irrito conmigo misma, con mi naturaleza, que no se conforma, con mi pensamiento, que no acaba de hacerse sumiso y humilde. A pesar de lo que el doctor dice, siento la inutilidad de mi esfuerzo y no puedo desechar la idea de que todo es feroz e irremediable. Cuando, cierta noche, vi mi cuerpo vendado como el de un herido en campaña, pensé si mi herida no será igualmente estéril, si no habré caído en la guerra más insensata y dolorosa de cuantas han inventado los hombres. Sólo la esperanza de retornar a tus brazos depurada por este doctor taciturno me hace sentirme un poco menos triste. Pero no puedo, Víctor mío, abandonar la idea de ese hijo malgastado. Cuando pasen los años y me quede sin juventud, inmóvil detrás de una ventana, como yo he visto a tantos viejos, ¿no echaré de menos a este hijo sin nombre, en el que no puedo ya prender el hilo del recuerdo?»

# XXXV

Don Sebastián entró aquel día en el ascensor, como siempre que regresaba de algún viaje, cargado de paquetes. Un collar de perlas, una caja de pastas, guantes, discos, cigarrillos. Y un nardo, la flor de San José, el símbolo de la pasión provecta[83]. Era un hombre feliz que tiene una amante y llega en «taxi», al atardecer, con un convoy de regalos. Para el burgués, todas tienen algo de salvaje en la antesala –el pelo brillante y húmedo, los ojos agudos y firmes, el salto rapaz y ambicioso– y a todas hay que domarlas con presentes, como hacían los conquistadores con los aborígenes de una tierra nueva. Obdulia no era así. Empezaba por no salir al pasillo, y después permanecía indiferente, sentada en la butaca, mientras él iba haciendo en voz alta el inventario de las compras. Pero don Sebastián no conocía otra táctica para casos semejantes, y seguía utilizando la técnica tradicional, aun con el convencimiento de que con aquella mujer resultaba inútil. Ahora, mientras el ascensor le izaba hasta el piso, hurtándole, además, al diálogo oficioso del portero, complicaba a Dios en la cuestión: le pedía, por centésima vez, que obrase en la voluntad de Obdulia para que ésta le recibiese de manera distinta a la habitual. La tercería[84] divina se justificaba en cierto modo porque don Sebastián acababa de inaugurar su templo bajo la advocación del Corazón de Jesús, con una conmovedora plática del padre Concha. Es verdad que la obra estaba hecha a cuenta de la felicidad ultraterrenal; pero Dios bien podría darle un adelanto y proporcionarle un poco de felicidad en el piso de la calle de Serrano.

Oprimió el timbre con mano temblorosa, y entretanto hizo un recuento de paquetes. No faltaba ninguno. «Las perlas, las pastas, los guantes, los discos, los cigarrillos. Y el nardo.»

—¡Cuánto tardan! –murmuró–. ¡Estas criadas...!

Formó el propósito de despedirlas, si no le importaba a Obdulia.

—¡Se han puesto imposibles! Cualquier día piden las ocho horas.

Volvió a llamar apremiantemente, y oyó el timbre recorrer el piso durante

---

83 *Provecta*: Madura. Vieja.

84 *Tercería*: Juego irónico entre los dos significados de la palabra: mediación entre dos o más personas y oficio de alcahuetería, es decir, quien se dedica a concertar encuentros amorosos, generalmente de modo ilícito.

un minuto con la insistente ligereza de un muchacho al que nadie atiende.

—Sin duda han salido todas. Pero es muy extraño. Obdulia debe de tener mi telegrama.

Aún hizo otras dos llamadas, tan impacientes e inútiles como las primeras, y entonces se apoderó de él otra vez el terror de perder a Obdulia. Si don Sebastián no fuera uno de esos hombres prácticos, incapaces de apreciar las situaciones ridículas, atendería principalmente a destruir aquel momento innoble del rellano de la escalera, con la mercancía sobre el pecho y la bíblica vara a la altura del hombro. Pero tardó bastantes minutos en libertarse de la sospecha, los suficientes para que pudiesen atestiguar su turbación las tres o cuatro personas que descendían por la escalera.

Al fin bajó hasta el vestíbulo, donde le recibió el portero con grandes aspavientos:

—¡Por Dios, don Sebastián! Haber avisado. Un servidor no puede consentir...

—¿Y la señorita Obdulia? ¿Es que ha salido?

El portero enarcó las cejas, arrugó la nariz y abrió los brazos con convicción.

—¡Si ya lo decía yo! El señor no debe de estar enterado. Me olía mal ese viaje.

—Pero ¿qué viaje?

—¡Si son unas *perras*! ¡Si no se puede con ellas! Pues nada..., que el otro día va y se presenta aquí la doncella de la señorita Obdulia y me dice que suba. Subo..., y que me encuentro la casa hecha un Trafalgar[85].

—¿Cómo?

—Sí. Un baúl por aquí, una maleta por allá. Y la señorita Obdulia y la portuguesa haciendo el equipaje.

—La portuguesa? ¿Patrocinio?

—Sí, la del piso de arriba. Y va la señorita Obdulia y me dice: «Ramiro, esta tarde me voy fuera de Madrid por una temporada larga. Mañana vendrán por los muebles. Con el dinero de la fianza paga usted las facturas que lleguen, y el "resto se lo guarda"». ¡Y que no me atreví a replicar, por lo seria que es la señorita Obdulia! Luego, por la noche, vino un «taxi» por ellas, y se fueron con las maletas. Pero yo le decía a la «parienta»: «Esto no es cuestión del señor, porque el señor no hace así las cosas. Es una persona seria». Ahora lo veo bien claro... ¡Si es que son unas *perras*! Porque, vamos a ver...

Mientras el portero seguía sus gárrulas digresiones, don Sebastián se dejó caer en el banco del portal, vencido de repente por el abandono de Obdulia. Tenía las piernas flojas y el corazón encogido. Quizá por primera vez en su vida sentía un auténtico dolor, una perturbación íntima que no tenía nada que ver con la materia, y que, sin embargo, le debilitaba como una pérdida de

85 *Trafalgar*: Batalla que tuvo lugar en 1805, en las aguas del cabo de Cádiz, entre las flotas aliadas de Francia y España contra Inglaterra, que supuso un desastre para las primeras. Más de 4.000 muertos franceses y españoles, la destrucción de más de la mitad de las dos flotas y la muerte de algunos de los almirantes más importantes de la armada española fueron los resultados de esta enrevesada batalla.

sangre. Pero en estos hombres el sufrimiento moral tiene la duración de un relámpago. El minero se levantó de pronto, sacudió su abrigo, se rehizo el nudo de la corbata y dijo al portero:

—Estos paquetes los recogerán mañana. Guárdelos allí.

Le puso una moneda en la mano y salió a la calle. Un automóvil que pasaba le llevó al Círculo Mercantil.

# XXXVI

Cuando Obdulia regresó de París, se fue a vivir con Patrocinio, que a su vez se había trasladado a un piso nuevo de la calle de Ayala. Víctor iba a buscarlas muchas tardes para merendar, y después se metían en un cine. La portuguesa era muy aficionada a las películas yanquis, sobre todo a las que ofrecían peripecias del Far West, con luchas inverosímiles, donde al final resplandecían triunfalmente el bien y la virtud, como en los viejos folletines. Dijérase que Patrocinio echaba de menos los riesgos de su pasado azaroso e incierto y necesitaba evocarlos frente al écran[86] para llenar de algún modo su existencia burguesa y plácida. En cambio, Obdulia apenas se fijaba en las películas, porque vivía de nuevo encerrada en su recinto de amor, recuperado con tanta angustia. Evadida por fin de la tutela de don Sebastián, era como si hubiese atravesado dos veces un abismo para volver a Víctor y enfilar de nuevo la ruta de su vida. Aun el mismo episodio de París le ayudaba a enriquecer el futuro, porque ahora sentía como nunca la aspiración de un hijo, para indemnizarse a sí misma del entrañable error. En este punto, Víctor vacilaba:

—Es una idea que me asusta.

—¿Por qué?

—¡Qué sé yo! Un niño, una cosa tan pequeña... Y levanta en mí montañas de dudas.

—¡Un hijo puro, Víctor mío! Un hijo del amor. Será nuestra fuerza; será un hombre para la vida nueva de que me hablaba el médico.

—La vida nueva... Pasarán tantos años todavía...

Una tarde en que Obdulia salió sola a los almacenes, pasó por delante del hotel Suizo, y se le ocurrió subir para buscar a Víctor. Le abrió la puerta una muchacha.

—¿Don Víctor? Me parece que no está.

En aquel momento salía Elvira, que se quedó mirando a Obdulia con fijeza.

---

86 *Écran*: Pantalla de cine.

—Perdón –le dijo–. ¿Pregunta usted por el señor Murias?

—Sí.

—No está. No está ninguna tarde a estas horas.

A Obdulia le extrañó aquella afirmación, y la extrañeza debió de leérsela Elvira en los ojos.

—No le choque. Soy una buena amiga de Víctor. ¿Quiere usted algún recado para él? Le veo siempre a la hora de cenar.

—No. Muchas gracias. He de verle también esta tarde.

—¿Baja usted?

—Sí.

Bajaron juntas. Elvira, evidentemente, quería saber. Pero Obdulia estaba aún más intrigada ante aquella dama que hablaba de Víctor con tanta confianza, y a quien él no había aludido jamás. Por eso fue ella quien reanudó el diálogo.

—¿Le conoce usted mucho?

—Un poco –respondió Elvira sonriendo–. Es un buen muchacho, ¿verdad? Un poco raro...

—¿Raro?

Elvira se detuvo y detuvo a Obdulia con los ojos.

—No quiero hacerla sufrir a usted. He sido indiscreta a sabiendas. Usted es la novia de Víctor.

—¿Le habló él de mí?

—No. Pero siempre supuse que Víctor sufría por una mujer. Al verla me di cuenta de que esa mujer es usted.

Obdulia iba a decir algo, pero Elvira continuó:

—No crea usted nada malo de mí. Soy muy curiosa... Eso es todo. Ahora, permítame que le diga que me parece usted una muchacha adorable. Víctor tiene muy buen gusto.

—¡Oh! Muchas gracias.

Estaban en el portal, y Elvira se disponía a tomar un «taxi». Ahora fue Obdulia la que interrogó:

—Perdóneme. ¿Es que sale siempre Víctor a estas horas?

Elvira hizo un gesto, como quien se ve forzada a descubrir un secreto.

—Quiero que seamos buenas amigas. ¿Le habló Víctor alguna vez de la condesa Edith?

—Sí, ahora recuerdo. Una austríaca que vivía aquí.

—Ya no vive. Vive en Torrijos, 135. Es muy amiga mía; una mujer interesante, culta, distinguida... Peligrosa para usted.

—¿Para mí?

—Claro. Víctor la visita con frecuencia. Yo no digo que haya nada entre los dos; me parece casi imposible después de conocerla a usted. Pero... esté usted advertida.

Elvira le tendió la mano:

—Elvira Vega. Una amiga leal.

—Gracias. Obdulia Sánchez.

Desde el auto le dijo adiós con la mano. Y otra vez, como hacía meses, quedó Obdulia exhausta e indecisa en medio de la calle, acosada por las sospechas, que le hicieron refugiarse en el fondo de un café. La tarde, hosca y fría, apretaba también su corazón. Empezó a llover con unas gotas gruesas, anchas, que golpeaban como dedos en las vidrieras. Pasaban las gentes veloces, apretándose contra los edificios y las vallas. Desde un rincón vio Obdulia otra mujer sola que esperaba con los ojos llenos de ansiedad, procurando extraer de entre la madeja de transeúntes un rostro conocido. Todo tenía ese aire de desolación, de agonía, que de pronto descubrimos en medio de las cosas habituales. Obdulia se iba sintiendo sin fuerzas para aquella lucha dulce y difícil. En aquel momento sentía como nunca el inmenso agobio de su condición humana.

Pero no podía creer en la falsedad de Víctor. Era imposible que la engañase esta vez con la impasibilidad y el desenfado de un profesional de la mentira. Si así fuera, estaba segura de que su alma lo repudiaría sin esfuerzo. Era, pues, urgente llegar al fondo de aquellas relaciones con la condesa, conocerlas palmo a palmo, como el trecho de tierra que ha de servir para asegurar nuestro paso. ¿Y cómo? Si Víctor era un simulador, llegaría fácilmente a destruir sus dudas. En estudiar su plan invirtió Obdulia algunos días, durante los cuales nada dijo a Víctor, ni siquiera a Patrocinio. Por fin tomó una resolución casi heroica: visitar a la condesa.

«¿Y si es verdad?» La pregunta le enfriaba las entrañas. No, no podría prescindir de Víctor sin luchar con aquella mujer desconocida que sentiría también en sus labios, como un licor, el nombre inolvidable. Cuando salió de casa, Obdulia iba pálida y serena como si se dirigiera a un desafío.

# XXXVII

Eran las seis de la tarde, la hora nostálgica de la condesa, la hora del té en las embajadas y en los hoteles –el té de las cinco no se toma nunca hasta después de las seis–, la hora del teatro y de los grandes almacenes. Edith abrió el balcón del gabinete, y la noche metió su hombro de etíope hasta el helado espejo. Más sola que nunca, más extranjera que nunca, la austríaca contempló la calle desde aquel quinto piso. Tranvías colgados de un hilo, autobuses como elefantes, «taxis» que destrozaban el castillo de la sombra con el doble ariete de sus faros. En las aceras, la masa de betún de la muchedumbre. Y de pronto, uno de esos automóviles solemnes y ligeros que van siempre de etiqueta, como el que le esperaba en Viena, antes de la revolución, a la puerta de su casa.

El paso del coche levantó en su memoria un tropel de recuerdos: la Viena del Imperio, fastuosa y frívola; el estremecimiento de la guerra, la catástrofe política y, por fin, el éxodo de una corte orgullosa y pobre que emplea las últimas coronas en el «sleeping»[87] de la emigración. ¿Tendría razón Víctor cuando le decía que ahora ella, Edith, empezaba a ser verdaderamente una mujer; es decir, una fuerza, una conciencia? Porque en sus días amables, rodeada de cosas gratas, no sentía, como ahora, fluir la vida dentro de sí en forma de deseo, de contrariedad o de angustia. Se encontraba entonces como disuelta en la familia, en las fiestas, en los deportes, movida por inclinaciones pueriles, por golpes de teléfono, por bocinazos de automóvil y músicas de baile. Hasta su matrimonio había sido, en el fondo, un pretexto más para variar de vida y dar al viaje de París itinerarios diferentes: otro hotel, otras compras, otros teatros, otras relaciones. Mientras no llegó a España, con el dinero justo para subsistir modestamente, no sintió la integridad de su ser. Parece mentira que los pequeños detalles cotidianos, eso de sacar ella misma un billete de ferrocarril, esperar un tranvía, buscar un piso, entenderse con el mozo de equipaje, construyan esa cosa enorme que es la personalidad. Recordaba las palabras de Víctor: «Créalo usted, Edith. Todo lo que no sea logrado por uno se viene abajo».

87 *Sleeping*: Según el Diccionario de María Moliner: expresión inglesa usada a veces en español por «coche cama».

¡Ah, no, no! Pero ella era hija de un duque, viuda de un noble, amiga de una emperatriz, aunque la emperatriz sollozase en el destierro. Su raza llevaba siglos de dominio, y por algo había prevalecido sobre las grises multitudes. Sólo la demencia de una guerra y el bárbaro retroceso de los hombres pudieron despojarla impunemente. El mundo tendría que recobrar su equilibrio, y entonces ella recuperaría el esplendor antiguo. Le irritaba ahora que nadie le hiciera caso, que el mundo subsistiese sin ella, que no hubiese un gran hueco en la vida capaz de revelar el infortunio de la condesa Edith. Aquel anónimo, aquella soledad, eran un poco parecidos a la muerte. Perdida en el estrépito de una ciudad extraña, la aristócrata veía desmoronarse su altivez hasta quedar convertida en una pobre mujer. «Una mujer, una mujer –solía decirle Víctor–. ¿Le parece a usted poco?»

Edith cerró el balcón y expulsó la noche del cuarto, porque hubo un instante en que tuvo miedo de que se apoderase de ella. Se sentó en una butaca y se puso a pensar en Víctor. Qué curioso. Su único amigo actual era un socialista, un perseguido que escribía artículos denunciados por el fiscal. «Somos iguales, Edith. No hay ideas ni clases que junten o separen a los hombres; eso es cosa del dolor.» «Pero en nombre de sus ideas –le contestaba ella– me han arrojado de mi patria, han confiscado mis bienes.» «Y las de usted ¿no han cometido ningún crimen?»

Le encolerizaba pensar cómo aquel hombre había ido minando su soberbia, derritiendo con palabras ardientes el hielo de su espíritu. «Es usted lo mismo que el mercurio –le decía Víctor–. Su alma es de metal, pero se dilata a la menor presión.» Jamás, hasta él, había comprendido lo humanas que son todas las cosas, aun aquellas más nimias y pueriles. La florista, el «chauffeur», el «botones» –¡parece mentira!– tienen también su historia, su anhelo, su alegría, su drama. Edith siempre los había tomado a su servicio sin pensar. «Pero algunos son muy mal educados.» «Es verdad; pero casi no los educan, porque eso cuesta bastante caro.»

No comprendía Edith cómo le era posible soportar a un hombre que años atrás le habría parecido un monstruo. Y, sin embargo, cada hora se encontraba más cerca de Víctor, sumida en su atmósfera. Temblaba de terror en cada diálogo, con la sospecha de que terminaría alguna vez por darle la razón. Palabras que antes flotaban en su espíritu como corchos usados, ahora se adherían a él subterráneas y firmes. Y la palabra amor, la palabra mágica que aún no había pronunciado Víctor, ya la sentía Edith dentro de sí, como un corrosivo de su orgullo, como una dulce e inevitable claudicación.

La doncella vino a cortar el soliloquio de Edith.

—Una señorita desea hablar con la señora.

—¿Una señorita...? ¿Ha dicho su nombre?

—No, señora. Asegura que usted no la conoce, pero que han vivido en el mismo hotel.

—¡Vaya unas señas! En fin, que pase aquí mientras me arreglo.

Edith entró en su alcoba y cambió el pijama por un traje de casa muy sencillo.

Estuvo en el tocador más de un cuarto de hora manipulando con cremas y lápices, porque la entrevista de dos mujeres tiene siempre algo de duelo de belleza, de competencia de toilettes.

Cuando volvió al gabinete la esperaba, de pie, la desconocida. Era una muchacha delgada, no muy alta, con los ojos y el pelo negrísimos. Llevaba un sombrero rojo y un abrigo de entretiempo muy ajustado. Edith la hizo sentarse.

—Usted me perdonará –le dijo la muchacha en francés–, pero era absolutamente necesario que habláramos.

—Puede usted hacerlo en castellano –le advirtió Edith–. Nos entenderemos perfectamente.

—Gracias. ¿Usted no me recuerda? Yo vivía también en el Hotel Suizo.

—Pues no la recuerdo. Es decir... no sé –rectificó la austríaca. Ahora me parece haberla visto antes de ahora.

—En cambio, yo no la olvido. ¡Me impresionaron entonces tanto su elegancia, su distinción!

—¡Por Dios, señorita!

—No me juzgue usted mal, creyendo que quiero adularla. Pero la he envidiado a usted muchas veces.

—¡Oh! Perdóneme usted a mí ahora. Ha dicho usted que era necesario que hablásemos. ¿Que hablásemos de esto?

—Es que aquí empieza la historia.

—¿La historia?

Edith comenzó a sospechar que aquella señorita estuviese loca.

—Le diré su nombre, y comprenderá enseguida. Me refiero a Víctor.

La austríaca se sobresaltó levemente.

—¿Víctor Murias, el escritor? ¿Y qué historia es ésa?

—La de mis amores con él.

—¡Ah! ¿De manera que usted es la novia de Víctor?

—No.

—Su esposa, entonces.

—Tampoco. Soy... su amante.

—¿Y a mí qué me importa –replicó Edith con voz alterada– de esos amores? Señorita, esto no es correcto ni tengo por qué escucharla a usted.

—Perdón. Víctor es mi vida, señora. Si usted tuviese entre sus manos la felicidad, ¿dejaría que se la arrebatasen?

—Pero ¿usted cree que entre Víctor y yo...? Vamos, vamos, señorita. Ese es un insulto en mi propia casa.

La aristócrata hizo un movimiento como para levantarse, pero las manos de la muchacha la detuvieron con un gesto.

—Él viene aquí todos los días.

—Porque es amigo mío. Además, esos reproches podría hacérmelos una esposa, no usted.

—Yo le amo más que nadie.

Edith se quedó mirando a su enemiga como midiendo aquella pasión que le era revelada tan súbitamente. Luego replicó:

—Usted no puede hablar más que de sí misma. Y bien, si yo estuviese enamorada de Víctor, ¿con qué derecho me pediría usted que renunciase a mi felicidad para hacer la suya?

La muchacha, entonces, se levantó y dijo casi a gritos:

—Porque es mío, mío. Usted amó y triunfó, tuvo una casa, una familia. En cambio, mi vida empieza en Víctor. Los otros se servían de mí, pero me compraban. ¡A la cara les tiraría su dinero! Yo pensaba muchas veces que aquello no era justo, pero nadie me daba la razón. Joyas, vestidos. No, no. Yo quería tener la razón y no quedarme a solas con mis pensamientos. ¡Usted no sabe lo que es eso, un día y otro, acostándose al amanecer después de haber bailado toda la noche! El mundo es como un túnel enorme, interminable. Víctor me ha salvado. No es como los demás. Lleva dentro un fuego, una fuerza... La vida con él es de otra manera: es algo más que ir al teatro y correr en automóvil por ahí. ¿Y quiere usted que lo pierda así, de cualquier modo? Tengo derecho, más derecho que nadie.

Las dos mujeres quedaron silenciosas: la muchacha, encendida, brillante, juvenil; Edith, más tenue, con su pasado y su experiencia sobre los hombros. La austríaca fue la primera que habló, con voz opaca:

—Es cierto: tiene usted derecho. Le prometo que no volveré a ver a Víctor.

Y extendió la mano a su enemiga, que se la cubrió de besos y sollozos.

# XXXVIII

Cuando estuvieron instalados en la nueva casa, Víctor comenzó a meditar en su claudicación.

«Heme aquí, Prometeo encadenado, convertido al fin en un ser apacible y doméstico, al que no queda siquiera la anarquía del hotel. Dentro de poco seré la imagen precisa del hombre domesticado; figuraré a la cabeza de un padrón familiar en las estadísticas del distrito del Congreso. Poco importa que Obdulia y yo no aceptemos la venerable institución del matrimonio; poco importa que nuestro amor levante su tienda en el extrarradio de la ley. La ley no es nada; la costumbre es todo. Cuando abro la puerta del piso, me horroriza encontrarme, a pesar mío, con esa palabra que rueda por la boca de todos los vencidos: el hogar. Un hotel tiene algo de estación, de movilidad y de partida, con sus baúles tachados por una geografía de etiquetas, con sus gentes que se informan de todos los horarios y viven siempre en el inmaterial espacio del viaje. Allí me engañaba yo todos los días, figurándome emancipado de la tutela cotidiana. Por la puerta de mi cuarto entraba cada mañana el seductor espectro de lo inesperado. Ahora ya sé que estos muebles son míos, que este sofá abre sus brazos sólo para mí y que en este piso está sepultada el anda de mi limitación. Soy un hombre doméstico. Por no serlo había huido del tranquilo albergue familiar, de la mansa profesión mercantil y de las tibias almohadas burocráticas. El hombre nace en posesión de una magnífica rebeldía y la sociedad se propone, desde niño, apoderarse de él, domesticarlo, hacerlo una cifra de enorme cociente universal. Sureda diría que ésta es otra de mis contradicciones. Pero es que no sé si soy individualista o colectivista, si quiero la disciplina o el desorden. Sólo sé que me aterra la inercia de mi alma. Que cuando me encuentro una hora a solas, rodeado de cosas conocidas, me ahoga la sensación de lo cotidiano como si viviera en la antesala de la muerte. ¡Esta manera de morir. Esta manera de morir, sintiéndose encerrado en la lógica de las cosas, olvidándose de que vamos flotando, sin lucha, en las aguas atroces del tiempo. Me irritan esos hombres ecuánimes que viven sumergidos en su menudo mundo familiar, sujetos al ciego itinerario de la especie. Veo a Obdulia delante de mí, y temo su metamorfosis por la ley indeclinable del medio. Todavía no es feliz. Todavía la acecha el pensamiento de perderme. El día en que la vea resignada y dichosa, dispuesta a convertirse en eje de mi tedio, haré a escondidas mi maleta y huiré como un recluso que aprovecha la distracción del centinela.»

Obdulia pensaba:

«Pero él no es mío todavía. Es posible que no lo sea nunca. Se me va en los ojos de cada mujer que pasa, en sus proyectos y sus deseos. Hasta ahora he conseguido vencer por el fervor de mi pasión, pero ahora lucho con un enemigo más fuerte, que es la calma de nuestra vida. Puede que el amor no sea más que esta continua zozobra de dos almas que van juntas y no se encuentran jamás. El alma, sin duda, el conflicto, la incertidumbre; yo busco el reposo, la serenidad y la firmeza. Me encanta que transcurran las horas pensando en él, formándolo a mi antojo en el recuerdo, sujetando el porvenir con mi fantasía. Cuando no está a mi lado sigo sus huellas por toda la casa, porque en todas partes flota su presencia y en todos los rincones queda un eco suyo que viene a parar mi corazón.

»Estoy tan segura de perderlo alguna vez que sólo aspiro a él en la vida de un hijo. Pero soy tan ambiciosa que no me conformo con ese hijo que sueñan todas las mujeres en el tránsito de su juventud. No le veo siquiera adherido a mi pecho, con sus gracias tiernas, rodeado de esas palabras puras y mágicas que acuña todos los días el amor maternal. Le contemplo ya convertido en hombre, señor de un pensamiento nuevo, de una voluntad soberbia, de una conducta sin desfallecimiento. Lo que yo no tengo, lo que no tiene Víctor. Pienso que un hijo puede justificar de algún modo mi paso por la tierra, mi paso trémulo, que no acaba de atravesar la frontera de los deseos. En mi época del «cabaret», cuando me retorcía en las llamaradas del *jazz-band,* pensaba siempre con terror en el hombre que llegaba hasta mis brazos. Porque todos tenían el mismo arranque brutal y la misma instintiva violencia. Después, en la habitación, contemplando mi vientre todavía intacto, yo pensaba que preferiría morir antes de formar allí dentro un hombre como aquéllos.»

# XXXIX

## El hombre integral

Víctor recibió un día en la Agencia la visita de Aurora Nitti, escultora haitiana de vanguardia. Llevaba una carta de presentación de un periodista argentino residente en París. Aurora Nitti se disponía a hacer en Madrid la exposición de sus obras, y deseaba que Víctor cablegrafiase el éxito a las cinco partes del mundo.

—Yo no soy crítico –le dijo Víctor–. No podré decir nada de sus esculturas.

—¡Oh! No importa. Yo se las explicaré. Mi estética es absolutamente nueva.

—¡Oh! Enhorabuena.

—Totalmente nueva. Quiero esculpir el hombre integral.

—¡Caramba!

—Sí. Soy comunista. El comunismo pretende acabar con las diferencias de clase. Yo voy más allá. El arte tiene que ir más allá.

La haitiana era una mulata auténtica, una virago[88] color chocolate, con los pómulos salientes y los labios anchos, morados y rudos. Vestía un traje a franjas blancas y amarillas, una capa escarlata y un sombrero con cenefa de frutas. Llevaba muchas pulseras y muchos aros. Víctor sentía deseos de quitarle un aro de aquellos y colocárselo en la nariz, para completarle la toilette de sus antepasados.

—Por lo que se ve, usted no aspira al hombre comunista, sino al hombre común.

—Mi hombre es el hombre perfecto, la síntesis de una idea.

—¿El de Diógenes o el de Nietzsche?

La mulata se irguió, herida en su amor propio, y se golpeó el pecho con la mano.

—¡No, no! ¡El mío! El hombre que yo anuncio produce y crea; nada menos. Es un mecanismo perfecto, al servicio del Estado. No pierde el tiempo en romanticismos ni en literatura. Para él no existen ni el amor, ni el honor, ni la familia.

88 *Virago*: Mujer con características consideradas masculinas.

—¿Cómo creará, entonces?

—¡Ah! Pues nada... Sin perder el tiempo. Un instante.., y a otra cosa.

—Un sueño de artista.

La escultora se indignó.

—Está usted equivocado. La única frase un poco aguda de Wilde es aquella en que la naturaleza imita al arte.

—Quiere decirse... que la plagiará a usted la naturaleza.

—¿Por qué no?

—No, no. ¡Si no lo discuto! ¿Me permite usted una pregunta indiscreta, Aurora?

—Desde luego.

—¿Es usted casada?

La haitiana se horrorizó.

—¿Casada? El matrimonio es una institución repugnantemente burguesa.

—De acuerdo. Bueno... No me he explicado bien. Quiero decir si conoce usted la intimidad masculina... La pregunta, quizá, es demasiado fuerte. Pero usted no tiene prejuicios.

—Claro que no. Pues..., francamente: aborrezco al hombre de hoy; es un producto burgués. Ya le he dicho que busco el hombre integral.

—¿También para el amor?

Los ojos de la haitiana se desmandaron como dos tigres en la noche de su rostro.

—No me lo nombre usted. Esa palabra es como las monedas antiguas: no circula. Por lo menos, yo no la admito.

—Perdón. Uno acaba de ser hombre común. En fin... Iré a ver sus esculturas y hablaré de su éxito. Pero temo que no las comprendan los carpetovetónicos[89].

—¿Quiénes?

—Los carpetovetónicos. Los españoles de Madrid. Están muy atrasados. Todavía hablan con las novias desde la calle, a tres pisos de distancia, para terminar casándose con ellas. Algunos quieren morder a las mujeres que pasan. Otros se cuelgan al cuello medallas y escapularios y van por ahí, a paso de tortuga, con una vela en la mano. Son unos bárbaros

Víctor le dijo a Obdulia:

—Debíamos encargarle nuestro hijo a la Nitti.

Obdulia no comprendía.

—No te sobresaltes. Una escultora americana que me han recomendado de París. Esculpe el hombre integral.

—No tomes a broma mis preocupaciones.

—En serio, es una mujer graciosísima, una «snob» muy original. Yo

---

89 *Carpetovetónico*: De los carpetanos y los vetones, o relativo a estos pueblos prerromanos. Se dice de las ideas, costumbres, etc. que se consideran españolas a ultranza y sirven de bandera frente a todo influjo foráneo.

pienso escribir una crónica de su exposición con el título de «La matriz futurista». ¿Quieres venir a la apertura?

—Bueno.

Cuando llegaron al salón era temprano, y la artista disertaba acerca de su estética ante unos jovenzuelos con gafas que se apedreaban entre sí con nombres del expresionismo plástico aprendidos en *L'Art Vivant* y en la *Nouvelle Revue Française*. Entre ellos estaba el poeta de los versos en francés que acompañara a Miss Mary en su apostolado fugaz.

—Parece usted el representante en España de una nueva marca de mujer. ¿También conocía usted a la Nitti?

—No. Pero me ha escrito Valery Larbaud para que la atienda. Aquí tengo la carta.

Siempre mostraba su documentación de auténtico vanguardista.

—Y de Miss Mary, ¿sabe usted algo?

—Está en Italia. Quiere que su religión sea romana, pero no católica. Piensa proponérsela a Mussolini para los fascistas.

—Buena idea, hombre –dijo Víctor riendo. Víctor presentó a Obdulia, y la escultora les fue mostrando sus obras. Eran una colección de esculturas en piedra, escayola y bronce que pretendían sorprender las diferentes etapas de la evolución humana, desde el antropoide hasta el hombre integral. Las figuras no carecían de ingenio, pero estéticamente eran desastrosas. El hombre medieval aparecía aplastado bajo una roca en forma de esfera, y el de la Revolución francesa era un hombre a medias, un hombre de un solo flanco, que mostraba su forma mutilada. El hombre integral enseñaba una anatomía mecanizada, y la mano derecha blandía una luna menguante a manera de hoz. En realidad, lo que estaba mejor era la versión del antropopiteco[90], que poseía cierta poética gracia animal. Víctor se lo dijo a Obdulia:

—Claro. Lo que mejor esculpe esta mujer es el mono, su abuelo.

—Pues parece instruida.

—No lo creas. Estas gentes no tienen más que imaginación. Lo curioso es que abominan de la imaginación y hablan de cultura, de disciplina y de antirromanticismo. No he visto equívoco mayor que el del arte de ahora.

Víctor notó con asombro que llegaban a la sala muchos caballeros de frac y muchas señoras distinguidas, gentes a todas luces extrañas al ambiente.

La escultora iba de un grupo a otro, saludando con un castellano gangoso y caliente.

—¿Es posible? –dijo Víctor–. ¡Pero esta comunista congrega aquí a toda la aristocracia carpetovetónica!

Interrogó al poeta francoespañol:

—¿Y esos fraques? ¿Es que los traen como taparrabos?

—Es que viene el rey a inaugurar la exposición.

En aquel momento se acercó Aurora.

90 *Antropopiteco*: Mamífero homínido que vivió en el periodo Pleistoceno y que es considerado en eslabón perdido entre el mono y el hombre.

—¡Un éxito, señor Murias! ¡Un gran éxito! Viene *Su Mahestá.* Puede usted hacer una gran crónica.

Víctor no pudo contenerse.

—Pero ¿no dice usted que es comunista?

La escultora se quedó un segundo suspensa. Sin embargo, reaccionó enseguida:

—¿Y qué importa? Me ha aconsejado mi embajador. Su *Mahestá* es muy simpático, y esto sonará mucho. ¡Un rey en mi exposición!

—Pues yo, querida artista, soy incompatible con las testas coronadas. Adiós.

Tomó del brazo a Obdulia y salieron. En aquel momento se detenía delante de la puerta, rodeado de guardias, el automóvil de *Su Mahestá.*

# XL

Más eficaz que las conspiraciones de Sureda contra el Gobierno Villagomil era la huelga general que acababa de plantearse. Madrid, aquella mañana de marzo, amaneció desalojado y yerto. Desde la víspera se conocía la decisión de la Casa del Pueblo de declarar la huelga. Las calles estaban vacías; los cafés, cerrados, y las pocas tiendas que se habían atrevido a abrir se parapetaban detrás de sus cierres metálicos. De vez en cuando pasaban camiones militares erizados de bayonetas, y algún clarín lejano lanzaba el crudo quiquiriquí de la guerra.

Víctor se asomó al jardín de la Agencia. La Gran Vía, llena de guardias, tenía ahora la fisonomía de campamento. El sol bruñía las crestas de los edificios, el charol de las cartucheras y el acero de los fusiles; descendía imperturbable a mezclarse en la retenida furia de las armas para mostrar una vez más la indiferencia de la naturaleza por los angustiosos conflictos de los hombres. «No es el sol de la revolución –pensaba Víctor–, no es el sol de la justicia. Y, sin embargo, lo bebo como un licor, parece que me exalta y me enloquece. Muy pronto, esta tarde, mañana, se vivirán ahí abajo las horas rojas de la lucha. Con ellas, los forzados de hoy pueden fundir la ley de mañana. Me dan ganas de vitorear al dolor, a la sangre, a las armas, a la dinamita, al rencor de los hombres y a los sollozos de las mujeres, porque son capaces de crear este heroísmo del mundo nuevo.»

Víctor se pasó el día y la noche trabajando. A pesar de la censura y de todo género de restricciones gubernativas, él informaría al mundo del primer estallido de la revolución obrera. En aquel momento, más que periodista, se sentía colaborador del proletariado combatiente. Sin prensa, sin comunicaciones libres, él sería testigo y cronista de la epopeya civil. Los mismos aviones oficiales, improvisados por el Gobierno para dar en el extranjero la sensación de calma, llevarían sus despachos a todos los periódicos del mundo. Sus redactores estaban en todas partes: en la calle, en la Casa del Pueblo, en los Ministerios, en las fábricas y los almacenes donde los obreros hostilizaban a los esquiroles[91]. Sus reporteros utilizaban los teléfonos y los automóviles oficiales, se hacían proteger de los militares para llegar a las zonas peligrosas y arribaban, por fin, a la sala de la Redacción con sus manojos de noticias, que iban enhebrando rápidamente las ágiles mecanógrafas. Todos los elementos de que disponía un régimen disciplinado y perfecto, el régimen capitalista, estaban en aquel instante al servicio del proletariado universal gracias a aquel pensamiento directriz que había hecho suya la causa obrera.

Ni pan, ni periódicos, ni transportes, ni luz, ni agua, ni correo. Los soldados y los esquiroles eran impotentes para abastecer la capital, que vivía de migajas, como una mendiga. Madrid no existía sin el esfuerzo de aquellos hombres de los arrabales, a quienes la urbe arrojaba con desdén al infierno de las zahúrdas[92]. El mundo gira sobre las espaldas de los miserables, y cuando ellos se ponen de pie y rompen la bárbara curva del trabajo, todo queda confuso e inmóvil, como en la víspera del Génesis. Ahora, frente a ellos, la burocracia armada enseñaba la humeante dentadura de las ametralladoras, pero su fuerza era incapaz de crear ni de poner en marcha el mecanismo en crisis. El orden no surgía de la boca de los fusiles ni del destello de los uniformes; el orden se incubaba en una multitud desposeída y rota que atravesaba ahora en amenazadores grupos los barrios desiertos.

A la Agencia de Víctor llegaban las noticias, tartamudas primero, después claras y concretas: «Acaban de abandonar el trabajo los panaderos». «En la Puerta del Sol hubo cargas, con muertos y heridos.» «El Gobierno ha concentrado en Cuatro Caminos la Guardia Civil.» Víctor tenía un gráfico mental de la situación, que iba modificándose según el curso de los acontecimientos. La emoción no le impedía darse cuenta del verdadero estado de la lucha. Hasta entonces, los obreros se encontraban en manifiesta desventaja; si el conflicto no se extendía a las poblaciones más importantes, no les quedaría otro remedio que entregarse. Por otra parte, carecían de elementos para darle al conflicto un carácter revolucionario. ¿Y Sureda? ¿Por qué Sureda no actuaba en aquella atmósfera propicia? Le mandó buscar con urgencia. El médico llegó, excitadísimo.

—Ya sé lo que me va usted a decir: qué esperamos para actuar, ¿no es eso?

—Claro. Ninguna ocasión mejor.

—Estoy desolado. Nadie responde, nadie se mueve. Todos temen a la revolución.

—Siempre se lo dije a usted.

—Les espanta mezclarse con los obreros.

—Porque son los únicos que tienen razón.

—Las persecuciones son brutales. Usted ya sabía. La cárcel está llena; se ha llegado a apalear a las mujeres.

—Todo lo tengo aquí –dijo Víctor, señalando una carpeta–. Cuando esto pase, yo escribiré la verdadera historia de este movimiento. ¡Ah! Pero no im-

---

91 *Esquirol*: Trabajadores que ocupan el lugar de los obreros en huelga. Aquellos que se niegan a hacer huelga.

92 *Zahúrda*: Pocilga para los cerdos.

porta. El triunfo vendrá. ¡Que tiemblen, que tiemblen todos! Estamos cerca del fin.

El primer día de huelga, Obdulia no salió de casa. Víctor no fue a cenar, y cerca de las once le dijo por teléfono que pasaría la noche en el despacho. Obdulia tampoco pudo dormir; estaba nerviosa, excitada, como si repercutieran en ella las agitaciones de la calle. Se asomó muchas veces al balcón para rastrear alguna huella del conflicto; pero allí, en aquel recodo de los bulevares, había la calma de siempre: el farol impávido, el quiosco de las frutas y algún chiquillo que provocaba el enfurecido relámpago de un gato. Hay almas-antena, almas que recogen las más lejanas vibraciones del universo, como hay almas graníticas, a las que no estremecen ni siquiera los terremotos. Alma finísima y eléctrica era la de Obdulia, a la que conmovía toda leve trepidación. La huelga se había polarizado en su intimidad, como si le afectase personalmente. Recordaba su visita a la mina de don Sebastián, donde la enorme montaña gravitaba sobre los cuerpos enflaquecidos de los mineros. Comprendió entonces un poco mejor la vida y sufrió la difusa tristeza de todos los trabajadores de la tierra.

A la mañana siguiente llegó Patrocinio, muy contrariada.

—Las calles están llenas de guardias. No hay «taxis» ni tranvías; he tenido que venir a pie. Pero ¿por qué hacen esto? A mí me da miedo esto.

Almorzaron juntas, con pan duro, sin pescado ni postre. La portuguesa recordaba una revolución en Lisboa. Cayó una granada en el patio del hotel, y ella se escondió en el cuarto de baño.

—Ya ves qué tontería. Pero el miedo no deja pensar.

—A mí me gustaría presenciar una lucha así –dijo Obdulia.

—No sé para qué. A mí, no. A mí me encanta la tranquilidad.

—Entonces, ¿no te atreves a acompañarme esta tarde?

—¿Adónde?

—A ver a Víctor. Lleva dos días sin venir.

—Tenemos que ir a pie.

—Pues vamos a pie.

—No, no. Puede haber jaleos en la calle. Eso me asusta mucho.

—¡Bah! No pasa nada. Yo iré, de todas maneras.

Por fin la convenció, y salieron de casa después de las cuatro. Ni un vehículo en todo el trayecto. La calle Fuencarral, sin puestos ni apenas transeúntes, estaba tachada por dos filas de guardias. La mayor parte de las casas aparecían cerradas, y algunos miradores de cristales deshechos estaban blindados con colchones; sin duda habían tenido lugar allí los encuentros más graves. A medida que se acercaban a la Red de San Luis, la inquietud iba creciendo. Patrullas de caballería, a galope, atravesaban las calles de San Marcos y Augusto Figueroa, reclamadas por algún hecho imprevisto. En los escuadrones que cubrían la línea de las aceras se notaba ya el amenazador estremecimiento de la carga. Patrocinio, alarmada, se detuvo.

—Algo pasa por ahí. Vamos a volver.

—¿Por qué? Será alguna falsa alarma. Ahora es cuestión de unos minutos.

Pero al desembocar en la Gran Vía ya no pudieron retroceder. Grupos de huelguistas, surgidos de las calles afluentes, pretendían organizarse en la avenida Pi y Margall. Los guardias se concentraban para evitarlo. Corrían los transeúntes a refugiarse en los portales, y todos, hombres y mujeres, llevaban a cuestas el espectro del pánico. Sonó el primer toque de atención; pero los obreros, lejos de huir, formaban ya una muralla dispuesta a resistir el ataque. Obdulia y Patrocinio, acorraladas por la muchedumbre, sólo tuvieron tiempo de guarecerse en un portal de la calle de Valverde. Se oyó el clarín otra vez, y luego, en medio de un terrorífico silencio, varios disparos. Entonces la colisión surgió tremenda, dramática, como un azote. Los escuadrones cayeron sobre los manifestantes con los sables desnudos, como un huracán de metal. Durante varios minutos sólo se oyó el jaleo clamoroso de la lucha: carreras, gritos, golpes, detonaciones. Patrocinio estaba en el fondo del portal; pero Obdulia, tensa y lívida, permanecía en la puerta, apretando convulsivamente el bolso de mano. Veía a los huelguistas pasar atropellados, dispersos, perseguidos por los guardias. Fue en aquel instante cuando un grupo de ellos ganó la calle Valverde para escapar de la feroz persecución. Pero allí mismo, frente a Obdulia, fueron alcanzados por la pareja que les perseguía. Los guardias descargaron sus sables sobre los hombres, que quedaron heridos, pisoteados por los caballos. Uno, con alpargatas y bufanda verde, tenía la frente rota de un sablazo. Obdulia, ciega, frenética, erguida como una virgen roja, increpó a los jinetes desde la acera:

—¡Canallas! ¡Canallas!

No pudo decir más. La avalancha policíaca pasó por encima de ella. Cuando Patrocinio, aterrorizada, quiso saber de su amiga, las ambulancias recogían a las víctimas. En uno de los coches, con la cara manchada de sangre y el traje desgarrado, estibaron a Obdulia. Sobre el pavimento quedó su sombrero azul, abollado y yerto.

Cuando Patrocinio le contó lo sucedido, Víctor salió de la Redacción, sin saber exactamente adónde iba. Llevaba el relato delante de los ojos, como una niebla. Después de la lucha, las calles estaban solitarias y sordas. En todas partes, guardias, uniformes, carabinas. La ciudad era entonces una ciudad de hierro y de metal, cerrada y abrupta como una fortaleza. ¿Cómo golpear su corazón con un nombre para preguntar por aquella mujer hecha trizas, enredada en los cascos de los caballos, desgarrada por el ciego tropel de los escuadrones?

Fue a la Dirección de Seguridad, pero allí no le dijeron nada. Le miraron con desconfianza, le tomaron el nombre, y como insistiese, acabaron por despedirle con gesto áspero. En vano reclamó la presencia del director o de algún funcionario importante.

—Mañana darán la nota de los heridos. Vuelva usted mañana.

Entonces recorrió las casas de socorro y los consultorios, también rodeados de fuerza, donde se arremolinaban mujeres del pueblo, con niños en brazos, que intentaban la misma patética exploración. En ningún centro le daban razón de Obdulia:

—Aquí hay hombres nada más. Se les trasladará hoy al hospital.

Por fin, en el dispensario de la calle de Olózaga le hablaron de una señora herida:

—¿Puedo verla?

—Hay que pedir permiso al médico.

El médico era amigo de Sureda y conocía de vista a Víctor.

—Pase usted a mi despacho. Tenemos un trabajo atroz. He curado esta tarde veintisiete personas. ¡Ha sido espantoso! ¿Usted pregunta...?

—Por una señora: Obdulia Sánchez.

—¡Ah! No es grave; pronóstico reservado. Lesiones en el pecho y en los brazos.

—¿Puedo verla?

—Creo que duerme ahora. Pero ha sido un caso de verdadera suerte. Figúrese usted: está encinta.

—¡Cómo!

—Sí, de muy poco tiempo. Ella misma no lo sabía. Pero no me cabe duda. Si la lesión hubiera sido unos centímetros más abajo...

—¡Oh!

—Voy a ver si puede usted entrar. Tenemos órdenes muy severas. De todos modos...

Víctor quedó solo un instante, más turbado ahora por la inesperada noticia. Y de repente sintió una alegría honda, violenta, extraña, por aquel hijo que surgía ileso de la formidable represión. Sin duda, su hijo, el hijo de Obdulia, sería invulnerable como una idea: no podría ser sofocado por los sables ni las balas. Regresó el médico y le invitó amablemente:

—Pase usted.

En la fila de camas reconoció a Obdulia, vendada. Ella levantó los brazos y le apretó la cabeza contra el pecho, contra la herida, sin decir nada. Oyó de nuevo Víctor el latido de aquel corazón, fiel y puntual como un reloj, que seguiría palpitando para él y para la irremediable miseria de las cosas.

# XLI

El primer llanto del niño le sorprendió en el desierto de la noche y le oprimió un punto desconocido de su ser, un punto sutil, magnético, que establecía contacto con no se sabe qué nuevos territorios. Víctor se había encerrado en un cuarto para apagar de alguna manera los gritos afilados de Obdulia, que parecían incrustarse en todos los rincones de la casa. Ella quedaba desgonzada[93], deforme, inconsciente, inolvidable, oscilando en ese precipicio del parto, donde la muerte y la vida celebran sus peligrosas entrevistas. El médico, sereno, impasible, consultando el reloj y cambiando de guantes. La profesora, indiferente, manipulando gomas, toallas y níqueles. De repente, un silencio, unas cuantas palabras ininteligibles, un rumor confuso. Y enseguida, aquel llanto blando, tibio, humano, que parecía ensortijarse en la habitación como un ovillo azul. Víctor se esforzaba en convencerse de que cuanto estaba ocurriendo a su alrededor en aquel instante era algo vulgar, cotidiano y lógico, que se repetía a diario millones de veces desde el principio del mundo. A pesar de esto, aquel llanto tímido e inútil se le antojaba, sin saber por qué, un suceso definitivo y grandioso. No lo analizaba, no lo medía con una fórmula mental. No pensaba siquiera, al oírlo, que era el llanto de su hijo. Por allí dentro acababa de surgir una vida nueva, una criatura más, un eco normal y perceptible del enigma cósmico. Aquella forma viva, material, palpitante, creada, era la que le conmovía dulcemente. Momentos antes aquélla no existía, sólo se oía el grito de Obdulia, la voz seca del médico, el canto rudo de la profesora. Ahora, ya no. Ahora había un llanto reciente, entrañable, orgánico, salido de las tinieblas como sale el agua de la nube. Víctor, trastornado por una alegría inexplicable, estuvo a punto de salir al balcón y preguntar a la luna, a los luceros, a la noche, a las cosas inmóviles y eternas qué misterio era aquel de un niño recién nacido.

Pasados unos días, la profesora habló del bautizo.

—Mi hijo no se bautiza –dijo bruscamente Obdulia.[94]

93 *Desgonzada*: Que está físicamente decaída.

94 Lejos de la idea burguesa y tradicional del hijo como reproducción del linaje, del patrimonio o de la especie, aquí el hijo es una experiencia del porvenir.

La mujer, horrorizada, no insistió. Obdulia, después, se lo explicaba a Víctor:

—Quiero hacerlo un hombre libre, que escoja su verdad sin coacciones. No quiero curas ni maestros estúpidos.

Víctor se reía.

—Pero ¿para qué piensas en eso? Apenas se le ve, y ya tratas de complicarle la existencia.

—Porque está rodeado de peligros. Desde pequeñitos les acechan para apoderarse de ellos. ¡El mío, no!

Obdulia veía a su hijo como un hombre. Víctor lo veía como un niño. Obdulia, sobre la cuna, le exorcizaba contra las viejas supersticiones que hacen la vida tenebrosa y difícil. Patrocinio quiso colgar al cuello del pequeñín una medalla de san Antonio de Lisboa, fabricada con oro ultramarino; pero Obdulia se opuso, indignada:

—De ninguna manera. No consiento etiquetas ni mascotas.

A Víctor, en cambio, lo que más le impresionaba era la debilidad y la dulzura del niño, sus facciones imprecisas, su sonrisa pueril, su llanto incomprensivo. Según iba creciendo y familiarizándose con los colores y las líneas, Víctor sentía el espanto de la inteligencia que empezaba a comprender y tomar posesión del mundo. «¡Pobre hijo mío! Lo peor de todo es que empezarás enseguida a darte cuenta de que este mundo que yo te entrego es demasiado miserable. Tu padre no ha sabido hacerlo mejor. No ha rectificado nada, no ha enmendado ningún yerro, no ha destruido ninguna ferocidad. Algún día echarás de menos el orbe de tu inexistencia, la razón sublime del "no ser". Tu madre no te habla de Dios porque piensa que eres demasiado puro para ser engañado. Pero cuando nadie responda al clamor de tus dudas, buscarás a tu alrededor la causa, la persona, el nombre a quien hacer responsable del terror de tu vida. Y como no encontrarás a Dios, ¿a quién, sino a mí, has de señalar como único culpable de tu destino?»

*Mamá.* Mamá está siempre alerta, en medio del cuarto, como un escucha sin relevo. Mamá es esa forma alacre[95], vertical, silenciosa, que anda y desanda mil veces el falso césped de la alfombra. Mamá escudriña las vasijas, combina los lactantes, consulta las temperaturas. Mamá domestica el agua y el fuego en las ollas de aluminio y en la lamparilla de alcohol. Ella es un soldado que enciende fuego en su puesto a media noche; un torrero para dirigir la cuna, pequeña embarcación que puede zozobrar por el abordaje de la microbiana piratería. Mamá estudia los más pequeños movimientos del niño, cronometra su sueño, mide su llanto, ausculta su respiración. Un día, el niño quiere coger el rayo de sol que entra por la ventana, y mamá no se explica por qué la barrita de luz no adquiere solidez, para que sea el primer juguete de su hijo. Otro día, la luna adelanta por encima del tejado de enfrente su rostro blanco,

95 *Alacre*: Alegre. Vivo.

cinematográfico, y mamá la captura para el niño en el espejo del tocador, con la sencillez de quien no sabe que se apodera de un planeta. Mamá organiza el mundo otra vez, al servicio del chiquitín, y el mundo es ahora un mundo poético, un circo, un juego, una fábula, poblado todo él de pequeños seres que dialogan con el niño y hablan el inocente y franciscano lenguaje. Mamá compone un manual de zoología infantil lleno de trinos, de ladridos y de quiquiriquíes. Pero un día todo ese mundo delicioso se desmonta, se viene abajo y se hace añicos. El niño se ha puesto enfermo. Mamá siente que las agujas del médico le atraviesan a ella setecientas veces el corazón.

# XLII

## Fábula del boxeador y la paloma[96]

Las obligaciones del oficio seguían forzando a Víctor a conocer gentes muy curiosas. Un día le presentaron a Eusebio García, el campeón de boxeo que se disponía a combatir con un alemán. Víctor ofreció transmitir a sus periódicos largas reseñas del combate, para difundir las facultades del púgil español. Pero después de la lucha, Víctor pensó en relatar de otra manera la derrota de Eusebio. En realidad, a Eusebio no le había vencido su contrincante, sino el nacionalismo deportivo, que es, probablemente, el más intransigente de los nacionalismos. Por eso imaginó la «Fábula del boxeador y la paloma», que los periódicos no quisieron publicar, a pesar del interés que había despertado el acontecimiento.

He aquí la originalísima información:

Entre sus amistades de campeón, el boxeador contaba con la de un ingeniero que había estudiado en Alemania. El ingeniero usaba siempre un envidiable vocabulario deportivo y unas excelentes camisas de lana cruda que constituían la fundamental preocupación del *manager*. Porque el *manager*, que sabía mucho de boxeo y había entrenado a Dempsey[97] en su época triunfal, se encontraba disminuido delante de aquella indumentaria olímpica, creada por la sastrería internacional. Jaime Ortiz, el ingeniero, no hacía deporte, no jugaba al fútbol ni al polo, no boxeaba ni montaba a caballo. Pero se vestía mejor que cualquier deportista de veras y acompañaba siempre a algún campeón. Como esos donjuanes aparentes que gustan salir a la calle del brazo de mujeres, y más que sus amantes son sus rodrigones[98] alegres, Ortiz no aparecía en público sino con algún «as» del *ring o* del *stádium. No* le importaba la calidad: le importaba el puesto. Desde el corredor pedestre al *tennisman* de moda, todos le debían las mismas sonrisas, las mismas palmadas, los mismos elogios. A veces, los suplantaba. Porque si en la calle o el teatro el público ovacionaba al campeón que llevaba Ortiz, era Ortiz el que saludaba más resueltamente, el que repartía adioses y genuflexiones, como si el entusiasmo co-

96 De nuevo un contrapunto narrativo que templa el dramatismo de las secuencias anteriores.

97 *Jack Dempsey (1895-1983)*: Famoso boxeador norteamericano, campeón del mundo de pesos pesados entre 1919 y 1926.

98 *Rodrigón*: Criados que acompañan a las señoras.

lectivo le enfocase a él con preferencia. Los profanos en deportes pensaban siempre que el campeón era Jaime Ortiz, porque era el que llevaba verdadero traje de campeón. En realidad, los mayores aplausos los ganaba su espléndido uniforme de hércules estéril. Pero sus preferencias carecían de internacionalidad: eran exactamente patrióticas. El campeón de Ortiz tenía que ser un campeón nacional, porque, de lo contrario, sólo le merecía un altivo desdén. Por esta fidelidad a los productos españoles alguien había pensado en pedir para él la cruz de Alfonso XII.

De Alemania se había traído el ingeniero un nacionalismo exacerbado y una alemanita delgada y blanca que no hablaba más que alemán. Era también muy aficionada al boxeo; pero resultaba tan frágil y tan diminuta que cuando asistía al entrenamiento de Eusebio García –Eusebio García, el campeón– dijérase que iba a caer hecha añicos, como esas porcelanas que se deshacen con el golpe asestado a la mesa próxima. Elsa y Eusebio, juntos, formaban algo así como una paradoja; peor aún: una frase sin expresión, como la de dos vocablos antagónicos. Él era un coloso de anchas espaldas y hombros rectangulares; ella, una cosa fina, de risa tintineante, surgiendo de una envoltura de pieles como de un estuche. No hablaba apenas, porque ni siquiera Ortiz la entendía. (Ortiz había olvidado el alemán también por patriotismo.) Cuando peleaban Eusebio y el *manager* en un estudio blanco, donde predominaba el gesto petrificado de las caretas, ella seguía las evoluciones de los puños con su cuerpecito de paloma, que parecía siempre dispuesto a tender las alas. No la sofocaban los golpes ni le hacía daño el vuelo rudo de los guantes, que oscurecían el espacio como dos azores. En cambio, Eusebio, debajo de la careta, sentía una turbación sin igual, y no era bastante la corteza de cuero para preservarle de los ojos penetrantes y buidos[99] de la extranjera.

Ortiz, delante de Elsa, se enorgullecía de su campeón:

—Fíjate, fíjate qué bíceps. ¡Qué vale Schemelling[100]! Toca, toca aquí.

La mano aérea de la alemana rozaba demoradamente la epidermis tensa y áspera, que se encogía como la carne de una virgen.

—¿Y la carótida? ¡Qué carótida!

Era un simulacro de abrazo que debilitaba de repente al hombre monumental e inconmovible.

—Pero lo mejor es el pecho. Una muralla.

Los ojos de Elsa despertaban en Eusebio una extraña congoja. Hasta que intervenía el *manager,* casi iracundo:

—Vamos a seguir. ¡Hala! Vamos.

Delante de Elsa, el campeón sentía en las entrañas un fuego delicioso que más tarde entorpecía sus músculos; un fuego semejante al que le daba el vino antes de que masajistas y entrenadores le hicieran renunciar a él para disciplinar su organismo. Pero la embriaguez de ahora era mucho más dulce. Le

99 *Buidos*: Acicalado. Bruñido. En otra acepción (según la *Enciclopedia Universal Ilustrada España*) son puñales de tres y cuatro filos.

100 En realidad Schmeling: *Max Schmeling (1905-2005),* famoso boxeador alemán, campeón europeo de pesos pesados en 1927.

recordaba algún día de su adolescencia, en medio del tumulto del puerto, donde la grúa de sus brazos levantaba cajas de cien kilos. Pasaba alguna muchacha perfumada y flotante, con el viento pegado a las telas claras, y Eusebio sentía todo su cuerpo conmovido, lleno de anhelos casi angustiosos. De la mujer sólo conocía aquella vaga e insidiosa perturbación que a veces se le agarraba a la materia como una sanguijuela invisible. Más tarde, el deporte le había acostumbrado a la castidad, y lo mismo que le racionaba las viandas y le prohibía el esfuerzo estéril, le alejaba de la mujer como de un peligro semidivino. Eusebio vivía para su cuerpo, como un Narciso prepotente; pero también a veces su cuerpo le hacía traición, y allá dentro, en zonas inexploradas y recónditas, una implacable sed animal le empujaba hacia las fuentes de la vida. La presión de Elsa sobre sus músculos, más que una investigación, era una caricia, y él, tan fuerte, tan seguro, parecía desfallecer como una estatua sobre un pedestal de arena.

Por aquellos días, Eusebio se entrenaba para el campeonato de Europa. Debía combatir con un alemán, con un compatriota de Elsa. Ortiz la llevaba a casa del boxeador para convencerla de que el triunfo no podía ser sino de su ídolo. La muchacha reía mucho, reía siempre, y a Eusebio le ruborizaba aquella risa, le intimidaba mucho más que el puñetazo enemigo. Y cuando Elsa lo examinaba minuciosamente, como valuando la resistencia de aquellos brazos, de aquellas mandíbulas, de aquel estómago, Eusebio comprendía que si la alemana seguía actuando sobre él hasta el momento del combate, estaba perdido. Ella calculaba bien su corruptora influencia. Sus exploraciones por la carótida ya no eran una caricia, sino un abrazo. Una mañana llegó ella, muy temprano, a casa de Eusebio. El boxeador estaba solo en el gimnasio, golpeando sus balones. El sol de marzo le bruñía la espalda como si fuera de metal. Elsa, firme, pequeñita, recién pintada, tiró el abrigo sobre un diván y le apuntilló la nuca con un beso. Fue cuando Eusebio se derrumbó estrepitosamente, como un coloso herido.

Tres días después, el *manager* rugía, más irritado que nunca. Pero no eran las camisas de Ortiz. Era que el campeón disminuía de peso y de facultades, a pesar del masajista, del entrenador y del cocinero. A la hora del combate, Eusebio estaba blanco y desmoralizado. Elsa, sentada en la primera fila de pista, se lo dijo a Ortiz en un castellano diáfano:

—Hoy vence mi alemán.

—No seas tonta. Eusebio es invencible.

—¿Apuestas?

—¿Por qué no?

—Van mil pesetas por mi compatriota.

—Mil pesetas por Eusebio.

Eusebio no llegó al quinto *round.* Cada vez que tocaba las cuerdas y veía abajo a Elsa, con la boca alegre y viva, el campeón, el ex campeón, se sentía morir.

# XLIII

Una tarde de diciembre salió Sureda para el destierro. La noche anterior había nevado, y muchos tejados conservaban aún su pelliza polar, despeluchada por el agua. Pasaban sobre Madrid legiones de nubes negras, hinchadas y lentas como vientres hidrópicos. El Guadarrama parecía avanzar con su cuchillo invernal, afilado en las piedras de la montaña, para desgarrar la urbe como una tela.

Víctor llegó en un «taxi» a la estación del Mediodía. Iba irritado y triste. La deportación del médico, dispuesta de repente, le llenaba de ira y de amargura. Sureda era uno de los pocos hombres que atacaban de frente la estupidez nacional, de los pocos que arriesgaban una posición y un nombre para crear un pueblo más inteligente y más libre. Cierto que el doctor manejaba todavía las grandes palabras del siglo XIX y propendía a un vago y candoroso liberalismo. Pero en medio de una sociedad ignorante y ruda, que defendía a garra y diente sus privilegios de casta, la figura del médico se levantaba gallarda y responsable como ninguna.

Faltaba más de media hora para la salida del tren, pero ya Sureda estaba en la estación con un grupo de amigos y discípulos. A pocos pasos, los policías que debían conducirlo, con sus bastones de puño vuelto y sus abrigos con cuello de peluche. Bajo la marquesina, muchos guardias tiritando bajo las esclavinas húmedas. Sureda abrazó a Víctor:

—Confío en usted. Siempre confío en usted.

—Gracias, doctor. No olvidaré sus palabras.

Después llegaron el padre y la hermana de Sureda. El padre era un anciano firme y sonriente. La hermana, una muchachita elástica y alegre, casi una niña, que llevaba una caja de pastas.

—Las he comprado para ti. Te dejarán comerlas, ¿verdad?

—Sí mujer.

Llegaban nuevos amigos del médico, casi todos jóvenes, camaradas de la universidad y el Ateneo. Faltaban, sin embargo, los nombres conocidos, las gentes de la burguesía y de la aristocracia que días antes se disputaban la amistad del sabio. Era la hora de las infidelidades o de las inhibiciones; la hora magnífica del fracaso que todo hombre debe conocer alguna vez para alcanzar un corazón más fuerte. En cambio, algunos de aquellos que acudían allí, en la hora difícil, eran para Sureda casi desconocidos: espíritus pulcros e inalterables que siguen atentamente, desde lejos, la trayectoria del hombre público y sólo van a él cuando necesita asistencia y aliento. Sin ellos, la lucha humana sería mucho más desoladora y hedionda.

Faltaban pocos minutos para la partida. Bajo las bombillas macilentas cruzaban los viajeros apresurados, las carretas de equipajes, los baúles imponentes, como zepelines. Sureda distribuía abrazos metido ya en su *plaid*[101], que daba a la escena un aire de despedida mundana, si bien a todos les oprimía una recóndita zozobra. La hermanita tenía los grandes ojos llenos de lágrimas, y el padre había abandonado su sonrisa tolerante y tranquila. De pronto, un hombre del pueblo, un obrero vestido de mahón, llegó hasta Sureda, y sin decirle nada le extendió la mano. El médico se la apretó conmovido. Después subió al coche, donde los policías esperaban ya, impacientes, y desde la ventanilla contempló a sus amigos, que se apretaban para decirle las últimas palabras. Sonó la tercera campanada. Y entonces un muchacho alto, delgado, con gafas de concha, estudiante, sin duda, gritó con voz segura:

—¡Viva la Revolución!

La muralla de guardias se derrumbó sobre el grupo que aplaudía. Víctor, en la confusión de aquellos instantes, vio diez manos, veinte manos que sujetaban al estudiante y le alzaban casi en vilo. Vio el tren partir, tras un mechón de humo, y la silueta de Sureda interrogante y perdida. Cuando salía se cruzó con el automóvil policíaco, donde iba el estudiante, rodeado de guardias, con sus gafas rotas.

101 *Plaid*: Manta o abrigo de tela escocesa.

# XLIV

Desde hacía algún tiempo Víctor notaba detrás de sí el paso sordo y sutil de la Policía. En la calle, en el café, en el cinema, se sentía encañonado por ojos clandestinos que aprehendían sus palabras, sus ademanes, sus saludos. Al volver una esquina, al bajar de un vehículo o de una visita, al detenerse para observar un escaparate o una mujer, Víctor divisaba la silueta del espía. Él es el verdadero hombre-fantasma de los tiempos modernos. Entra con vosotros en una tienda, guía el «taxi» que os conduce, sirve el almuerzo del restaurante del hotel, abre servilmente la portezuela del ascensor, acude solícito en el club a encender vuestro cigarro. Oficio vergonzoso, insinuante, casi mórbido, mixto de pederastia y de disimulo, que os aprieta en un cerco sigiloso y de sombra. El confidente se transforma, se adelgaza, se ahila, se hace invisible; pero os acompaña a todas partes, conoce como nadie vuestras ideas, vuestras aficiones y vuestras costumbres. A Víctor le producía un sufrimiento casi físico aquella persecución ambigua que violaba todas sus intimidades y le impedía moverse desembarazadamente en medio de la ciudad. Si no fuera por el niño, habría huido ya de aquel Madrid de mil ojos, vendido impúdicamente al ministro de la Gobernación.

Pero un día el niño se puso muy enfermo, y Víctor se encontró de pronto entre el torbellino de un dolor desconocido. Entonces supo cómo pesan sobre el corazón los silencios del médico, cómo quema las manos la barra del termómetro, cómo se hace humano y angustioso el llanto desordenado e impaciente. Víctor hubiera querido que Sureda estuviese allí, para interrogarle vorazmente y hacerle verter toda su ciencia sobre la cuna de su hijo. Pero este otro médico era taciturno y frío.

A las urgentes preguntas de Obdulia contestó:

—Es pronto para diagnosticar. Un niño es el más difícil de los enfermos.

Al día siguiente, sin embargo, declaró:

—Fiebre tifoidea.

Y escribió sus instrucciones en un papel. En otro recetó varios medicamentos.

Obdulia, al oírlo, casi gritó:

—Pero ¿cómo ha entrado aquí el tifus?

Sufría tanto que sus palabras se tornaban insensatas y torpes. Llevaba tres días inmóvil al lado de la cuna, como si siguiera milímetro a milímetro el curso de la terrible enfermedad. Víctor la veía lejos de sí. Sentada en las orillas infinitas, sin lamentos ni lágrimas, que se condensaban en su pecho para desmandarse cualquier día en un dolor violento o clamoroso. Patrocinio, en cambio, lloraba por los rincones, inconsolable, evocando al niño que días atrás colgaba de su brazo como un fruto.

Aquella noche, cuando entró Víctor en el cuarto, Obdulia tenía los cabellos revueltos y la cara lívida. Murmuró:

—Tiene cuarenta grados.

—¿Y el médico?

—No dice nada. No sabe nada ese hombre.

Luego, Obdulia se puso de pie, abrupta y trágica:

—¿Sabes? No existe Dios. No hay Dios. Ahora ya no me cabe duda. ¿Por qué ha de sufrir mi hijo?

—Calla. No te excites.

—¿Quién hace sufrir a mi hijo? ¿Quién? Yo quisiera que hubiera Dios, para pedirle cuentas: «¿Con qué derecho condenas al dolor a las criaturas...?». Pero no hay ni a quién consultar siquiera...

Se retorcía las manos, blasfematoria, tremenda, con un fulgor azul en los ojos oscuros.

—¿De manera que la vida es este azar, este capricho? ¡Ah! Yo quisiera luchar, defender a este niño, que es mío... ¡Mío! Aquí tengo mi vida, para cambiarla por la suya. La ofrezco así, a ciegas... Pero ¿a quién?, ¿a quién?

—Cálmate. Estás muy nerviosa. No pienses en eso.

Obdulia volvió a sentarse. Y fue entonces cuando llamaron a la puerta.

—Dos señores preguntan por usted –avisó una criada.

—¿Dos señores? Que no puedo recibir a nadie. Que vayan mañana al despacho.

Volvió la muchacha.

—Dicen que es preciso que hablen con usted ahora.

Salió Víctor, irritado, para despedirlos por sí mismo.

Eran dos agentes de policía. Uno, alto, grueso, afeitado, con abrigo gris; el otro, flaco, escurridizo, con bigote y capa.

—Tenemos orden de hacer un registro en su casa.

—¿Un registro? ¿Por qué?

—Es la orden que nos han dado.

—Pero esto es un abuso. Yo no soy un delincuente. ¿De qué se me acusa?

—Nosotros no sabemos nada –respondió el policía grueso. A nosotros nos dicen: «Éste, aquél»... Y nosotros... pues cumplimos con nuestro deber.

—Además –dijo el de la capa con la mitad de una sonrisa–, luego tendrá usted que acompañarnos...

—¡Ah! ¿También detenido?

—Por ahora...

—Yo soy una persona conocida, responsable. Debo saber por qué se me detiene. El agente grueso se encogió de hombros. Víctor pensó que era inútil todo diálogo.

—Pasen, pues.

Los llevó al despacho.

—Si quiere usted..., puede reclamar dos testigos.

—No me hacen falta.

Allí los dejó, rebuscando papeles, y fue a avisar a Obdulia. Le dio un beso antes de decirle nada.

—Es la policía.

—¿Pero te detienen?

—Sí.

—¿Y nuestro hijo, Víctor?

—Espero que cuando se lo explique al comisario me permita volver. Tú eres una mujer fuerte, ¿no es eso?

Obdulia le abrazó sin decir nada. Víctor puso los labios en la frente del niño, que ardía. Y en aquel momento tuvo la evidencia de que no volvería a verlo más, que el pequeño ya no sería para él otra cosa que un sueño mezclado de candor y pesadumbre.

En el despacho, los agentes habían desordenado la biblioteca y desarticulado los cajones. No hay mano más anárquica para el papel que la mano de los fieles guardadores del orden. El piso estaba sembrado de cartas y cuartillas.

El de la capa había hecho un hallazgo trascendente.

—Este artículo –le dijo a Víctor, mostrándole un recorte– *se las trae*, ¿eh?

—¿Por qué?

—Vea lo que pone ahí: «Prohibida la reproducción».

Para convencerlo de su error, Víctor tuvo que mostrarle el ejemplar de un periódico visado por la censura donde figuraba la misma coletilla.

Ahora manoseaban un libro de Lenin: *El Estado y la revolución proletaria,* en francés. El policía flaco, sin duda el más sagaz, se lo enseñó a Víctor.

—No me negará usted que es un libro de cuidado... Porque, vamos, este «*Lenine*»... es el de Rusia.

—Se vende en todas las librerías.

—Bien. Pero nos lo llevamos.

Se llevaban todo lo que no entendían. Al final salieron cargados de libros y papeles donde, por uno u otro motivo, se leía la palabra «Rusia», la palabra que lleva dentro un explosivo.

Después registraron el resto de la casa. Frente al cuarto del niño, uno de ellos preguntó:

—¿Y aquí?

—Aquí está mi hijo enfermo.

El hombre de la capa pretendió entrar. Pero Obdulia, en la puerta, le detuvo, con los ojos chispeantes:

—¿También aquí? ¿No les importa molestar a un niño enfermo?

El policía grueso sujetó al otro por la manga.

—Bueno. Déjalo.

Y luego, dirigiéndose a Víctor:

—Tenga la bondad de acompañarnos.

Víctor se puso el abrigo y besó de nuevo a Obdulia. Ella, resuelta y vigorosa, había rechazado a los policías. ¿Sería capaz también de rechazar a la muerte y cubrir con su cuerpo el cuerpo diminuto de su hijo?

Ya en la calle, los agentes invitaron a Víctor a subir a un automóvil. Hasta entonces no supo que le llevaban a la cárcel.

—Pero ¿por qué no me lo han dicho ustedes?

—Es la costumbre.

—¿Y no puedo avisar a nadie? ¿Quién resolverá mis asuntos?

El policía se encogió de hombros. Víctor se vio desamparado, solo, a merced del irresponsable arbitrio policíaco, y tuvo como nunca una oscura sensación de impotencia. Pasaban los coches alegres que volvían del teatro, los tranvías vocingleros de los suburbios. Mezclado con ellos iba este otro coche incómodo y frío, que había aprendido la infame ruta de la cárcel. El policía de la capa se lamentaba en voz alta:

—¡Cochino oficio! Tener que andar por ahí con estas noches... Ahora, a lo mejor, hay que seguir «visitando». Y luego, nadie lo tiene en cuenta. La política... ¡Qué cosas pasan...! Hoy prendemos a un señor y mañana le hacen ministro. Y después, toda la culpa la tiene la policía.

Llegaron a la cárcel.

El viento se abrazaba al capote del centinela. Un viejo, envuelto en una manta, les abrió la primera puerta. Otro viejo les abrió la segunda. Al final de un pasillo había una oficina, donde escribía un funcionario pálido. Los agentes le entregaron la orden, y él, sin mirar a Víctor, les alargó un papel.

—Ahí va el recibo.

Víctor ya no era Víctor. Era una cosa en depósito, un semoviente que pronto tendría la etiqueta de un número. Más que el recuerdo del niño, más que el frío de la noche y la rabia de la detención, le exasperaba aquella pérdida repentina de personalidad. «Tanto como nos esforzamos en ser hombres y he aquí que en pocos minutos dejamos de serlo.» Pero después las humillaciones fueron aumentando. Un oficial le condujo a través de las galerías.

—Quítese el sombrero.

Allí dentro, la noche era espesa, pavorosa y helada. Tenía un vaho de pesadilla y de odio.

—¿Cómo se llama usted?

—Víctor Murias.

—¿Estado?

—Soltero.

—¿Profesión?

—Periodista.

—¿Sabe leer y escribir?

—Soy periodista.

El hombre de la oficina –otra oficina con un brasero dentro– insistió malhumorado:

—Conteste. ¿Sabe leer y escribir?

—Sí.

Otro oficial le quitó todo lo que llevaba en los bolsillos.

—¿La pluma también?

—También. Va usted incomunicado.

—Pero yo necesito...

—Nada, nada... Venga.

Subieron por una escalera de hierro, y poco después el empleado le señalaba con un gesto la puerta de la celda.

Víctor ya no era Víctor. Era el número 848 de la galería quinta.

La celda era una celda común, lóbrega, fría, repugnante. Tenía un camastro de paja empotrado en la pared, una mesa donde la vigilia había llorado lágrimas de esperanza, una banqueta y un lavabo hediondo. Por la alta reja, sin cristales, entraban el viento y la lluvia y, lo que era aún peor, los «alertas» de los centinelas. Víctor se abrochó el gabán, se calzó los guantes y se sentó sobre la cama. Así, estuvo una, dos, tres horas, con el pensamiento inmovilizado sobre la lejana cuna del niño. De madrugada vio una estrella clavada como una mariposa en el trozo de noche de la reja y se puso a pasear furiosamente.

*Estrella de la mañana*. Debieras tener nombre de niña, estrella de la mañana, menuda compañera de las criaturas enfermas. Papá está en una ciudad remota, en un campamento o en una cárcel, y sólo tú tienes noticia de la insomne alcoba donde una mujer está de guardia. Abre los visillos, estrella, y estudia el gráfico de la temperatura, el hipo angustioso y los sollozos maternales; escribe con tu aguja de luz los signos mágicos de un alfabeto de esperanza.

¿Tampoco tú? ¿También eres un orbe ciego, indiferente e inexpresivo para la pesadumbre humana?

¿Cuál es tu oficio, entonces, en ese firmamento inmóvil que se prende todos los días sus constelaciones como un faraón perezoso e inútil? ¿No eres más que eso, un punto de luz, una libélula celeste, un color, una metáfora? ¿O solamente una energía radiante, una materia activa, un dilatado mundo sin conciencia?

Aquí abajo, estrella, hay un preso que interroga al amanecer, un niño que agoniza mientras cantan los grillos y las campanas, un planeta que sufre, sin saber por qué, la injusticia y la muerte.

# XLV

Para Víctor no existía el tiempo; las horas formaban en la celda un bloque de silencio y de incertidumbre. Alguna vez, por el espión[102] de la puerta, divisaba un ojo redondo y palpitante como un infusorio[103].

Con la comida recibía siempre una esperanza y un desencanto. Allí estaba, sin duda, la mano de Obdulia, precavida y solícita; pero él rastreaba algo más en las viandas, en el cubierto, en la servilleta, en los paquetes de tabaco. Quería una seña que le hablase del estado del niño, un aviso que calmase un poco su impaciencia. Difícil lectura la suya en el blanco texto de la loza y el aluminio.

Por fin, un día no pudo más, y habló con el oficial:

—Yo quería saber de mi hijo. Lo he dejado enfermo.

—No es fácil. Usted se halla incomunicado. Sin embargo, hablaré al director.

Hasta el día siguiente no se presentó el funcionario.

—Dice el director que escriba usted delante de mí una carta donde haga constar su deseo. El la enviará a quien corresponda. Aquí tiene usted papel y pluma.

Pasaron otros dos días de zozobra y malestar. Con el oído pegado a la puerta, estudiaba los rumores carcelarios, los pasos huecos, las voces lejanas. A veces, desesperado, caía en el jergón ahíto de ansiedad y de fatiga. Por fin, una mañana dijo el oficial:

—Está usted en comunicación.

—¿Pero sabe usted algo? ¿Le han dicho algo?

El funcionario dijo que no con la cabeza. Luego agregó:

—Dentro de una hora ya puede usted hablar con su familia.

Una hora: el trayecto sobre un abismo. Víctor querría devorarla en un segundo, cruzarla de un salto, sin meditar. O no llegar a ella en muchos años. Porque en aquel ángulo del día recuperaría a su hijo o acabaría de perderlo para siempre.

A través del triple enrejado oyó el paso veloz de Obdulia.

---

102 *Espión*: Mirilla.

103 *Infusorio*: Microorganismo.

—¡¡Víctor!!

¿Qué espanto era el que ella traía en los ojos? Ojos sin lágrimas, desorbitados, candentes. Obdulia se abrazó a los barrotes como un náufrago.

—¡Nuestro hijo...!

—¿Es posible?

—¡Me lo han asesinado! ¡Qué noche! ¡Qué noche! De pronto se quedó amarillo y frío. A mí me parecía imposible... Le llevé en brazos por toda la casa para resucitarlo con el calor de mi pecho y de mis lágrimas. ¡Hubiera salido con él a través de las calles hasta llegar aquí y abrir estos cerrojos con mis gritos!

—Tenía el presentimiento de que no volvería a verle.

—Estoy como vacía. Como si me hubiesen extraído las entrañas y no me quedara más que este esqueleto abominable.

—¡Pobre Obdulia!

—Ahora yo quisiera saber... por qué suceden las cosas.

—No te atormentes.

—¿Y tú? ¿No sientes que la vida se ha empequeñecido a nuestro alrededor? El niño apaciguaba todas mis dudas. Era una fuerza que yo podría dirigir con mis manos. Me asusta tener que edificar de nuevo mi existencia.

Quedaron algún tiempo silenciosos. Se oían los diálogos urgentes de las rejas próximas, las preguntas anhelantes, el ruido de los besos al chocar contra los hierros impasibles.

—Y tú has padecido mucho, ¿verdad? –le dijo Obdulia–. Así, sin afeitar..., con el pelo revuelto... Pareces otro.

—No importa. Estos días han servido para enardecerme. Hasta ahora yo no sabía lo que era el dolor. Pero advierto que el dolor no puede conmigo. Obdulia, amor mío, me encuentro más dispuesto que nunca. Cuando salga...

—Cuando salgas, yo te ayudaré a preparar nuestra venganza.

Venganza. Venganza. Qué bien sonaba la palabra allí, bajo las bóvedas sombrías, bajo el techo ingrato y polvoriento.

La boca de Obdulia parecía morderla como un fruto, el único que rueda, verde y apetecible, por el piso de todas las cárceles.

FIN

Cárcel Modelo de Madrid, febrero-marzo-abril.
Lisboa (en el exilio), junio-julio-agosto de 1929

Thank you for acquiring

## La venus mecánica

from the
**Stockcero collection of Spanish and Latin American significant books of the past and present.**

This book is one of a large and ever-expanding list of titles Stockcero regards as classics of Spanish and Latin American literature, history, economics, and cultural studies. A series of important books are being brought back into print with modern readers and students in mind, and thus including updated footnotes, prefaces, and bibliographies.

We invite you to look for more complete information on our website, **www.stockcero.com**, where you can view a list of titles currently available, as well as those in preparation. On this website, you may register to receive desk copies, view additional information about the books, and suggest titles you would like to see brought back into print. We are most eager to receive these suggestions, and if possible, to discuss them with you. Any comments you wish to make about Stockcero books would be most helpful.

The Stockcero website will also provide access to an increasing number of links to critical articles, libraries, databanks, bibliographies and other materials relating to the texts we are publishing.

By registering on our website, you will allow us to inform you of services and connections that will enhance your reading and teaching of an expanding list of important books.

You may additionally help us improve the way we serve your needs by registering your purchase at:
**http://www.stockcero.com/bookregister.htm**

www.ingramcontent.com/pod-product-compliance
Lightning Source LLC
Chambersburg PA
CBHW051921110726
47902CB00002B/370